读客® 知识小说文库

读小说，学知识

弹弓神警 2

制毒工厂

常书欣 著

上海文艺出版社

图书在版编目（CIP）数据

弹弓神警 . 2, 制毒工厂 / 常书欣著 . -- 上海 : 上海文艺出版社 , 2020.1
（读客知识小说文库）
ISBN 978-7-5321-7411-9

Ⅰ . ①弹… Ⅱ . ①常… Ⅲ . ①长篇小说 – 中国 – 当代
Ⅳ . ① I247.5

中国版本图书馆 CIP 数据核字 (2019) 第 249811 号

责任编辑：毛静彦
特邀编辑：陈悦桐
封面设计：蒋咪咪
插画设计：周　玮　　陈大鹏

弹弓神警2：制毒工厂
常书欣　著
上海文艺出版社出版、发行
地址：上海绍兴路7号
电子信箱：cslcm@publicl.sta.net.cn
网址：www.slcm.com
新華書店经销　北京中科印刷有限公司印刷
开本 680毫米×990毫米　1/16　19印张　字数 254千字
2020年1月第1版　2020年1月第1次印刷
ISBN 978-7-5321-7411-9/I.5892
定价：44.80元

目录

礼毕，贺炯轻轻地放下了手，武燕压抑着心里的激动和感动，现在开始担心了，她弱弱地问：“太仓促了吧，就这么去了？”

“他准备很久了，一点也不仓促。归队，马上启动化装侦查方案。”贺炯兴奋地命令道，“名字叫……烛光。禁绝毒品不仅仅是缉毒警察的事，更需要全社会的关注，如果每个人都点亮一盏光，那就不会再有毒品犯罪滋生的阴暗角落。对，就叫烛光。”

人在昏迷的时候是不会做梦的，即便做也是噩梦。不过那还不是最惨的，最惨的应该是在清醒之后，发现身处噩梦之中。

“哗”一声，冰凉的脏水浇在蜷在地上的邢猛志身上，他一激灵动了下，又动了下，大冬天凉水浇在身上比除心颤的电击还猛，硬生生把他从昏迷中叫醒了，醒来第一意识是闻到了恶臭，仿佛是屎尿中和着发霉、腐烂的味道，眼睛睁开能视物时，一圈血淋淋的东西让他紧张地呃了声，第一时间想起了凶案现场。

“哪怕臂章上带个‘辅’字，我也是警队的一员。时间不多了，我该走了。两个小时后，我会去找到我的车，佯装仓皇出逃。如果这个点他们逮不着我，明天我会联系波姐。逃跑不容易，落网应该不难。”邢猛志道，找了个破袋子，钱、钱包、身份证、手机一股脑儿塞进去，提着出门。

回头时，一屋人正注目着，没有人出声阻拦，他笑着道了句：“周队，别忘了给做几把弹弓啊，就我用的那样，材料找明星要。”

第四章　贩毒团伙清理门户 / 154

徐虎拿着刀，刀尖在邢猛志的脸上、腮边，慢慢地戳了进去，以极慢的速度移动，顺着刀尖，慢慢地流出来一股殷红的血。他手松了松道：“叫爷爷，爷爷今天心情好的话，说不定放你一马。”

“孙子哎，仗着人多充大爷是吧？玩这小儿科，再深点，往下点，抹了脖子看老子叫不叫？”邢猛志牙缝里迸着字，两眼冒火，神情怒极，刺激得徐虎也咬着牙，把刀戳得深了点。

第五章　一夜亡命逃生路 / 207

“怎么放慢车速了？”连天平问。

“雾霾越来越重，路不好走啊。”邢猛志掩饰道。

“那你得走好了。”连天平毫无征兆地拔枪，侧身对准了邢猛志的脑袋命令着，“停车！”

车“嘎”一声刹停，邢猛志怒不可遏地盯着连天平，两只眼睛似乎要喷出火来。和预料中大相径庭的表现，让连天平犹豫了一下……

第六章　劫后余生的大佬 / 272

汽笛响了，那艘客轮即将扬帆起航了，在舷梯即将收起的时候，一位裹着风衣、拿着行李的旅客堪堪赶上了上船，他验过了票，在船员的指引下，进到了客舱。他警惕地看着舱里，一男一女，都在自顾不暇玩着手机，陌生的面孔。

这似乎让他放心了似的，长舒着气坐到了床边，半躺着，似乎没有把裹得严严实实的外衣脱掉的意思。他掏出手机，登录网上银行，试着转了一笔账。

当转账成功的提示出现在手机上时，他又长舒了一口气，那种劫后余生的兴奋袭来，让他脸上浮现着得意的笑容。

第一章
启动“烛光行动”

孤身前路漫

桌上的旧式台历，又翻过了一页，贺炯摩挲着那粗糙的纸面，粗壮、被烟熏黄的手指停在下一页“10月14日”这几个字上，大大的“14”，真是个不吉利的数字。即便案情有了突破性的进展，也没有给他带来哪怕一点欣喜，桌上一夜增加了几份厚厚的文件。

齐双成（绰号“齐四”）的验尸报告显示，全身数处骨折。根据残留的人体组织，法医给出了这样一个结论：死者在生前遭到虐待。

将违法犯罪者绳之以法，需要理论正确、程序正确，这个毋庸置疑。可是以一个从警几十年的警察的视角去看，光有正确的程序和理论，未必就会得到正义的结果。即便尸体已经腐烂也被清晰检测出，致命伤是秦寿生刺的一刀。而据秦寿生交代，那一刀是别人踹上去的。因此即使杀人者和帮凶伏法，那个真正的凶手依然有可能逃避或者减轻罪责，甚至逍遥法外。

“嘭！”贺炯重重地一拍桌，怒而起身，背着手在房间里来回踱步。贩毒、杀人、诬警，这些若隐若现的线索都指示了一个正确的方向，可却给不了能够钉死这些嫌疑人的罪证。那个没有阳光的地下世界，是普通人无法进入、无法窥探，甚至根本无法理解的世界，哪怕警察也没有十全的把握。

贺炯在从警生涯中不止一次伪装身份上前线去侦查，但仅限于短期的贴靠侦查或者诱捕。而真正打入犯罪团伙内部且能够载誉归来的，即使只有一次，就能称得上是传奇，更多的是两种令人无法接受的结果：玉石俱焚，或与之俱黑。

“黑化”，那是一个可怕的词，一个背离组织、放弃信仰的人，其破坏力会呈几何倍数的增加。

他会“黑化”吗？

贺炯重新考虑这个严肃的问题，当他试图否认，却觉得自己很无力。

于是他又重新坐下来，审阅着保密处提供的背景资料。在标着密星的文件次页，是保密处秘密提取的履历。这比入警的政审要严格十倍不止，社会关系会查到上一代，成长经历会回溯到小学……这个特殊人选的资料卡就贴在扉页。

姓邢，名猛志。

保密处的专员会对一份履历从学业到工作、从环境到教育，通盘考查。最后给出评估结果，优秀是五星，合格是四星，勉强是三星，三星以下从不考虑起用。

而邢猛志的评估结果显示，五颗星全是空白。

这份报告并不偏颇，邢猛志初中打架、偷东西被记过处分，高中被劝退、辍学，之后又选择复读的经历都被刨出来了。学校档案里保留了这个坏小子惨不忍睹的成绩单和数不胜数的处分记录；而辍学的那一年，恰恰是涉黑人物邢天贵在晋阳最疯狂的一年。贺炯甚至可以判断出，那时还是个小跟屁虫的邢猛志厮混其中，一定目睹甚至参与了这些涉黑人物的劣行。

可人生就是充满了种种意外，这个劣迹斑斑的小子居然选修的是法学，进入大学一下子像变了个人，再无劣迹。出了校门，又选择了警察这个职业，如果冠以“热爱”“向往”这些正能量的词，贺炯知道肯定是牵强的。像这类接触过阴暗地下世界的社会底层人物，他很难想象是什么支撑邢猛志会对社会有一种报答的心态。

难哪！

他轻轻地放下了资料，头痛欲裂地揉着太阳穴。这时候，他听到了门外的嚷嚷声，一夜又过去了，到了上班的时间……

门外任明星大吼着“站住”，和丁灿两人一胖一瘦追上打着哈欠的周景万、马汉卫。两人刚提审归来，也是一夜未眠，转身诧异地看着这俩脾气火暴的小家伙，互视一眼，笑了。

马汉卫笑着问：“怎么了，胖子？”

“哼！别跟我玩笑里藏刀这一套。”任明星怒道。

周景万拉下脸问：“我可没笑，到底怎么了？直接说。”

“哟嗬，唱红白脸是吧？你俩还真是老母猪戴胸罩，一套又一套啊，玩我们呢？”任明星质问着。

两人哭笑不得，丁灿拽走任明星斥道：“一边去，一说话就跑题，我来说。”

“嗯，简单明了些，我们都一夜没睡。”周景万道。

“很简单嘛，我问你们，是不是我们冒着危险找到了线索？”丁灿问。

“是啊。”马汉卫道。

“那是不是我们发现了秦寿生身上的疑点？”丁灿问。

“没说不是啊。”周景万和马汉卫互视一眼，不易察觉地一笑。

“好歹还有点良心，那接下来就不对了。要把我们扔什么大队中队去，还什么禁毒宣传，别以为我不知道，宣传那活儿内勤就都干了。”丁灿道。

“没错啊，昨晚那阵仗你们应该看到了。你们毕竟是辅警，辅助警务可不等于把脏活儿、累活儿、危险活儿都派给你们，就算你们自愿，我们也拉不下脸来啊。”周景万苦口婆心地解释道。

“少扯，你这就是快摘战果了，把我们踢一边去，抢我们功劳。”丁灿怒道，气得直扶眼镜。

任明星终于逮到补刀的机会了，插话道：“你们这是卸磨杀驴，不，比卸磨杀驴还没品，还没卸磨呢就下刀。”

“闭嘴，那我们不成驴了？”丁灿怒斥。

“哈哈哈……”一阵银铃般的笑声响起，刚出门的武燕捂着肚子在笑。周景万、马汉卫也实在憋不住笑了起来，回头时恰看到了支队长出来，各人立正，敬礼。贺炯问问情况，武燕大致一说，贺炯恍然大悟道：“哦，你们别生气，他们也是一片好心，重案要案，但凡有危险的事，一般都得考虑到安全问题，特别是辅警。”

“支队长，是您教我们不要在乎臂章上的两个字是什么，怎么现在又自相矛盾了？”丁灿质问道。周景万撇嘴不悦道：“怎么跟支队长说话呢？”

“是啊，怎么说话呢？立正。”贺炯虎着脸吼了句。周景万瞪眼瞧丁灿，却不料支队长一脚踹他腿上了，训斥道：“说你呢，小丁批评得对，还有马汉卫，包括武燕你，考虑安全问题没错，但总得征求人家本人的意见吧？”

“征求了，他们没说意见。”武燕道。

“没有，你是命令式的。”丁灿道。

“好吧，我道歉，现在征求你们的意见。”武燕道。

“我们没什么意见，反正不能干半截，要干就干完。”丁灿道，猛地一拽任明星提醒道，“不许提奖金的事。”

“我没提，你提了。哎，支队长，他提了啊，说话不能不算数啊。”任明星就坡下驴道。

“呵呵，别说奖金，只要抓到毒枭，我连我这个支队长都能当奖品发出去……听好了，即将开始封队，其间不得回家，不得和外界有任何联系，手机要接入信息中心平台，全程被监控。你们要做的就是三件事：第一，服从命令；第二，严格服从命令；第三，无条件服从命令。能做到吗？”贺炯虎着脸问。

两人今天的来意已经明了，挺着胸道：“能！”

“我代表支队欢迎你们继续任务，职责暂时不变。没吃早饭吧？走走，吃了早饭再回去好好休息，调整好状态。”贺炯一手揽一个，显得亲密无比，把那三位扔后面了。那三人挤鼓着眼，似乎是意料之中，但欲言又止的样子，好像还有疑问不好意思问出来。

前行的贺炯问了：“小丁，怎么就你们两人啊？”

“唉，一言难尽。”丁灿道。

“怎么了，猛志呢？”贺炯心一凉，激将要把“将”激跑了，那就尴尬了。

“唉，两言也难尽。”任明星道。

“不管几言，说清楚，猛志怎么了？到底去哪儿了？”贺炯道。

“去……昔阳监狱了。”丁灿低声道。

“什么？”贺炯吓了一跳。

“我们拉都拉不住，这节骨眼儿上，他非要去。”任明星道，他还是长舌，被丁灿重重踩了一脚，“哎哟”一疼，下面的话全忘了。

驻足的贺炯眼神迷茫了，后面三人愣住了。这个家伙的行踪比罪犯还难琢磨，哪怕一个普通人也巴不得和坐牢的撇清关系，他顶着敏感身份偏偏往里贴。

任明星和丁灿此时不敢吭声了，恐怕这二人的小心思瞒得住别人，瞒不住慧眼如炬的支队长。片刻沉默后，支队长重重地“唉”了一声。

叹其不争？可能是。

怒其可气？也许是。

周景万三人也是满满的失望，丁灿小心翼翼开口道：“支队长，猛哥很敏感，虽然没提那个人，可我们心里都知道，那道坎在心里不容易过去。”

“但愿他能过去。”贺炯幽幽道。

丁灿愣了下，纠正道：“不是，您理解错了，他说是您心里过不去这道坎。”

嗯？！贺炯给听怔了，他旋即一想，这个古灵精怪的小子无师自通都能扮毒贩，保不齐还真有猜到别人心思的能耐。他怔着问：“不止说了这一句吧？应该还和你们讨论了其他的，比如，去昔阳监狱干什么？”

“那倒没说。”任明星憋不住了，直接道，“不过他说了，让我们直接来队里报道，昨晚让我们下大队什么的，其实就是激将，和我们巡警大队思想动员差不多，就是逼着大家表个态，自觉自愿放弃一切权利，不叫苦，不喊累，拼了小命也不能掉队……是不是这么回事啊，支队长？”

贺炯满脸尴尬，要说的话被堵了回去，气得鼻子哼了两哼，没回答，走了。

任明星傻站着瞅周景万，那三位瞪着他，丁灿拉着他也赶紧走了。两人小声嘀咕，像在互相埋怨。而听愣了的周景万却开始喃喃自语：“他怎么猜到我们这意思的啊？这小子邪性啊。”

“别看我，以后恶人别让我当啊。还跟人家玩心眼，回头咱们的智商被碾压了，多尴尬啊。”武燕埋怨了周景万一句。

“这事要黄啊，请着不走，牵着倒退，给人挖个坑吧，还把咱们自己埋进去，我看支队长都驾驭不了这货。”马汉卫也跟着悲观道。

思忖半天，周景万像有千言万语，不过开口唯余哀叹一声……

好久没有离开钢筋水泥的城市了，疾驰在高速路上，沿途青松苍柏、远山近滩尽收眼底，邢猛志甚至有种错觉，似乎郊外的孤寂也是一道独特的风景，秋日的肃杀似乎也有某种吸引人的魅力和美感。或许和一个人的心态有关：你欣赏，风景便无处不在；你厌恶，便处处荒凉。

坐落在山树相映间的昔阳监狱也是这么一道风景，当邢猛志看到整齐的队列嘹亮地喊着操，以及那些服刑人员忙碌时的满脸热情，不知道是触动还是错觉，他居然觉得这个地方不错，最起码比在城市里营营算计，每天抱着手机当低头一族更接近生活的本真。

来了，玻璃隔墙对面的门开了，进来一个身材彪悍的男子，他身后的狱警示意可以开始后便退居墙角。那男子见到邢猛志时愣了下，然后犹豫地拿起了老式听筒。

隔墙另一侧，邢猛志把听筒举到了耳边。彼此相看，听着对方的喘息，却相顾无言。有些许怀念，有些许难堪，有些许哀伤，或者该相顾泪眼，可是两人竟然不约而同地相视一笑，虽然笑里带着苦涩的味道，可毕竟笑出来了。

邢天贵，晋阳市涉黑团伙案主谋，这个恶名昭著的重刑犯此时像小孩子一样笑了，欣喜地打量着玻璃墙外的邢猛志，终于艰难地开口了：“你咋来了？不是告诉你别来吗？”

“我又不是你亲弟弟，你管得了我啊？”邢猛志道，像小时候梗着脖子和他置气。

两人又笑了，邢天贵骂了句：“兔崽子，再犟，等我出去收拾你。”

“吹牛谁不会？出来还不知道谁收拾谁呢。”邢猛志道。

两人又如当年争起来，你一言我一语。顽劣的孩子表达情感的方式不同，出口成脏那是风格，破口大骂那是感情，拳脚相加那才叫亲密，而两人似乎曾经亲密无间，如今又心意相通似的一起回想起那个曾经，相视间，又一次笑了。

凝视片刻，邢猛志觉得邢天贵似乎更壮硕了一点，短发露着青色的头皮，肌肉像练到了脸上，一笑一抽那气势不逊当年振臂一呼的形象。邢猛志先开口笑着问：“你一直盯着我看什么？”

“你不也一直盯着我看吗？看到什么了？”邢天贵笑着回道。

“好像你在里头生活不错啊。”邢猛志道。

“吃喝嫖赌抽全戒喽，绿色生活当然不错。”邢天贵笑道。

“那你看我呢？”邢猛志笑着问。

“你小子有事。”邢天贵突然道。

心事瞒不过了解你的人，特别是从小就了解你的人，邢猛志反问道：“怎么看出来的？”

“你越有难事，就越是这种什么事都没有的样，从小就这样。”邢天贵笑着揭破了。邢猛志撇着嘴道：“看来我得改改了。”

“啥事啊？”邢天贵好奇地问。

“嗯，说出来你不许笑啊，我知道你肯定会笑，但是你给我憋住。”邢猛志打着预防针。邢天贵点头，发誓不笑，却更好奇了。邢猛志憋了一会儿，爆了一句：“哥，我当警察了。”

邢天贵的脸一拉，愣了，然后扑哧一声笑了，跟着憋不住了，笑到上气不接下气，直到管教干部训了句，他才勉强忍住。不过还是笑意盈盈地看着邢猛志，像是听到了年度最佳笑话一样，怎么也忍不住。

“呵呵，那咱们还是有共同点的，都是国家的人了，牢饭也算皇粮啊，哈哈……”他笑着，此时笑得似乎悲从中来，蓦地笑容一收瞪着邢猛志道，“那你更不应该来见我。”

“听我说完，我当的是辅警，还不是正式警员，现在警队是逢进必考，我学习不咋样，机会不大。我的事呢也没什么，就是想听听你的意见。你说我是去争取这点不算太大的机会呢，还是早点出去找点其他活干？”邢猛志犹豫道，似乎这才是此行的目的。

“哈，还是当警察吧，就你这脾气德行，不当警察，也迟早得落警察手里，哈哈。”邢天贵笑了。

邢猛志哭笑不得地道："就这理由？"

"也不光这个，再给你个更好的理由，坏人都期待人生能够重新来过，而好人却不会，你知道为什么吗？"邢天贵问。

"为什么？"邢猛志问。

"因为，坏人虽然对自己变坏可以找出一千个理由，但却找不到一个理由停止嫌弃自己。其实我最担心的，就是你变得和我一样，呐，就这样。"邢天贵说着，耸耸肩，亮着自己的狱服，给了个无可奈何的表情。

"可有时候，好人未必有好报，坏人未必都有恶报。"邢猛志道。

邢天贵眉头一竖，表情如怒，愤声问道："你是指咱爸？"

"难道不是吗？"邢猛志道。

"放屁，狗都不嫌家贫呢，你嫌自己爸没出息？"邢天贵怒道。

这一对既不同父亦不同母的半路兄弟，不但心意相通，更有同样的火暴脾气。可能是从不同的角度去理解一位故去的长者，于是让两人有了分歧。

邢猛志轻声道："直到去世前一个月，他还在上访，认识他的都知道他是个好人，可好报在哪儿？"

"你白来了，我没有资格评价咱爸，你同样也没有。知道我为什么根本瞧不上你吗？"邢天贵睥睨着邢猛志，撇嘴不屑地道，"咱爸，好人，活得坦荡，爷们儿；哥我，坏得坦然，爷们儿。你瞧你那样，学好不甘心，学坏不彻底，像你这样黑不黑、白不白的人，算哪类货色？又嗤笑？一看就是街痞贼炮，要不是隔着窗，我都想冲你这贱脸来一拳。"

邢猛志像是受教了，不过却没有表示，只是偶尔谑笑，隔着窗户斜看着邢天贵。训完话的邢天贵怔了片刻，老觉得有什么地方不对劲。突然他省得，两人已经数年未见，面前的半路兄弟已经不是曾经那个跟在他屁股后的大男孩了，最起码那阴沉沉的笑容，就让他捉摸不透。

两人相视良久，邢天贵犹豫着道："嘿，你不是骗我吧？你这样能是警察？"

"你一定是通过眼睛来判断的，我不像吗？"邢猛志道。

再看时，邢天贵睥到了他斜觑的目光，上挑的浓眉、翘着的嘴角像邪笑，邢天贵瞬间给出了回答："谁说像才见鬼。"

"你都几年不出门了，眼光能准才见鬼。谢谢啊，我没白来。"邢猛志道。

"谢我？谢什么？"邢天贵愣了。

"谢谢你刚才的肯定，你不觉得不好不坏、不黑不白也是一种优秀的品质吗？"邢猛志反问。

"扯吧，你还活成不男不女呢。"邢天贵斥道。

"呵呵，还真有这种人，叫Lady Boy。哥你落伍了，这已经不是你的时代了，还是在里面好好学怎么当好人吧。"邢猛志不疾不缓地道。

这回可真刺激到邢天贵了，他龇牙咧嘴吸着凉气，恶狠狠地一指邢猛志，如果没有隔离的话，那暴脾气早挟着老拳杵上去了。这凶相让身后的管教干部瞅到了，厉吼了一声，邢天贵像条件反射一样，瞬间萎了，不过他恨恨地扣了通话器，要提前结束这次久别后的见面。

可一放下，他又后悔了，迅速地又拿起来。这时候，保持姿势未动的邢猛志出声："不用安排了，我去看咱爸，替你烧刀纸上炷香；咱妈身体很好，不用挂念，我来时告诉她了，东西是她让我带给你的。哥，好不甘心、坏不彻底说的其实是你自己，当坏人当得自己都嫌弃自己，怎么可能登峰造极？"

这一下子又把邢天贵说怔了，好像自己的心事被对方戳了个正着，而且直戳痛处。他尴尬地、无语地看着数年未见的半路兄弟，没有了熟悉，反而有种说不出来的陌生感。这种感觉让他很不舒服，他愣看着邢猛志扣了通话器，接着做了一个他刚才的动作，怒目而指，凶相毕露，而且邢猛志眼中犀利的凶光让他不由自主地打了个寒战。

气质成势，才会有这种摄人心魄的震慑感，邢天贵的气势是经历多少次街头恶仗练就的，可不知道什么时候被这弟弟一模一样地复制到了，甚至有过之而无不及。

坏了，这家伙没少干坏事。

邢天贵被自己的直觉吓得离座而起，却恰好被管教挟住了臂弯。监狱探视时间结束，他被带走了，当他紧张而惶恐地回视时，看到的却是弟弟平静地笑着作别，那一闪而过的凶相像从来没有出现过一样。

慢慢起身的邢猛志离开了，他目光扫过那些会见亲属的犯人，可能是坑蒙拐骗，可能是烧杀抢掠，可能是任何一种丧失人性的刑事犯罪，也只有圈在深牢大狱中才能看到他们身上残留的人性光辉，在面对探视者时，或悲切哀恸，或喜出望外，或痛哭流涕。

他悄无声息地离开了，把那些可谓人间悲剧的现场扔在脑后。那些隔子间里关着的什么怙恶不悛、什么穷凶极恶、什么亡命之徒，其实跟一个普普通通的人没有什么两样，正如眼前所见：

不过如此而已。

心意两相知

“他在干什么？”

政委谭嗣亮好奇地说了一句，惊醒了那个茫然无绪的人。

支队长调用远程侦讯的信息系统，把刚刚监狱发生的事回放到了支队会议室的屏幕上。早已是黑道传说的邢天贵和身为辅警的邢猛志同屏，却一点也不违和。

两人确实像一对亲兄弟，相貌都彪悍壮硕，特别是邢猛志理了个时下流行的锅盖头，如果再多剃点头发，差不多能和监狱服刑人员的形象画等号了。会议室里把这段视频放了很多遍，在场的人却是越看越迷糊。

“完了，看样子是不想干了。”武燕懊丧道。

“闭嘴。”贺炯低沉一句，把话头打了回去。

于是又沉默了，支队长的脸色铁青，有点吓人，可能有点后悔弄巧成拙了，本想给个下放大队的由头撑一撑、激一激，可没想到是这种结果。

“支队长，是您让大家讨论的，又让大家闭嘴，还怎么讨论？”政委道，也只有政委敢说这话。一说这个，贺炯又有点烦躁地摆摆手：“好，都别闭嘴。”

众人咬着嘴唇不敢笑，政委提醒道：“听见了？支队长说了，讨论下。来，你们说说，这是什么情况？”

被问话的人是丁灿和任明星，周景万、马汉卫也看向这两位。任明星一头雾水，明显不大明白邢猛志怎么变得这么重要，挠着后脑勺道：“我……我同意武姐的意见。”

“自己不用想啊？跟屁虫。”武燕狠狠地剜了他一眼。

“这孩子，不想干也总得交代一下啊。小丁，你觉得呢？”政委有点不确定了，乱问意见。

丁灿为难地瞄了支队长一眼，皱着眉头想了想：“昨晚吃饭还好好的啊，跟我们说大大方方来就成了，支队舍不得我们呢。怎么让我们来，他自己倒先走了？”

“昨晚还干什么了？”政委问。

“没干什么，吃完就回屋睡了。”丁灿道。

“好好想想，看看那打扮。”政委道。

“一直就这样，我们大队长没少骂他，穿上警服像警痞，脱了警服像地痞，什么东西……唉，骂了无数回才改过来。”任明星抱怨道。

武燕忍不住“扑哧”一声笑了，政委无语道：“别……别走题啊，小丁，你没感觉到他情绪……有什么不对吗？”

“没有啊，他一人喝了一斤高粱白，还跟我们说了，别人拼爹拼钱能混好，我们拼命照样也能搏个出人头地，很正能量的，平时的黄段子一个都没讲。”丁灿回头问任明星，“是不是啊，明星？”

“对呀，睡了一夜就变卦了，早上我们喊他，他说去监狱了。他的事大伙都知道，就是有个当黑社会老大的哥，还不是亲哥。我们也纳闷，生怕领导不硌硬似的非要跟人家扯上关系……咦？是不是你们谁激着他了，他故意硌硬谁呢？”任明星瞅瞅，眼光盯向了最有可能的武燕。

“看我干什么？昨天我们还讨论案情，找到了秦寿生身上的疑点。和我有什么关系？”武燕辩白道。

一向对邢猛志有好感的马汉卫犹豫道：“不至于撂挑子吧？猛子不像那种人。”

“那这些怎么解释啊？支队联系的手机号定位在家里，而且驾乘了一辆与机动车登记不符的面包车，不是套牌就是赃物啊。现在又是办案的关键时期，就这么去监狱见嫌疑人，他是真不知道还是装不知道，自己是什么身份……哎，对了，人跟到没有？”政委道。

屏幕上放着交通监控拍到的画面，诡异的行踪让人无法理解，去时都能找到，而离开后却失去踪影，这下周景万都没明白是怎么从监控上消失的。

丁灿联系着信息中心，片刻给了个回复，他抬头道：“还没有找到。”

“现在都午时一刻了，一百九十多公里的路程，应该早返回来了。”政委道。

犹豫间，周景万百思不得其解地问丁灿：“怎么从监控上消失的？这里直连交通指挥中心，光摄像头就有上百个，绕路也不可能绕开所有监控啊。”

丁灿想想，认真道：“理论上确实无法办到。”

“实践里肯定能办到，不过这招没教过我们，回头我得问问他。”任明星道。

讨论打了个圈，又回到了原地。政委看向支队长，抚着下巴的贺炯瞬间做了个决定，起身撂了一句：“散会，都回去休息吧。”

“支队长，那这事？”政委追问着。

“我来办，都歇吧，谁也别添乱。”贺炯推开门，扬长而去。

会议室里留下的人面面相觑，这人都不知道在哪儿呢，可怎么办？

出高速，驶上307国道，再行驶二十多公里，目的地监军山就在眼前了。

“这是去哪儿呀，支队长？”武燕放慢了车速，好奇地问道。

“往山上开。”贺炯看看表，已经十五时三刻了，他显得有点焦躁。

“这干吗去呀？”武燕嘟囔了一句，被抓来当临时司机有点不爽。

“到了你就知道了。”贺炯道。

“知道什么呀，这荒山野岭的，离最近的村都有十几公里呢。”武燕道。

“毛躁，你连自己人都不了解，怎么去了解嫌疑人？怎么去办案子？你可长点心啊，一姑娘家，这么大大咧咧的。”贺炯教育道。

“支队长，贺叔，您别这样，我不问了还不行？”武燕气哭了。再教育，又该提找不着对象的问题了。

“咱们这行，得沉得住气，沉得下心。大周受打击后，那股子自信消失了；江南、湘川是警院高才生，太循规蹈矩；你呢，又这么个毛毛躁躁的样子。大队长中队长里冒头的都不行，没冒头的就更不行了，警察警察，是警于事前，察于事后……兵来将挡、水来土掩可办不了所有的案子啊……唉……”

贺炯幽幽道来，像感慨，像自言自语，更像是一种无奈。严格的纪律和严格的制度，培养出的自然是中规中矩、循规蹈矩的警察。可总有例外的时候，一个反常规的案情，或者一个反常规的嫌疑人，你用常规的办案方式根本不可能奏效。

比如蓝精灵，除了秦寿生、孔龙一条线，再没有发现其他渠道；比如连天平，连无所不能的天网都查不清楚他的个人身份信息；比如葛二屁和高久富，这两个炮灰还在堂而皇之地满街乱窜、招募人马，最新消息是，他们两个人已经变成五个人了，团伙已经具备雏形，保不齐什么时候就要干上一票了；甚至邢猛志的反常也无从解释，他像示威一样，愣是在监控上消失了一天，到现在都找不到踪影。

“啊？支队长，这是……”

快驶上山顶，武燕苦着脸出声了，眼前一个巨大的烟囱，而自山腰往上矗立着整齐成列的墓碑。武燕现在知道什么地方了：火葬场。

“喜欢打赌不？我赌邢猛志在这儿。”贺炯道。

“怎么可能！您怎么知道啊？”武燕问。

“我不知道，所以才赌啊。”贺炯道。

“你要赌，肯定知道自己赢面大……不对，他父亲去世了，您有消息来源。”武燕道。

“那，现在你也有了，你觉得会在这儿吗？”贺炯问。

“啊，您也是猜的？”武燕郁闷了。

“这叫推测，在没有证据和迹象时，必须用你的思维去判断一个结果，这是当好一名警察的基本素质。你得好好学学啊，不了解，不理解，你是解不开那些案情的。”支队长谆谆教诲道。

“要是不在呢？”武燕犟着来了个反思维。

“要不在，就忘了他吧，警中的人才也如过江之鲫，离了谁这个案子也要办下去。”贺炯一支身坐正了，感慨道，“虽然纪律和制度会规范一名警察从众，却教不会一个警察出众。非常之事，往往得非常之人来做。”

“其实您的想法就是我们一开始的想法，那不行。”武燕提醒道。

“呵呵，为什么不行？不行的原因是你根本不了解，更不理解他而已。”贺炯道，他的表情见喜，愁眉舒展，再行不远，几乎是喜笑颜开了。

武燕反倒郁闷了，那辆躲了一天的小面包车，赫然就停在火葬场大门外，错不了，人就在这里。

两人泊停车辆，下车后顿时被孤寂冷清的氛围包围，雾霾把苍翠的松柏山峦变成灰蒙蒙的一片。放眼望去，一轮白惨惨的太阳挂在天际，像被高耸入云的烟囱杵着，偶尔微风带起纸灰在空中飞舞，纷纷扬扬间把这个所有人最后的归宿蒙上了一层凄清而又神秘的意境。

贺炯、武燕拾阶而上，在焚化房的后院找到了邢猛志，那是葬区管理划定烧纸、燃放鞭炮的地方，为了安全起见，所有祭奠用的土纸冥钱都只能在这里烧。邢猛志烧得不少，边烧还边喝着酒，脸红红的，不知道是喝多了还是哭过。贺炯和武燕两人的到来，他恍若未觉一般，手拿着酒瓶子沿着燃烧的火堆洒了一圈，那火烧得更旺了些。

武燕被他懒得理睬的态度搞得很尴尬。贺炯抬步而下，蹲在邢猛志的旁边，捡起纸，扔进了火堆，双手合十，作势拜了几拜，然后拿起了那瓶酒，仰头灌了口，又向火堆洒了一圈。

呼啦蹿起的火焰，又瞬间旺了起来，火光映着表情僵硬的邢猛志，贺炯轻声提醒着：“我来了。”

“来干什么？”邢猛志淡淡道。

“如果不是壮行，那就是送行。”贺炯道，掏出烟，就着燃烧的纸火点着了。

此时邢猛志被支队长的话刺激到了，他问：“你是不是把我查了个底朝天，然后发现我最适合干这个？”

“嗯，大部分警员不了解保密处，不过保密处对所有警员的背景都了解，不光你，包括你父亲、你的社会关系、你的成长经历，都会查，这叫外调。”贺炯道。

“那你来只能送行了。”邢猛志扬扬头补充道，“我爸是个老上访户，一到开什么会，就会被派出所很客气地请出去旅游。”

“查到了，你父亲邢改革是因为厂子被卖，职工宿舍楼被拆后的补偿和安置上访，涉及当时的领导以及两个房地产开发商，上访时间一共七年零四个月。生前他是五钢厂的工会干部、车间主任、老八级工，当过市劳模。”贺炯如数家珍。

“刨出了他的生平，你觉得可悲还是可笑？他是个为众人抱薪的人，下场却是自己冻毙于风雪。”邢猛志道。

“不，可敬！所有敢于站出来面对黑暗、舍生取义的人都可敬。‘三军可夺帅，匹夫不可夺志’便由此而生，路见不平事，总有拔刀人，你像你父亲，身上不缺血性。”贺炯道。

“说不定也会像他的下场，困顿而死，抑郁而终。”邢猛志漠然道，似乎已经没有斗志可被激起。

“我们没有机会选择自己的死法，只有机会选择一种活法。见过邢天贵了吧？那位曾经呼风唤雨、世间逍遥的大佬，你觉得他是活得很幸福，还是将来会死得很风光？”贺炯撇嘴道。

“所以，我要接受你给我规划的人生？”邢猛志睥睨反问道。

那不屑的表情刺激到贺炯了，贺炯叼着烟，喷出一口浓浓的烟雾道：“我说过了，不是送行，就是壮行。相识一场，我不希望警队给你留下坏印象，冲锋在前的小伙子们，没有谁是被逼着上战场的，不管是信仰驱使，还是血性使然，都绝不会有不情不愿的事。你知道禁毒支队的规矩，一直是来者自愿、去者自便，哪怕每年高达百分之四十的人员流失率，这支队伍依然岿然不倒，震慑着那些涉毒犯罪的宵小。你总不会认为，是我给所有队员都洗了脑，是我规划了他们的人生吧？”

“我没这么想。目睹罪恶，人的选择本来就不一样，或者逃避，或者无视，或者同流合污，或者像禁毒警察这样，疾恶如仇。我其实已经被洗脑了，从看《毒祸》开始，从你带我入行看那些受害者开始，那些惨象快成为我的梦魇了。”邢猛志道。

这时候贺炯笑了，笑着问：“那你的选择似乎只有一种了。”

“所以，我在等着你确定啊。都说了，不是我有心结，而是你过不了心里那道坎。”邢猛志笑道，那是蔑笑、坏笑，他把剩下的所有纸都扔进了火堆，就那么笑看着贺炯，提醒道，“你要是找不到这儿，我只能默默走了，找同伙得找有默契的，肯定不能找猪队友。”

这下把贺炯给郁闷得直拍额头，一旁站着的武燕狠狠剜了邢猛志一眼，明显把“猪队友”的词捡给自己了。邢猛志对此一笑置之，丝毫没顾忌人家的感受。

“那我就不明白了，为什么要有今天这一出？”贺炯兴奋了。

“人嘛，主要看气质，我得找找曾经的感觉呀。那些混迹在法外的人，没有天网，没有身份识别技术，没有考核，但并不代表他们没有识别同类的能力，这不也正是你们使劲盯着我不放的原因吗？”邢猛志道。

“太对了……我们缺乏那种气质的养成环境啊，你怎么试的？”贺炯问。

“很简单，如果我能骗过他，如果我能让他的判断出现混乱，那我的气质应该够了，即便我告诉他真话，他也不敢相信。”邢猛志道。

“返程行踪消失呢？”贺炯又问。

“那是提醒你，有很多种躲开监控的手段，既然怀疑可能有毒源，那就应该有运输，既然有运输，那就一定有躲开监控的方式。”邢猛志道。

武燕好奇地问：“怎么做到的？”

“我用最常用的方式，你车跟着四米以上的大货车，保持最近的距离通过公安检查站，角度会让摄像头拍不到。上下高速的时候，打开远光，用改装的疝气灯对射拍照探头，会让成像一片漆黑，超过8000流明都是这种效果。”邢猛志道，看武燕愕然，他补充解释，“其实以往经手的案例里，我抓到的两个偷电缆的就是这么干的。大多数警察是为生活而从事这个职业，可嫌疑人是为生存狡计百出，有时候不得不承认，手法确实很高明。”

“幸亏你站我们一边……能告诉我为什么接受任务吗？我还没有说这个任务，也给不了你去执行这个任务的理由，坦白来讲有的时候我都不确定该怎么开口。”贺炯道。

“我其实差点就成为邢天贵团伙的成员，高中辍学就跟他去混了。我爸那时候找到我们，劈面就扇了邢天贵两个耳光，然后劈头盖脸揍了我一顿。我从小就怕他，大院里所有的人，哪怕成了涉黑头目的邢天贵也怕他，也说不上为什么，就是怕他，被他打到皮开肉绽也不敢犟嘴……虽然他穷了一辈子，也没什么人看得起他一个下岗工人，可去世时，认识他的人包括原来的工友，有上千人吊唁。我后来整理他的遗物看到了很多文字，是他断断续续写的。他是老工大的毕业生，水平很高，老引用一句格言叫：与其诅咒黑暗，不如点亮烛光，哪怕这光很弱，也总比都陷在黑暗里强。我一直想成为他那样的人，却做不到，曾经的污点像影子一样跟着我。我拼命争取着一切证明自己的机会，可惜处处碰壁，没有理解，没有信任和支持，有的只是鄙夷、轻蔑、白眼，除了为生存而挣扎，我还能做什么？”邢猛志幽幽道，唏嘘一声，把余酒全部倒在纸灰里。

火灭了，就再也燃不起了，浇上去的酒成了一片湿迹。他支着身起来，顺着搀了贺炯一把，笑着道：“你赢了，这个坏人我当最合适，葛二屁对我有印象，靠近他很容易，说不定我能进到那个团伙里……我给自己找了个很好的理由，而且是非做不可的理由。”

“是什么？”贺炯轻声道，莫名地感动。

“奖金啊。”邢猛志道。

“嗞……”刚刚才被感动到的武燕一撇嘴，气着了。

邢猛志却是一点也不客气道：“你得答应我，别骗我。我家很穷，我爸去世时我还没成人，骨灰一直寄存在这儿，我要用奖金给他在这儿买一块大大的墓地，然后穿着警服站在这里给他敬礼，大声告诉他，他儿子没学坏，和他一样，是个……好人。”

武燕听着，猝不及防地鼻子一酸，她掩着嘴，拭着眼睛。邢猛志明显流泪了，可却是笑着说的。贺炯重重拍着他的背道：“这事我来办，老爷子生前没告下来的状，我接着，不平事总得有人管。”

“哈哈……谢谢支队长，那我走啦。”邢猛志道。

“方案得研究一下，我们得选择一个最可行的，你的身份得经得住推敲。”贺炯道。

“你又错了，越精心的策划，越会显得不自然，身份我想好了，你不开除我了吗？”邢猛志问。

肯定是王铁路通了气，气得贺炯叹气道：“这个王铁路啊。”

“别怨我们大队长，他也是为我好……对了，我得借样东西，昨天的警情通报，天龙山森林派出所抓到一起非法偷猎的，用土制逆变器拉线，偷猎兔子和野猪，猎物和工具我都要。这是咱们现代城郊的一个隐形职业，专打野味供市里饭店卖高价，我哥邢天贵、葛二屁那些人，都干过这个，我干这个最合理……还有，不要找我，我找你们，让丁灿盯着我，对了，还有这辆车。”

且行且说着，绕过建筑物，邢猛志指着那辆面包车。

“你哪儿找的黑车？”武燕问。

“用队里发的补助买的，两千五，回头报销。我先走，一会儿手机短信告诉我他们的方位，手机号是13××××……队里登记的手机放在家里，你让明星去拿一下。”

“有什么重要的信息在里面吗？”

“不算很重要，但一定得看看，我不知道你们是怎么样安排化装侦查的。可这事如果我去，一定按我的方式来，想加入他们团伙没那么容易，我试一试，如果不行，就当这事没发生；如果行，那再作他想。

闲话就不扯了，后续的贴靠跟上，不要太近，需要时我会想办法联系家里……不用送了，我……”

且走且说的邢猛志到了车门前，回身告别却发现两人没跟上来，几步之外，贺炯和武燕在庄重地看着他。

“仪式感就免了，期待也不要太高，混进去估计也是个炮灰，等我回来，别嫌弃我就成。走了。”

邢猛志上车，倒出了停车位，一扭车身，头也不回地走了，不用看也知道，后面的两位在向他敬礼，那是所有警察给前行者最高的礼遇。

礼毕，贺炯轻轻地放下了手，武燕压抑着心里的激动和感动，现在开始担心了，她弱弱地问：“太仓促了吧，就这么去了？”

“他准备很久了，一点也不仓促。归队，马上启动化装侦查方案。”贺炯兴奋地命令道。

武燕嘴一咧，难堪道：“这事没定性，啥都没来得及做啊。”

“不耽误，马上开始做，名字叫……烛光。禁绝毒品不仅仅是缉毒警察的事，更需要全社会的关注，如果每个人都点亮一盏光，那就不会再有涉毒犯罪滋生的阴暗角落。对，就叫烛光。”

贺炯心中涌动着一种兴奋、激动，又交织着感动的情愫，以他的个性往往会用“扬剑”“霹雳”“响雷”之类的词，这一次却一反常态给行动临时起了个文艺的名字。

不过很贴切，刚刚走的那一位不就点亮了第一盏吗？！武燕毫不怀疑，他会成为领着队伍走出案情迷雾的一盏灯……

十六时四十分，地处偏僻的天龙山森林派出所接到命令，封存偷猎证物，封锁已经播发的偷猎者的消息。刚接到命令就有禁毒大队的人进门，把像个铁疙瘩的电流逆变器、电瓶，以及兔子、土鸡全部带走了。

与此同时，缉虎营特巡警大队大队长王铁路接到了紧急征召，让他交代工作，在一小时内到禁毒支队报到。王大队长瞬间明白了怎么回事，他瞠目结舌地跌坐回了办公椅子上，这次震惊让他失魂落魄，有十几分钟醒不过神来，一直在喃喃自语："有种，没看出来真是个不要命的主儿。"

十七时整，禁毒支队三年来最严的一次封队启动，邱小妹、丁灿在政委的安排下负责清点所有警员的通信工具。他们本来以为是一件简单的事，却没想到像生离死别一样，挨个儿办公室过，每收缴一部手机，那些警察总是用无奈的眼光，请求打最后一个电话。

或者打给父母，用温馨的谎言说道："妈，我得出差几天，这几天回不去了啊……对，队里有纪律，不能打电话，您多保重啊。"

或者打给妻子，用柔和的谎言安慰道："亲爱的，我出趟差，不要太想我啊，等我回来……"

或者打给儿女，用亲切的谎言哄着："宝贝，叫声爸……哈哈，不许淘气啊，等爸出差回来给你带好吃的……"

这些拙劣的谎言一遍又一遍，听着听着邱小妹忍不住眼睛一酸，和办公室负责内勤的阿姨一起抹了把泪。同样眼睛酸酸的丁灿对警察、对缉毒警这个特殊的职业，有了一种更深的体会……

十八时五十分，专案组紧急会议结束，出会议室的时候，朝夕相处的一队警员齐齐震惊到无语了。一位辅警，担起了化装侦查的任务去接近毒贩，这在禁毒支队的历史上是没有先例的。更让人震惊的是，那位化装的侦查员没有配备任何外勤支援，要在几小时后接近目标嫌疑人。

行动代号：烛光。

整个支队从信息指挥台到专案办都在迅速地调整，监控视频直连市区现场，一辆车漆斑驳的面包车，那里面承载着全支队的希望。所有人都在好奇，面对那些狡计百出的毒贩，这孤单的一人一车怎么可能是相匹敌的对手。

可恰恰是这样悬殊的对比，透出一股悲壮的情绪，虽然很多人不知道车里的同事是谁，可都紧紧地攥着拳头，压抑着心里的澎湃，恨不得去和毒贩对决的是自己。

十九时五十分，目标车辆接近了支队给出的方位，武园路小吃市场临街的烧烤大排档，嫌疑人葛洪、高久富、董小花正在此处与几名新入伙的聚餐。他们七八人围了一桌，吆五喝六地，刚开场酒已入酣，似乎在庆祝什么。

如何相认？怎么样搭讪然后上酒桌呢？故作偶遇？

会议室里，政委和支队长紧张地盯着远程视频，心里迅速闪过很多种方案，可哪一种都有缺陷，偶遇容易，搭伙可就不易了。这个小团伙已经初具规模，连天平的反侦查意识又出奇地高，别说想过他那一关，就眼前这道坎都不容易过啊。

准确的时间是十九时五十八分，监控中的面包车突然动了，几乎是直直开向目标地，刹车，斜斜地泊向街边。葛洪、高久富的摩托车正停在那儿，于是“意外”地来了个碰撞，几乎是“嘭”的一声把人家那两辆摩托车给撞翻在地，滑出去几米远。

喝得正欢的几位奔上来和车里的邢猛志争执，这些街头解决问题的方式肯定是讹钱，讹不着就直接干。几个人围着下车的邢猛志，争执没几句有人啪地扬手给了邢猛志一个耳光，邢猛志蓦地跳起，监控没看清，应该是飞踹，把打耳光的人瞬间踹出去几米远。

人一下子都哄上去，成了混战。

信息中心“嗡”的一下子，不少人站了起来，这么高规格的任务被演绎成街头混战，真不知道还能low到什么程度。

而此时贺炯却兴致勃勃地看着，他看到腾挪利索的邢猛志并未落下风，边打边走，他对着愕然的众下属说了句：“不是狠人不出手，不是同路不聚首，江湖人，不打不相识嘛，哈哈，这才是最好的方案。”

好是好，就是有点狠了，一眨眼工夫，那个无辜的烧烤摊点就给砸得七零八落了，而且混战还在升级……

不打不相识

十分钟前，邢猛志一直在路对面猫着。他泊在车堆里，看到了葛洪，看到了高久富，还有三名不认识的男子，估计是新收的小弟，这些人都不起眼，最扎眼的是那个胖女人，足有两个高久富粗壮，而且像是地位不低，被一群男子围着正喝酒撸串，那大杯喝酒、大块吃肉的样子颇为豪爽，不用辨都识得是传说中的波姐了。

看资料和亲眼见不是一码事，此情此景勾起了邢猛志的回忆，辍学那年其实也常过这种畅饮开怀、玩乐尽兴的生活，他有点艳羡地喃喃评价了句："还是当烂人好，这小日子过得乐呵。"

这时候，机会来了，葛洪起身了，像是去找卫生间。邢猛志等的就是这机会，他一拧钥匙，发动车，起步，高速前行，迅速在前方掉头，佯作到小吃城，在车人混行的道上驶近那两辆摩托车，靠近时一打方向盘，很拙劣地撞了一家伙，"砰"的一声把一辆撞倒了，捎带着另一辆也翻了。撞击的力量很大，有辆摩托车滑出去几米远。

正吃到兴处的众痞一愣，高久富一拍桌子吼着："妈的，真不长眼！"

脸大腮肥的波姐瞅着那三位发愣的小兄弟提醒着："发什么傻？生意找上门了，不用碰瓷都讹定了。"

"对呀，抄家伙。"高久富酒壮胆色，捋着袖子抢先上来了。那三位一个提凳子，两个抄酒瓶，跟着上去了。波姐挪着肥胖的身子蹒跚跟来了。

相隔不过十米，下车的邢猛志和他们照了个面，高久富嚷着："长着眼出气呢？把我们两车都给撞了，说吧，咋办？"

"好办，一辆一万，哈哈。"波姐唯恐天下不乱，煽着风。

不料撞车的也不是善茬儿，一看自己的车，瞪着眼回了句更恶心的："猪都没你肥，谁胖谁有理呀？"

“啊？孙子你骂谁呢？”波姐怒了。

“谁接茬儿就骂谁，骂猪你也接呀？”邢猛志怒道，那穿着短袄无法无天的横样愣是把波姐给吓回去了。

“报警。”有个胆小的混子道。

“你傻吗？摩托车没牌，报了谁给钱？”高久富骂了句，给了一巴掌。

对方听到了，恶狠狠地道：“老子这是黑车，交警管不着，赔你个球啊？有这么停车的吗？”

“嘿，嘿，我去……孬九，可见着个比你孬的了。”波姐被对方的横样吓住了，躲到了孬九身后，这人嚣张得让她有点害怕。这不，明显势单力薄，那人还恶狠狠地道：“都是黑车，谁赖谁呢？仗着人多耍横啊？也不打听打听老子是谁，滚蛋。”

“去你大爷的。”高久富被激得暴跳，挥手就是一个耳光。

“啪”的清脆一响，那男子居然没怎么动，只是微微侧了下头，一刹那他挥手直拳捣向面门，高久富下意识后仰……上当了，那是虚晃一拳，高久富一后仰身，胯部前倾，邢猛志瞬间收拳踢腿，直蹬下阴……“哎哟”一声，高久富疼得惨叫一声，捂着裆部连连后退，捎带着把波姐给撞倒了。两人滚在一起，波姐惊叫，高久富惨叫，两人此起彼伏地呻吟着，有食客看着不惧反笑，一口饭直喷碗里。

这边仨急眼了，挥起酒瓶凳子就砸。邢猛志朝着最近的一位，不躲反欺身而上，对着面门就是一拳，“嘭”一声那人脸上顿时开了酱醋铺子，酸的甜的咸的一下子涌上来了，“啊”一声尖叫后倒。邢猛志拔腿就跑，跑向人多的市场里面。

“妈的，给我弄死他！”高久富挡着裆部怒吼道。

两个没受伤的抄着瓶子追，高久富扶着凳子艰难地爬起来，一抹一鼻子血也是动了真怒，几个人嗷嗷叫着追着邢猛志往市场里走。

邢猛志控制着跑的节奏，不快，也不慢，后面追着俩瘦干巴样子的威胁不大。走到市场中段他顺势把手伸进店铺摆在门前的麻辣小龙虾盆子里抓了一把。稍一迟疑抄瓶子的堪堪追了上来，他一侧身闪过，那人刹车不及，跑过了，又一把被邢猛志拽着后领子。那人慌乱挥瓶，邢猛志一挡，顺手在他脸上吧唧一抹，使劲在眼上揉了揉，然后撒腿就跑。

那人站定了，再睁眼顿觉一股火热蒙住了视线，刹那间两眼剧痛，他“叭”一声扔了瓶子跳脚大吼着：“啊，我的眼，我眼瞎了，我眼瞎啦……我什么也看不见啦……”

最后一个追兵已经跑过了同伴，回头一看，吓了一跳，再细分辨吼了句：“号啥玩意儿，瞎不了，那是辣椒……妈的，这谁呀？这么损！”

一声轻佻的口哨声起，这个举瓶子撵人的愕然回头，恰看到前方十几步远，根本没跑的邢猛志又吹了一声口哨。他犹豫间，邢猛志蓦地抬手，拉弓开射，皮筋声响，“叭”一声正中酒瓶，那瓶子应声碎成了瓶刺，愣着的混子被调戏得无名火起，拿着瓶刺喊了句“去你大爷的”，鼓起勇气怒起直追。

“叭……”又是手起弓响，那个拉开架势的人“哎哟”半声惨叫，后半声被他捂回嘴里了，一放手嘴已经肿了，手心一汪血里有颗被钢珠崩下的牙。他疼得“哎呀哎呀”直叫唤，追上来的高久富一巴掌扇着问“人呢”，再抬头时，那人早不见了。

几人顺着市场转了半圈，远远听到一声破烂车的引擎声，高久富一拍脑袋大呼上当，就往回追，偏偏就错过了，那辆车已经发动，冒着黑烟跑了。

这时候葛洪才提着裤子回来，边走边嚷着：“咋啦？咋啦？就拉泡屎的工夫，咋把饭桌都掀了？”

“哎呀，二屁兄弟，他们几个都被打啦。”波姐扑上来，拽着葛洪的胳膊惊魂未定道，“你是没瞧着啊，把咱车撞了，还把咱的人打成这样，不是说扫黑除恶吗？街上咋还有这么黑的人。”

“到底咋啦？”葛洪一下子分不清情况。

波姐拉着他指着远处：“就……就那辆面包车，跑了。”

“人呢！人呢……追他去啊！”一瘸一拐奔回来的高久富怒道。

一个眼看不见了，一个牙被敲了，一个鼻梁被捣了，就高久富最轻，被踢了蛋。葛二屁愣着瞧着，一下子被逗乐了。高久富气愤道：“二屁，老子被打了，你他妈看笑话呢！”

“不是不是，这什么人啊？有些年没见过这么厉害的了。”葛二屁惊讶道，忍不住觉得可笑。那个崩了牙的含糊不清道：“会用弹弓，把我的牙打了。”

“十几米外打你嘴里，不赖呀，我看看。”葛洪认真道，把挨了一弹弓的气得无语了，捂着嘴不让他看伤处。

波姐却是头脑清醒，围观的这么多，她紧张道：“这儿不能待，肯定有人报警了，赶紧走。”

几人这才醒悟，葛洪和受伤轻的高久富扶着摩托车起来，摊子被砸的店家拽着波姐理论。这倒好打发，高久富扔了几百块钱，跨上摩托车就跑，直追着面包车去的方向。

“喂，喂，孬九被人打了，他们几个人都被打了，赶紧来……武园路这一块，往科大方向跑，面包车，车号372……

“喂喂，孬九被人打了，面包车跑了，车号372，是辆黑车，瞅见就堵上啊……”

波姐慢悠悠走着，边走边打着电话，在想着找能联系到的人帮忙，这口气咽得太窝囊，姐可是最忌讳别人说“猪”“肥”两个字，今天这人居然连贯起来说她比猪肥，这可是深仇大恨。她咬牙切齿地恨不得现在就把那人给踩在脚下狠狠蹂躏……

禁毒支队，观战的会议室里，眼光都有意无意地投向了一位：来自缉虎营特巡警大队的大队长王铁路。禁毒局通过市局借调此人，情况特殊，所以他也被特殊对待，直接被封队禁足。

毕竟是多年的老警察了，王大队长识得利害，这倒没有什么怨言。本来还对自己前部下接受化装侦查的任务又感动又激动，现在全成了羞愧，面对支队长、政委以及老同学周景万和他同事的眼光，老王恨不得找条地缝钻进去。

这是扫毒去了，还是流毒到社会上了，实在不好判断。不过几分钟工夫，把一个小吃市场搅得鸡飞狗跳，现在110出警已经到场了，肇事的溜得比兔子还快，现场留下一片狼藉。

“支队长，需要知会一下派出所吗？”周景万轻声问。

贺炯想了想，然后摇摇头，两眼依旧迷茫，挑出来这个出众的，估计出格得也实在超乎他的想象了。结果只能是自己挑的人，自己替人家把屁股擦干净。他又一次看向王铁路时，王铁路老脸一红，羞赧道：“这真不是我能教育出来的，这小子本来就野，打架从来就不吃亏。”

“老王，你们那边警务里还有打架这一科？”周景万问。

王铁路一拉脸不悦了，直道：“巡逻经常碰上喝酒闹事的、偷鸡摸狗的，当巡警不可能不处理啊，我们的方式就是果断出手。不能打不敢打的，我们还不要呢。”

“那还是你教育的。”政委不置可否来了一句。

“不是。”王铁路坚定地摇摇头，“他是带艺从警，咱们警体拳那几下花架子根本不够看，队里教警体拳的跟他练过，基本都被打趴下了。”

马汉卫和武燕低着头偷笑了。不但王大队长尴尬，支队长也有点尴尬，毕竟亲手挑出来的千里马成脱缰的野马了，现在想拉缰绳也不可能了。

王大队长看出这情况来了，小声提醒着：“贺支啊，这小子不知轻重，可把马蜂窝捅了，咱们……咱们就干看着？”

总得采取点行动吧？这个想法和其他人一致，偏偏一贯雷厉风行的贺炯变得犹豫不决，投鼠忌器了，从头到尾没有下一个命令。

“支队长，支队长……老贺。”谭政委提高声音问道，终于把贺炯从冥想中拉回来了。贺炯惯常地一拿烟盒，给王铁路扔了一支，又给周景万、马汉卫挨个儿分了，点着火，慢吞吞抽着，像品味一样深深一吸，努着嘴轻轻呼着轻烟，半晌才玩味地说道：“你们想问题的前提是，他是警察，他在出任务，一个很重要的任务，对吧？”

众人目光移过来了，就听贺炯解释道：“关己则乱。你们换个角度想，这件事就是个开黑车的混子撞了其他混子的摩托车，然后双方开打，再然后开黑车的讨了便宜跑了……能有多严重的后果？”

“应该没多严重，顶多逮着揍一顿，赔俩钱。”马汉卫脱口道。

“这就对了嘛，还是不打不相识。戏到中途，咱们搅场那不乱套了？继续……燕子，去给大家准备点夜宵，该歇会儿了。”贺炯道。

这倒轻松了，武燕巴不得离开这个抽二手烟的地方，赶紧出门。出了门却见得任明星在走廊里和丁灿嘀咕，那胖小子不知道受什么刺激了，手舞足蹈，浑身嘚瑟。她凑近了一听，任明星正在神神秘秘地说着：“我告诉你啊，我早预料到这个事了。咱们今天就不该来，他把咱们骗来，自己倒去嗨皮了。哎哟，多爽，开个黑车横冲直撞，想撞车就撞车，想打人就打人，梦寐以求的彪悍生活啊。”

“你这身肥肉，让你打，你能行？”丁灿笑着道，已经看到了武燕。

“咋不行，猛哥不是教过咱们？”任明星作势比画着，“上捣鼻梁下踢蛋，勒着脖子往下摁。搏命三招啊，他那两下我也会。”

“那你到底拉我出来说啥呢？别跑题。”丁灿小声问。

“我是说组织上是不是太过分了，真把他派出去了。组织上不仗义，咱们不能不仗义啊，咱们申请也去呗，打架也多个帮手啊。”任明星真诚地说。

这一句倒把丁灿感动了，丁灿抬头示意。任明星回头，恰和武燕照了个面。武燕笑了，纠正道：“打架这种事让专业的人去干，你不行。还有，他是自己请战的，他今天的失踪就是为这个准备的，‘烛光行动’细节还没做出来，现在全队都跟着他走。”

“什么烛光？这名不对，其实他就是要光棍，搞这么个文绉绉的词。”任明星不屑道。

任明星一下子把意境给破坏了，丁灿和武燕齐齐说了个字：“滚！”

两人各走各的，没人理会他了。任明星怔了半晌，喃喃自语道：“没错啊，这就是要光棍啊，有什么意义啊？一条光棍对一群光棍，哪是找线索？这不是苍蝇飞茅坑，找死（屎）去吗……”

没人解答他这个问题，他也是头一遭见猛哥胆这么肥，担心接下来还会发生什么让他更揪心的事，只好又屁颠屁颠跑回信息中心观战去了。

“波姐，我看见那辆车了，四海酒店这儿，好像是送食材的。”

“看清了？”

“绝对看清了，车号尾数372，破面包车，他从后面进厨房了。”

“拍个照……你跟着啊，我给你发红包。”

一辆大商务车里，波姐拿着手机等着，看看车后座的几个伤员道：“以前在厂里干过的小马来信了，他现在干黑车，刚巧在路上碰着那小子了。”

城市里实在不好找，跑了一个多小时，不过好歹找到消息了，高久富揉着裆部恨恨道：“妈的，这胆肥啊，打了人还该干吗干吗。真要是个卖菜的可丢人丢到姥姥家了。”

“没事，这仇过不了夜，弄厂子里干他个半死。”波姐恶狠狠地道。

对于这个处理方式，受伤的几人毫无意见，鼻梁上已经贴上创可贴的王云标插话道：“我看见他也拿弹弓，好像出手比屁哥还快。”

“放屁，就民间弹弓协会那些半把刀，给老子提鞋也不配。”葛二屁的专业被质疑，愤愤道。

“真的，二屁哥，我还没看清，牙就给崩了。”说话漏风的这位，嘴还肿着，疼得“哎哟哟”含糊不清道。他是给波姐看场子的，扫黑除恶赌场断了营生，来跟孬九混了，因为人瘦被人给起了个绰号叫“麻棍”，真实姓名倒很少有人提起来。

至于那眼上给糊辣椒的，已经送医院了，听着他“哎哟”叫疼，波姐就心烦，正好电话响，她一瞅发回来的照片，瞬间来劲了：“就是他，走。”

风驰电掣间车启动了，车后还跟了一辆双排小卡，里面攒动着人头，车身喷着一个标志：惠民冷库。看到这些被外勤远程追踪到的情况，大家得到了一个信号：PK升级，冷库的车能载不少人，对方人数增加了一倍，要来报复了；这些人的信息渠道堪比天网，居然能在晚上准确找到一辆车，他们的去向正是邢猛志走的方向。

匹夫名猛志

从四海酒店离开，就有一辆奇瑞轿车不紧不慢地跟着，这个点出来，不怕耗油地乱转悠的，基本都是晋阳市的黑车。

邢猛志知道那些惯常捞偏门的人，总有你想象不到的路子。所谓君子报仇十年不晚，小人报复不过当晚，不出意料，自己要成为报复目标了。他不紧不慢地走着，不时地从后视镜瞄着那辆一直跟着他的车，心里涌起的不是紧张也不是恐惧，而是一种兴奋，那种兴奋莫名地刺激着他的肾上腺分泌，让他此时的感觉格外敏锐。

“莫非老子天生是当坏蛋的料？！”

他如是扪心自问，现在都说不清自己怎么能成长为这么另类的样子。

生活其实就是无数个阴错阳差组成的。他记得小时候自己很乖、很胆小，一次被人欺负到忍无可忍终于出手，完成了从挨打到打别人的角色转换，成功给自己贴上了淘气、顽劣的坏孩子标签；他记得自己本来立志要考个好大学的，却不想早恋导致厌学、逃学，后来升级到辍学，最终与理想无缘；他记得曾经的梦想是行侠仗义，却不料辍学后跟人干的是打架、收债、抢地盘的活；他记得父亲的去世对他触动很大，那时候就立志要做个正直的好人，甚至为此而加入了挣钱少干活多的辅警队伍，却没料到有一天，那些他努力改正的错误、污点以及性格缺陷，会成为被人关注的亮点。

“还是当坏人爽啊。”

邢猛志此时心里涌起异样的兴奋，回味着今晚的肆意妄为。当警察时不敢随意动手，不敢随意开口，现在好了，以前严重违纪的事，那对于入伙坏人可都是敲门砖啊，毫不讳言，他在这方面可不是一般的有天分。

“呜”一声，他笑着毫无征兆地一打方向盘，车来了个嚣张的掉头，碾过双黄线掉头加速溜了。

后面跟踪的一阵错愕，以为自己被发现了，再定睛一看，前方出现了一队查车的交警，正拿着发光的检测仪挨个儿让过往的司机吹气，司机愕然心道：“哎哟，波姐找的这是谁呀？开着辆黑车在交警面前都这么浪。”

绝对是辆没证的车，要是再晚点掉头，估计得被交警堵上。他老老实实通过检测地，急急拨着手机嚷着：“波姐，科大路上有查酒驾的，那车掉了个头跑了……哎呀，我咋追呀？他那黑车不怕违章，我不能不怕呀，拍个照罚好几百呢，一天能挣多少？啊？你说的，给一千呢啊……”

钱壮人胆，一听这允诺，司机就近违章抄了个近路，掉头加速追过去了。

丁灿敲响了会议室的门，听到“请进”时，他怯生生地进去了。这个刚开始熟悉的环境因为今天的事又带上了几分凝重和陌生，被禁足在队里的每一个人都如履薄冰。

“支队长，您叫我？”丁灿问。

“嗯，你说……他这是在干什么？去四海酒店，现在又往长治街方向跑。”贺炯问道。行动仓促，知其然，却不知其所以然。现在的邢猛志像孤魂一样在市区游荡，快把他转迷糊了。

丁灿想了想，犹豫着道：“似乎是卖野味去了，可他这几天没打猎啊。”

“哦……”贺炯一愣，明白邢猛志把森林派出所缴获的非法偷猎证据全带走的用意了，他好奇地问道，“他经常去吗？”

丁灿斟酌此事的轻重，不敢轻易开口了。

“大胆讲，不要有隐瞒，人都打了好几个了，打个兔子不算个事。”政委笑道。

“噢，清闲的时候才去，太忙就顾不上了。咱们市郊几座山上野味不少，夏天的知了，春天的杨絮、野蒜苗，秋天的兔子、土鸡，都是市区大饭店的紧俏货。”丁灿道。

“哦，于是就开辟三产啦？”政委愕然问。

“也就打几只补贴些家用，又不是禁猎区也不是珍稀动物，知法犯法的事肯定没干。这也没办法呀。咱们省平均工资低，辅警现在才一千五，队伍里有做微商的、下班开出租的，还有干其他活的，不很正常吗？”丁灿道。

政委愕然的表情僵在脸上，在直言不讳的辅警面前，既尴尬又羞赧，半晌点点头道：“理解，没事了。你去吧。”

“是。”丁灿道，转身出门，却驻足，想听听这里说什么，他听到了支队长出声道：“这应该是他熟悉的渠道，经得起求证，现在他是在以身为饵，等着这些人找到他。这种计划比我们设计的‘偶遇’要合理得多。王队长，您觉得呢？”

“人这么乱，免不得还要有场混战啊，他扛得住吗？”王铁路大队长的声音。

“扛不住也得扛啊，之后走出监控视线，我们也爱莫能助了。大家做好心理准备，接下来会有很长一段时间的失联。”贺炯道。

“单枪匹马的，就怕出什么意外啊。”政委纠结道。

“做几个应急预案吧，盯着冒出头来的这些人和车，看来这位波姐的能量不小啊，她的电话一直在忙线。通知一下，把惠民冷库的底刨一刨。”贺炯的声音。

看来这间房里说的，不会比信息中心更多，丁灿忧心忡忡地踱回了信息指挥中心。进门时，看到几个屏幕上已经锁定了人和车，四辆车，下车的人三两结伙，足有十五六人，远远地包围着一辆泊在街边的面包车。

毫无意外，邢猛志现在已经身陷重围了……

“一只六十。”

大师傅蹲着瞅着扔在地上的土鸡兔子，一比画给了个价。

“上回不还八十呢？又降了，不行。”

邢猛志在讨价还价。

“这电死的没放血，口味差很多。你不是玩弹弓嘛，咋改电的啦？”大师傅找到理由了，这种电死的野味没放血，确实口味差，而且不新鲜了。

“天一凉，兔子白天不出窝，只能电打。那成吧，就按你说的。”

邢猛志拖延着时间，眼瞅着差不多了，准备走，结账时又被大师傅扣了十块，气得邢猛志拽了厨房案板上两根黄瓜做补偿，边啃边踱步向外走去。

阴影里，一个双手撑着袋子的男子蹑手蹑脚地跟着邢猛志，冷不丁扑向他，口袋兜头扣了上去。

咦？没扣着，他一愣，就差了几厘米距离，目标突然快了一步，让他落空了。

站定的邢猛志笑着道："老子就是打兔子套土鸡的，你给我玩这小把戏，太差了吧。都出来吧。"

饭店的垃圾车下，又钻出来了俩，套袋子的道："哟，可以呀，套不住只能打了，兄弟们上。哎哟喂……"

突然他膝下一疼，下意识弯腰，紧接着就被欺身而上的邢猛志揪着袋子口拉了个趔趄，一下子被邢猛志捏住脖子了，一根粗壮的物事插进了他的嘴里，喊叫瞬间被堵回去了，耳听到袭击的人阴阴笑着："火气这么大，吃根黄瓜泄泄火啊。"话音刚落又被一膝顶开，嘴里插着老粗一根黄瓜，"嗯嗯哦哦"疼都叫不出来了。

一踢、一拉、一插，轻松地解决了一个，而且那人的麻布袋到了邢猛志手上。冲上来抄着棍子袭击的被邢猛志扬着布袋一挡，嘭嘭直响，却软绵绵地不着力，两下连挡，前面的眼前一黑，袋子扣他头上了，邢猛志顺势握着他的腕子，朝另一人直杵过去。那人空门大露，正被戳到肋下，疼得"哎哟"一声蹲下了。

邢猛志"噌"的一脚直踹蹲下那人的脸上，回身一肘拳直磕布袋扣着的脑袋上，两人"爹呀妈呀"地叫唤着满地打滚。夺到武器的邢猛志在手里一掂，发现是截短锹把子，他顺手连挥带打，捎带着乱踩一气，把猝不及防被放倒的三人打得哭爹喊娘，抱头乱滚。街外那群见前锋偷袭失利，跌跌撞撞地围了上来。出路被堵的邢猛志回身进了厨房，朝前门奔去。

邢猛志一阵风似的穿过走廊、厅堂，刚出门路上迎面奔来三人，他只好在车间穿梭，堵前门的也堪堪奔来了，手中兵刃亮得咣当直响。都是些街头流氓干仗的标配，链子锁、暖器管，还有一个正从腋下抽出尺长的斫骨刀。

“我去，至于吗？就玩玩，真玩命啊？”

邢猛志惊得大喝道，足下生风，脚步不停。围上来的仨也是彪悍异常，邢猛志甩起长短棍作势要砸向持刀的，那人一闪，这头邢猛志根本没砸下去，再一喝：“看招。”

那人再一闪，又是虚晃一枪，对方明显被气着了。邢猛志嚣张地哈哈一笑，谑骂了句：“傻子。”

那三人怒极了追上来，却不料这时邢猛志毫无征兆地一扔，棍飞了出去。飞奔而上的持刀汉子一个不防，“咣”的一声正中脑袋，“哎哟”一声疼得蹲下了，一摸脑袋上起了个大包，疼得他边揉边骂，那扔棍子的早奔远了。

同伴追了上去，大吼着“站住”。这个点不算晚，路上尚有行人，一遇这流氓打架都是忙不迭躲开。邢猛志灵活地穿梭在车缝里，眼看着行动渐渐受阻，后面的两人快追上来了，有个气喘吁吁地嚷着：“站住，你跑不了了。”

另一个也是威胁着：“再跑操你家里信不信？”

嗯？邢猛志蓦地站定了，堪堪站住一回头，把后面那俩吓了一跳，就见得破袄烂衫一个锅盖头的汉子看着他们，一点慌张也没有，两人愣了下没明白状况。

“那不跑了，谁跑谁是王八蛋啊。你俩撑得住吗？”邢猛志笑着问。

“哦哟，好厉害啊。”

“娘咧，不是有病就是有种。”

那两混子倒被邢猛志折服了，空手还敢这么嚣张可真不多见。两人抄起家伙上来了。这时候邢猛志两手蓦地抬起来了，“嗖”的一声，一颗弹珠几乎不可见地弹飞出去。一男子“哎哟”疼叫，一手捂向另一手腕，链子锁“当啷”一声掉地上了，他刚蹲身去捡，又“啊”一声惨叫，手背一阵剧痛，吓得他噔噔连退数步。

持棍的吓住了，弹弓，居然是一把弹弓，都没见人咋瞄，一打一个准。而此时他距离邢猛志不足十米，一个冲刺的距离，不过免不了要挨一铁弹子，犹豫间邢猛志笑着道：“我打你棍梢，你信不？”

“不信，吹牛吧。”那男子握着棍，心里闪过一个最佳方案，等弹弓一出手就冲上去，他来不及打第二弹。

“嗬，打不住棍梢老子认栽。”邢猛志不容分说，作势瞄准，那人等着这一弹，手指下意识地握紧了棍子。

“嗖！”长拉玫红色皮筋的手松开了。

“啊！”那人惨叫一声扔下棍子捂住了嘴，钢珠的力度奇大，瞬间把嘴巴敲得如绽开的菊花，带血的那种。

“不好意思，打偏了。”邢猛志掉头就跑，边跑边道，“这是谁的手下这么白痴，居然真站那儿让人打。”

流氓打架有个规律，一般是软的砍，硬的怕，见到横的就趴下。这么个狗急跳墙的主，又使得一手好弹弓，那仨堵前门的不敢追了，远远地拉开了距离。邢猛志跑跑停停逗着他们走近，那仨学乖了，就不往近处走。走着走着，邢猛志发现不对了，蓦地路边一辆车灯亮起，不仅两盏，顶上还有改装的灯，几束光齐齐照在他身上，他惊得拐弯就跑，边跑边回手出弓。

“叭！叭！”连射两盏车顶上的灯，后面嗷嗷叫着的几人操着家伙追着他满地乱跑。

“妈的，比葛二屁还猛。”车里的高久富心有余悸地揉揉裆部，不知道的还以为开枪了，十几米开外，两声碎两灯，要打人那还不一敲一个准？

“小心点。”波姐提醒着，喃喃地道了句，“真他妈猛，哪里来的亡命徒？”

远处，已经接上火了。高久富这回学乖了，带来的人都戴着摩托车头盔，护住要害，弹弓的伤害就有限了，一群人戴着大手套、操着臂粗锹把，边追边打。那混战看得波姐浑身肥肉直颤。

“嘭！”一棍敲到那人的背部，波姐浑身一激灵。

可不料被敲的顺势挟住了棍子，一踹一夺，抢走了武器。嘭的一声又挨一棍，不过此时他已经夺走了棍子，一横棍子恰恰架住了第三人的长棍。武器在手那人如虎添翼，连戳带抡，戳肋的、敲脑袋的、抡腿的，瞬间放倒了仨。就见他一瘸一拐地走着，地下躺了仨，爬着要躲开这煞星，后面追的还有两个，被那人满嘴是血的狰狞凶相吓得不敢靠近了。

“咋弄？收不了场啦。”波姐心虚了，有点后悔。

高久富却是无所谓地道：“让他跑了，咱们这些年就白混了。呵呵，现在是比人多钱多，可不是谁狠谁老大了。”

他发动了车，却是绕着街边缓行，而追的目标已经看不见了……

王铁路大队长轻叹一声，双手支着额头，低下了头，回传的视频不甚清晰，可看得出战况的惨烈。此时邢猛志怕是成了困兽犹斗，可哪怕再厉害的困兽也挡不住一波又一波的群狼。

看到邢猛志拄着棍子，靠着墙稍歇，那俩又趁机追上来时，武燕终于按捺不住了，拍案而起。

“发什么神经？坐下。”贺炯厉喝了一声。

“支队长，对方几处埋伏，他会被人打残的。”武燕怒道。

这正是贺炯心里担心的事，这个度谁也把握不了，混战起来，出手没轻没重的，真要去个健康的人回来个残疾，那算是赔了夫人又折兵了。他抚着下巴思忖着，看向了周景万和马汉卫，两眼如怒，瞪得溜圆。

“不要动，再有几分钟110出警就到场了，我们现在就是把他带回来也于事无补。”周景万咬牙切齿道。

武燕怒问道："周队，你心里除了任务还有什么？对方已经准备拼命了，我们看着他送命啊？"

周景万尴尬地低下头，无言以对。马汉卫牙齿咬得咯咯直响道："燕子你别说了，你心里也清楚，现在他在法外之地，他不是执法者，除了自己撑着，没有任何办法。"

武燕颓然而坐，贺炯保持着表情未动，低沉地道了句："他这是置之死地而后生的打法，怪不得不向我们说明，我有点理解'刑天舞干戚，猛志固常在'的含义了。不要动，现在的利害冲突还不至于要命，打到这份儿上，这个玩命的怎么着也得被带走啊。"

对于隐藏在暗处的犯罪团伙而言，不管是动了招募之心，还是出于安全起见，肯定得把这个人弄走，否则落在警察手里一查，不管打人的还是被打的都脱不了干系。此时贺支队长明白了邢猛志的良苦用心，是用江湖人的思维，给对方出了一个无法回避的难题。

此时的邢猛志也被逼到了进退维谷的境地，他靠着一家商店橱窗的角落，手拄着齐腰锹把，腰上挨了一棍跑不起来了，而两名毫发无伤的追兵已经围上来了。这两个人身着皮衣，头戴头盔，戴着厚手套，似乎在揣度着对手伤势的严重程度还能不能反击。

稍歇片刻，邢猛志一只手悄悄地握住了弹弓，睥睨着两位对手。

"给你们逃命的机会，别逼我出手。"他喘息着说。

"呵呵。"有一个人奸笑一声。另一个人在头盔里说："听这声量是不行了，还这么多废话，上！"

邢猛志一抬手，一样东西送进了嘴里，是弹弓包。他牙咬着弹弓包里的钢珠，手一前拉，神奇地单手和嘴巴组成了射弹的姿势，当头一个一愣神，"叭"一声头盔的护目镜碎了，"啊！"他尖叫着连连后退。

邢猛志趁势而上，抡着大棍和另一个打在一起。咣咣两棍，招架的那人已是慌了神，收棍的邢猛志趁势一戳肚子，那人往下一格挡，却不料邢猛志就着挡势，在他的腿间左右一撩一磕，疼得那人腿一软，直跪在当地。收棍回身的邢猛志恶狠狠地抡着棍子朝那人头上砸了下来。

此时邢猛志满脸是血，怒目如煞星降临，厉声如恶魔出世。另一位眼睛刚可视物就像见鬼一样，扔下武器连滚带爬地逃走了。那跪着的人扔了武器抱头凄声喊道："别杀我，别杀我……"

电光石火间，抡向脑袋上的棍子堪堪停住了。此时隐约传来警报的声音，被疼痛和怒火烧得昏头昏脑的邢猛志怔了下，听着那人的哀求，他扔了棍子，朝那人踹了一脚，一脚把人踹倒在地，然后一瘸一拐地绕过胡同，往饭店后厨他泊车的地方走去。

前半截打得兴起，后半截又打出了真怒，应该在合适的时候"失手被擒"了，可他看对方却没有妄图擒住他的迹象，难道是判断失误？如果失误的话，那这几棍就白挨了。

他揉着腰，现在腿、背、浑身都疼，疼得他一瘸一拐，想加快速度也不可能，眼看着就到车跟前了，这是条后厨的小路，少有人迹。他有点懊丧地在想着下一步该怎么办，掏出车钥匙加大步幅，不管怎么办，肯定得在警车来之前离开，否则，就要前功尽弃了。

"啪！"黑暗中一声轻响，飞出的物事带着几不可辨的破空声音。

几乎是下意识地侧头，同时脸上一阵剧痛，邢猛志捂着脸"啊"声惨叫，手捂着的部位黏黏糊糊出血了。他知道是葛二屁的弹弓在暗处出手了，刚心生想法，跟着眼前一黑，不知道从哪儿飞来一个大袋子直扣住了他。

围墙上跳下来两人，操着家伙对着大布袋一顿棍棒乱打，直打到袋子里的人连挣扎都微弱了这才住手。

此时邢猛志的车蓦地发动，车灯亮了，车倒了回来。连天平赫然在驾驶的位置，他好奇地看着口袋里露出两条腿的人，破中式裤，大胶鞋。不远处出手的葛二屁奔了过来，急声道："平哥，警车快来了，快走吧。”

“嗯，你把他的车开走……你俩，把人带走。”连天平下了车，葛二屁接替他的位置，开走了这辆车。早埋伏在路口的另一辆车驶来稍停，两人把被打昏死沉的邢猛志扔到了车后厢，“呜”一声开走了。

连天平像什么也没有发生过一样待在原地，等车走了才弯下腰，捡起了那人丢下的东西，一把弹弓。木质的弓身，他拿着把玩着，慢悠悠地踱到前厅。此时警车已经到场，不过打架的已经没影了，两名面嫩的小警员正询问着店里服务员，两个服务员正心有余悸地描述经过。

他轻轻地坐下来，要了瓶酒、两个菜，等菜的间隙顺手把手里的弹弓准备扔进垃圾桶里，不过一刹那颇好的手感让他做了个相反的动作，把弹弓放到了桌上。连天平带着好奇的眼光审视着这个不起眼的木头架子，此时的他有点想不通，这种小孩子玩意儿能被人玩到出神入化，十几米的近距离威力堪比手枪，这得练多久才能做到呢？

即便有答案估计他也不会去学，他的眼光是被弹弓上的烫字吸引住了，是两行刚劲的魏碑体，上书：

刑天舞干戚，猛志固常在！

平哥的文化不高，不过浓厚的兴趣让他用手机搜了搜这两行字的意思，仔细一瞅兴趣更浓，他愕然给了句评价：

“咦哟，还是个神话故事，誓戮天帝呀，怪不得是个操天日地的狠货。”

第二章

苦肉计卧底毒窝

针锋相对时

人在昏迷的时候是不会做梦的，即便做也是噩梦。不过那还不是最惨的，最惨的是在清醒之后，发现仍身处噩梦之中。

“哗”一声，冰凉的脏水浇到蜷在地上的邢猛志身上，他一激灵动了下，又动了下，大冬天凉水浇在身上比除心颤的电击还猛，硬生生把他从昏迷中叫醒了。醒来的第一意识是闻到了恶臭，仿佛是屎尿中和着发霉、腐烂的味道，眼睛睁开能视物时，一圈血淋淋的东西让他紧张地呃了声，第一时间想起了凶案现场。

这里有股子浓重的血腥味，不对，不是凶案现场，是屠宰场……猪肉，对，猪肉，他看清了挂着的几个猪头，再一细看，昏黄的灯光里，几个影子拉得好长，包扎着眼睛的、捂着嘴巴的，相貌比那猪头帅不了多少的男子，围了他一圈。

落到人家手里了，邢猛志暗叫一声：“苦也！”千算万算也算不到会是这种阴森、恶臭的环境，别说被人整得不成人样，就算把你弄死也留不下生物证据啊。

而且，这可能是那种证都没办的黑屠宰场。

有人踢了他一脚骂道："装死是吧？"说着又是一脚，这个额部中弹敲了护目镜的男子，差点就瞎了，所以对邢猛志一点也不客气。或者这群人里根本没客气的，磕了牙的、挨了棍棒的、嘴被弹弓打肿的，一人一脚发泄着，恶狠狠地骂着。有人没轻没重狠狠地往邢猛志肚子上跺了一脚，邢猛志疼得蜷起了身子，一动才发现，自己的手被缚着。

"起来。"有人在背后拉他，拉着他坐正，啪啪两巴掌打在脸上。眼睛被抹辣椒那货用手机对着邢猛志嚷着："笑一笑，给你留张遗照。"

说着"咔嚓"来了张，那小子龇着牙问："有遗言吗，兄弟？"

"呸……"邢猛志吐了口带血的唾沫。这么屌可没好下场，几个人围着，又是一顿拳打脚踢，不过让这些人很心塞的是，被打的这小子骨头比嘴还硬，半天都没吭一声……

嘀……信息提示的声音。

连天平一看，递到了葛二屁的眼前，葛二屁仔细一瞄，傻眼了，难为道："平哥，脸打得跟屁股样，变形了，我咋认啊？"

连天平一看，哦，也是，今夜PK是两败俱伤，都没讨到好。这小子现在一脸血，和新宰的猪头一样，实在不好辨认，他收起手机问道："你确定是邢天贵的弟弟？"

"这弹弓是天贵哥的，还是酸枣木手工打磨出来的，我们当年弹弓队人手一把，上头就刻着这几个字，错不了。"葛二屁道，被连天平叫回饭店，认出这把弓来了。

连天平笑着道："不是吧，你还认识字？你那弓上没字啊？"

"我们被警察抓着的时候，弹弓全没收了，出来后我自己又做的，可这做的就跟大哥的手艺差远了。”葛二屁掏出自己的弹弓，两把弹弓一比，优劣立现，邢猛志这把弓像文玩一样已经盘出来了，厚厚的包浆，而葛二屁这把，顶多算个树杈子。

连天平看着，葛二屁又心虚了，小声道：“平哥，差不多就行了，好歹都是一路人。”

“就是他妈一路人，下手才这么黑啊，哎，我说这小子干吗的，怎么着就闹得这么凶啊。”连天平现在都没整明白，对方只有一个人也能搞这么大场面。

葛二屁的屁话开始了，缠杂不清地讲经过，连天平不耐烦地打断了，对方越神武，就越显得自己的队伍太垃圾，十几个人才把一个人给摁住。他一摆头让葛二屁一起下车，黑咕隆咚的大院子里，借着手机的微光，连天平拉开了邢猛志开的那辆车，后座一个怪模怪样的金属器具，葛二屁赶紧解释着：“这是打兔子的机器。”

“打兔子？”连天平又理解不了了。

“对，打兔机，我们也叫电猫，两块电瓶带着，一通电，电压能逆变到几万伏，兔子土鸡一撞就倒，打山猪的比这个还大，我们以前玩过这个，您瞧……这血，是去饭店卖野味。”葛二屁道。

要是没这个经验老到的解释，连天平得怀疑这是个杀人越货的主儿了，车上斑驳的几处血迹，散发着浓重的腥味，倒是和这个环境挺配。连天平在车里翻了翻，这里头好玩意儿可不少：管制刀具、弹弓皮子，甚至还有一罐子伪装的药——那玩意儿葛二屁赶紧拦着不让动，据说是药土鸡的，有毒，也是违禁物。连翻数样东西连天平心里踏实了几分。

葛二屁心虚了，小心翼翼地问道：“平哥，这……这……咋整啊？”担心的是处理结果，毕竟有香火情分，前夫前妻前女友都有点情分呢，何况前大哥的人。

连天平没有回答，反而说了句：“这车是偷的吧？”

“不一定，说不定是买别人偷的，这破车又不扎眼，郊区进城卖菜拉生意的，一小半来路都有问题。”葛二屁道。

“那干这挺来钱的？”连天平也好奇地问道。

“嗯，还行，要找到地方，好把式一晚上打十来只，打山猪难点，兔子太容易了。”葛二屁道。

“这可真是什么道上都有人蹚啊，呵呵。”

连天平笑笑，摔上车门，在大院里巡梭着，嘴里刚叼了根烟，葛二屁就赶紧点上火，借着火光连天平瞅见了葛二屁一脸期待的表情。他笑了笑，很显然，这夯货还是蛮重感情的，生怕对邢猛志下狠手。

“你别进去，我会会这位去。”

“哎……平哥……”

连天平径直进去了，葛二屁没喊住，他进去时门一闪，露着灯光，又一闪，变成漆黑一片了。黑暗里葛二屁叹了声，有点黯然，估计是人微言轻，只能听天由命了……

距离货厢车消失整整三小时了……

天眼此时漆黑一片，不是丢失了目标，而是监控的地方本身就漆黑一片，奉命拉开距离的数位外勤最近的在两公里外，那个地方毗邻武宿高速出口，快出市界了，是一处废旧的粮加厂，属于村办，在工商税务信息里都是空白。

贺炯看了看表，环视在座众人，幽幽道了句：“可能今天晚上不会再有什么消息了，大家休息吧。大周，给王队长安排个地方。”

“哎，好嘞。”周景万应道，不过没挪窝，这个情况未明的关键当口，估计没人睡得着。

谭政委又刷新了一次屏幕，狐疑地出声道：“落到了对方的手里，会发生什么情况啊？老贺啊，到底怎么安排的？”

“我没安排，我看他信心百倍、胸有成竹地说能进去，谁知道是这么个苦肉计？要知道这么凶险我也不能让他去啊。”贺炯黯然道。他此时更多的是回忆着下午见面时邢猛志的一颦一笑，试图从那复杂的表情里找到某种端倪，可惜他做不到。没有谁能预见未发生的事，哪怕只是下一秒也不能预知。

那么问题就来了，如果没有准备，肯定就缺乏防备，现在就成赤裸裸的“人为刀俎，我为鱼肉”了。

“手机，手机……燕子回来了没有？”他突然想起了邢猛志留下的话，先前已经安排燕子去了。政委刚要打电话催问，已经听到了车声和脚步声，片刻后武燕敲门而入，把一部手机交给了贺炯，贺炯皱眉问道：“有东西吗？”

武燕点点头。贺炯问：“是什么？”

武燕奇怪地看了在座的一眼，看似失望地落座：“一段视频。”

她不说，反而更勾起了其他人的兴趣。贺炯翻查着手机，很好查，收藏里只有一个视频，他点了，是邢猛志喝得醉醺醺的红脸，正摆着手机自拍，应该是昨晚，一开口醉态可掬地招手道：“嘿，我不知道谁会第一个看到这段视频，但一定会是奉支队长命令来取的。不是我非要用这种方式传话，实在是禁毒支队同志们一个个阴沉又木讷，怎么也找不到说这话的机会，借此机会，我……给支队长您说几句……

“嗯，别指望听好话啊。有些事我就看不惯，不说出来我心里憋得慌，禁毒支队都什么玩意儿啊，警力不足就到我们辅警里挖墙脚。从周景万头回找到我，我就看出他不怀好意了，果不其然，私下里试探我，想让我混到那群毒贩里挖线索。这是人干的事吗？发的钱没民工高，干的活比特工难，搁谁都会反感啊。而且这些年我一直兢兢业业上学，老老实实打工，其实就想改掉以前的坏毛病坏习惯。嘿，还偏偏让我活回去，我心里能舒服吗？”

周景万听着手抚额头，难堪了。

“我后来又想了想，这事似乎不对劲，周景万没这个权力啊，一想不对，这肯定是有人默许的，而且这个人现在可能正听着我说这些话。从借调开始，让我们看《毒祸》、见受害人、参观戒毒所、融入禁毒队伍中，可他本人却有心无力，解决不了我们的编制问题……这个心思最深的幕后，应该是贺支队长吧。”

贺炯脸上的横肉抽了抽，难堪了。

在座的诸人都难堪了，王铁路忍不住鼻子哼哼有点愤意。

“但是，我还是做了这个决定。我想现在大家都在奇怪我为什么这么做，这话我得说出来，否则以后可能没机会说。毕竟这事如果败了，我只能灰溜溜地走；如果成了，可能也很难是载誉归来……说不定我连尝试接触这一关也过不去。我只希望大家不要期待太高，万一不行，还得有人继续做下去……”

众人注意力集中了，等着屏幕上的邢猛志又喝了一口酒，像是回味一般幽幽道：“有句老话叫‘成也萧何，败也萧何’，这话应在我身上了，引起我反感的是你们，但让我做这个决定的也是你们。这些天我看到了很多事，我看到了没日没夜忙活的同事，看到了那些被毒品残害的无辜群众；我看到了支队长一天抽四五包烟，他办公室的垃圾桶里一堆药盒；我看到了队里顾不上家里老人、顾不上老婆孩子的，给家里打个电话也偷偷抹眼泪；我还看到了马哥的孩子，被收养的小马，一个吸毒母亲的遗孤，呵呵，却被一个缉毒警养大了，本该是悲剧，孩子却幸福地生活着，而收养他的警察，却依然挣扎在悲催的生活中……这些都成了我无法拒绝的理由。”

马汉卫怔怔地听着，他唏嘘了一声，把叹气咽回去了。牺牲有很多种，邢猛志提到的这些都是，却没有想到，触动他的最终会是这些细枝末节。

“其实我不想去，有一百个理由不去，我家里穷得叮当响，就我一个劳力；我父亲又是个老上访户，还被派出所的警察限制过人身自由。

愤青、逆反甚至仇恨在我身上都发生过。当我穿上警服的时候，这套衣服像有魔力一样一点一点地改变了我。我也明白了我父亲不顾一切仗义执言的原因，都说为众人开路者不可使其困顿于荆棘，其实那些拓路人，往往一辈子大多数时候都会在这样或者那样的困顿中，可他们毕竟给后来者，蹚出了一条平安的路……我父亲是这样的人，支队长是，政委也是，周队、马哥、武姐，他们都是……我还不算是。我……我希望成为你们那样的人……我喝多了，就说这么多。别担心我，违法其实比执法要容易得多，虽然我还没学会融入团队，可要加入团伙，那太容易了。不信你们走着瞧，过不了几天就能混个小头目，相当于体制内副科干部级别，哈哈……”

视频到这儿就被掐了。一室人静静地看着，没有被邢猛志的“豪情壮志”逗笑，反而有想哭的冲动，终于还是有人没有忍住，轻轻地啜泣了一声。

是武燕，见有人看她，她揉揉眼睛想掩饰过去，却不想情绪来得更猛烈了。只见她起身离座奔出会议室向隅而泣。

此时，前方的监控依然一片黑暗……

黑暗的阴影中慢慢踱来了一个人，白炽灯把他的身影拉得很长很长，像鬼魅一般慢慢走近邢猛志。经过毒打和冷水的刺激，躺在地上的邢猛志已经清醒，眼睛斜斜地看到了一双皮鞋正踩着节奏一步一步踏到了他的眼前。

“叫什么名字？”连天平的声音冷峭，在此情此景中他像来自地狱的使者。

“姓操，名尼玛，连起来叫操尼玛。”邢猛志幽幽道，说完这个冷笑话，自己都觉得很好笑，哈哈大笑了起来。笑着又闷哼了一声，却是脸上的伤口被皮鞋踏了上去。对方再加力，入骨的疼痛让邢猛志全身痉挛，可他还是咬着带血的牙槽放狠话：“有本事你弄死我，千万别给老子留口气啊，否则死的会是你。”

那些动手的小喽啰愣怔着吓住了。到这份儿上见过求饶的、跪着叫爷的、满地打滚的，啥人都不稀罕，可像这样求死的就蛋疼了，吓不住，打不服，出去就是死仇，一想想这人的狠辣就让人后背发麻。

蓦地，邢猛志脸上一轻，那只脚移开了。连天平招手叫着人道了句：“把他松开。”

“啊？！”众喽啰一惊。

连天平不屑道：“怎么？谁有本事拿杀猪刀捅他一刀，结果了拉倒。”

总不能真闹出人命吧，高久富难堪地撇了撇嘴。连天平却是勃然大怒骂着：“你们能有点长进吗？说了让你们少惹事，出门就给我搞了个大动静。没种杀人还绑着干啥？松开。”

听了这话高久富才提着屠宰刀上前，割开了邢猛志手上的绑绳，一割开又快速躲开，生怕被反击似的。连天平蹲着问了句：“能起来吗？”

邢猛志挪动着，慢慢地坐起来了。连天平抽出一支烟，给邢猛志戳嘴上，点着了。邢猛志抽了口，叼着烟嘴角一呸，吐出一口带血的唾沫，那样子极尽不屑，动作也很厉害，最起码不会是正常人能玩出来的嚣张动作。

“你一个人受了点伤，我们可不止一个人受伤。本来没多大个事，怎么打这么狠啊？”连天平问。

“他先动的手。”邢猛志示意高久富。

“嗯？！”高久富一听愣了，怎么好像自己是肇事者？他愤然道：“你撞了我们的车，还要横。”

“那破车你让我一辆赔一万，把人往死里讹呢？”邢猛志怒道。

“你干的？”连天平怒问，自己的队伍实在够呛。

“不是我，波姐说的。”高久富解释道。

“那肥娘儿们干的就没件像样的事……得了得了，不说了。咋弄？各退一步，扯平，抬头不见低头见，你划个道吧，私了还是公了，你随便。”连天平道，处理得很是大气。

公了？估计是不可能的，连天平眼中一闪而过那破车、那电猫、那刀具，这人应该和他们是一类人，离公门肯定是越远越好。

“你确定公了？老子可是当警察的。”邢猛志狰狞爆了个霹雳。

嗞……众人倒吸一口凉气，吓得激灵了一下。连天平被劈蒙了，愣了两秒，然后毫无征兆地哈哈大笑，笑得一屁股坐在地上，笑得被烟呛住了，还在笑，几乎笑出眼泪来了。

“为什么说真话，就没人相信呢？我真当警察的，缉虎营特巡警大队，不信电话给我，我招一帮兄弟过来，咱们继续PK。”邢猛志淡定地道，抽着烟，睥睨着连天平。

这样子真把连天平吓住了，他犹豫着问：“警官您姓……”

“姓邢，名猛志。”邢猛志道。

“哦，邢猛志，嗞……那邢警官我不太明白啊，就不说打架的事，您开的是辆黑车，车上还放着非法捕猎工具，还有刀，有毒药。这么凶的警察到底什么警种啊？”连天平崇拜地问。

邢猛志喷着烟吐了两个字：“辅警。”

扑哧……有人喷了。扑哧哧……一堆人都喷了。

连天平笑道：“哎哟，前半截武戏，后半截喜剧，真有意思……得了，咱们谁也别吓唬谁了，吓唬不住不是？你人够狠，我人够多，斗来斗去还得是两败俱伤，你看看，把我几个兄弟打的，那嘴打得跟屁眼儿似的，还有俩挨了棍的，现在都直不起腰来呢，就算不服气，也得都养好伤再来是不是？”

“好啊，那我养好伤再找你，放我走了？”邢猛志呸掉了烟头，准备起身，看了连天平一眼，连天平明显不太放心。

“看来只能这样了，不过我们这里好像有你个熟人。”连天平道。

邢猛志一愣，不干不净地骂了句：“谁呀？扯淡是吧，老子是单干。”

“呵呵，二屁，进来。”连天平吼了声，门外等待已久的葛二屁屁颠屁颠进来了。见二屁一进来邢猛志两眼圆睁骂着：“我说谁拿弹弓打我，是你狗日的。”

“哎呀哎呀……我，我不是不知道吗，还真是猛子你啊，咱这都几年没见了？”葛二屁局促道，打到自己人了，颇是不好意思。

“我今天刚从昔阳监狱回来，那晦气地方真是犯忌，回来就出事……这，这些都是什么人哪？”邢猛志怒道。

“自己人，自己人……快，端盆干净的水来。”葛二屁蹲到了邢猛志边上，招呼着让人端来一盆水。邢猛志就着洗了把脸，脸上那明伤是弹弓打的，拉了一道血槽。他吃疼揉了揉，又狠狠瞪了葛二屁一眼，再一看众匪环伺，语带无奈地叹了声。

大水冲了龙王庙，这算是打不起来了，邢猛志愤然扔了毛巾，一副气结之态。

“好吧，时间不早了，多少活儿呢，别耽搁了。兄弟我吃点亏，医药费算我的，就按你说的来，不服气的养好伤继续来……二屁，把这兄弟送医院，还有医院那俩伤不重的让他们滚回来……”连天平安置着，葛二屁赶紧地喏喏应声，搀着邢猛志起身。

两人方走几步，连天平犹豫地说了句：“嘿，邢兄弟，我这儿也缺人手，要不过来一块儿发财吧？”

“哼哈……你拉倒吧，老子一个人多自在，赚得也不少，至于低三下四没出息当他妈跟屁虫吗？一边儿去。”邢猛志回头瞥一眼，连拒绝捎带着把葛二屁也损了，葛二屁倒是不介意，赔着好话把邢猛志搀出去了。

连天平一直愣着，直到听到了车引擎发动的声音才不知所谓地哈哈笑了几声。早走到他身旁的高久富小心翼翼地问："平哥，就这么没事了？不会真是当过辅警吧？那帮临时工可黑着呢，万一回头找事……"

"呵呵，不会，他不找事，我还想找点事呢……都歇了，该干吗干吗去。"连天平道了句，挥手作别，径直出了屠宰间，到了他自己的车上。他在车里等了很久，车窗外能看到微微的亮光，像是在玩手机，不多会儿后他在车里喃喃自语着："卧槽，还真当过辅警……警察真是全瞎眼了，连这号烂人也收。"

告警器嘀……嘀长音响着，信息中心一片忙乱。

丁灿和邱小妹几乎同时发现了异常，眼睛直勾勾地盯着屏幕，那是一组写满代码的屏幕，一条起伏的代码线形成了一条微不可见的波纹。两人相视间，会意笑了，然后邱小妹拿起了电话："支队长，有反应了，我们捕捉到了信号。"

"马上到会议室来。"

邱小妹扔下电话，快步走了。

前方的监控信息一条接一条，发现了目标车辆行踪，旋即外勤在就近的老年病医院急诊看到了被打得惨兮兮的邢猛志，这下队里算是放心了。而且葛洪在一旁殷勤的样子，又无疑给在座的打了一针强心剂。

奔来的邱小妹忘了敲门，进去都没人注意到，都在围着回传的视频看。回头的谭政委出声问道："什么情况？"

"我们截获了访问数据流，还有试图从外网发现窥探的非法登录，不过被拦下了。"邱小妹道。

"那意思是，有人在这段时间里，访问那些平常我们自己人都不看的官网。"贺炯道，心里窃喜，那是另一个诱饵。

邱小妹点点头道："是的，访问的是这个网页。"

大屏点亮，显示着一行蓝底徽标内部新闻，标题是《关于公开清退各大队业务考核不达标辅警人员的通知》：九月份以来，晋阳市公安局以提质控重为目标，组织开展对各基层大队1798名辅警的素质优化提升工作，并通过政审考察、理论考试、体能测试、业绩考核等程序，共清理（辞退）不合格人员373名，并对留用的辅警重新进行定级定岗定薪……

在这一段冗长的公文之后，附件是各大队清退人员名单，邢猛志的名字被标亮了赫然在列。

此时，贺支队长面上见喜，他兴奋地问着："能确定吗？"

"我们官网的访问量本身就低，这种新闻的访问量更低，到目前为止浏览次数不到二十次。半小时内有三次，而且这三次中，还有一次尝试对我们的网站进行脚本攻击，停留在这个页面上的时间最长。"邱小妹道。

谭政委愕然道："好家伙，还真有黑客在给他们服务，可以追踪到吗？"

"没有那么容易，是通过两层跳板访问的，我们虽然无法追踪到准确位置，但找到了一个IP，指向我市卫生系统的一台服务器，那个单位对黑客的防范意识几乎为零，服务器应该被对方锁定为肉鸡了……需要的时候，他随时可以指挥这台服务器为他服务。"邱小妹道。

"神龙见首不见尾啊。"谭政委懊丧道。

"也不尽然，今天对方是在我们警惕性非常低的情况下，查询了非关键信息。我们虽然只追到他的一个IP，但如果他下一次再使用，或者我们再多几个节点交叉追踪，事情就简单了。"邱小妹道。

这话听得支队长、政委一干人信心倍增。踱步了几分钟后贺炯铿锵下令了："好，非常好，虚拟、外勤、化装……这是一次多维一体的追踪和侦查，从现在开始，我们全部动起来，所有可能发生的情况都考虑一下，计划务必详尽。留给我们的时间不多了，前方同志流血换来的机会，不能在我们手里错失，开始吧。"

动起来了！夜连着昼，昼连着夜，连轴转的支队没有片刻歇息。一跬一步地向前，一点一滴地蓄势，在喷涌的那一刻，会汇成一股势不可当的铁流，去摧枯拉朽，去荡涤污浊……

吾行道不孤

谁也不知道明天和意外，哪一个先来，还是会一齐来。

昨夜流氓当街打群架的事在网上掀起的波澜不小，这年头打架真不多，在现代监控遍地的街市，打完架还能溜走的就更少了。110指挥中心，放着二十几例报警没法处理，只因禁毒支队出面干涉了，这种干涉是不会讲明原因的，一句"案情复杂"就把热山芋捂住了，他们不查，也不会让别的队接手。

但最终还是惊动徐局长了，徐局长提前一小时上班，急召两人来汇报解释。此时贺炯、谭嗣亮就站在徐中元的办公桌前。两人连夜作出报告交到了徐中元局长手里。

这份报告让徐局长的表情捉摸不定，先怒、后愕、再讶，等看到末尾时，却是焦虑、欣慰、感动、狐疑等等情绪交织，他慢慢地合上了报告，摩挲着扉页，那上面是一行醒目的文字：

晋阳市禁毒支队"烛光行动"情况汇报。密级：绝密。

静默了良久，徐中元看着两位干将，把桌上的手机递了回去，那场恶战他看过了，严重挑战了他的道德底线，到现在都耿耿于怀，他有点愤怒道："你们把我们的一位好同志送进流氓窝，而且是以寡敌众，我先不问别的，你摸摸良心痛过没？他还是个孩子，你们可真敢啊。"未问事，先问人，徐局一向心慈。

贺炯接茬儿道："有什么责任我来扛，其实最初我仅仅是有过派他去的想法，但连怎么让他混进去都想不出来。毕竟在支队长的位置上久了，离鱼龙混杂的市井太远了。可他行啊，他就生长在那种环境里。”

“他是位辅警。”徐中元强调道。

“在我们纪律严明的队伍里，去哪儿拉一个熟悉地痞流氓生活方式的警员啊？在我看来，只是臂章上一字之别，我不在乎那个字，我在乎他身上有让我折服的血性和良知，我们的队伍需要这样的人。”贺炯道。

徐局长有百般不忍，却已无法挽回，木已成舟。谭嗣亮提醒着：“徐局，只要能搭上线，就能为我们后台大数据和前沿侦查指明方向，想要拿下这件新型毒品大案就指日可待了。化装侦查的时间不会很久，现在我们把全部的线索都放下了，分一半力量出来力保他的安全。”

“问题就在这儿，鸡蛋放到同一个篮子里了，万一走进死胡同，那可就全盘皆输了。老贺你这个家伙还是赌性太重啊，这是孤注一掷的办法。”徐中元局长道，头痛地揉了揉太阳穴，不知道是案情让人头疼，还是下属让他难堪。

“一个月的破案限期，我必输无疑，据我所知，以往限期破案的有一多半达不到上级要求。这看似是一场大赌，可如果我们赢了呢？”贺炯道。

“你……唉……”徐中元给气着了。

“办案的直觉虽然是看不到、摸不着的，可它会和思维一样一直存在，诬警、灭口、贩毒都和连天平这伙人有千丝万缕的关联。被灭口的还是九队的线人，而我们的大数据至今没有查到连天平身上哪怕一个污点。可他毕竟号令着一群社会渣滓，这样的嫌疑人，我觉得值得下重注。”贺炯道。

“好吧，局里会配合你们。时间不多了，你们敢拿这东西来交差，我可不能拿着向省厅去交差。”徐局长拿着报告顺手往碎纸机里塞，他低头时随口问了句，“为什么计划用‘烛光’命名？不像你们的风格啊。”

“因为，他会给我们点亮一束光，这束光会指引着我走出谜案，找到目标。”贺炯道。

徐局长的手不自觉地一颤，他轻轻放手了，纸页哧哧响着，变成了纷纷扬扬的碎片……

坏人犯事的时候心狠，可犯完事和正常人一样，会心虚。

武宿村附近的黑屠宰场连夜撤了，连家伙什都搬走了，就孤零零地扔着邢猛志那辆破车。外勤监控发现，昨晚的那位胖波姐一上午来了四回，看一眼就走，估计对方是借此判断警方是不是盯上了昨晚的事。

医院那边也没闲着，葛二屁陪着邢猛志半夜从老年病医院转到了市华侨医院，跨了大半个城区。在这里来回瞄的是高久富，隔一会儿就心神不宁地来医院附近转悠。直到快中午，又一辆车来了，那位深居简出、神龙见首不见尾的平哥出现了，还换了辆车。

红绿灯前泊停的工夫，高久富一闪身上车了，驾车的连天平随口问了句：“瞄到什么了吗？”

“没有啊。”高久富懊丧道，晚上没睡好，白天又不让睡，干坏事都没这么紧张过，他不悦道，“平哥这是咋了？打个架不正常吗，搞得这么紧张兮兮的？”

“闭嘴！黑标、毒强的事还没了，咱们的人都在派出所挂上号了，一有事就得玩儿完。现在报警的闲人多呢，昨晚动静那么大，我就不信警察会不调监控查查长相，最起码也得按寻衅滋事，扰乱社会治安关上几天。”平哥驾着车，慢条斯理道。

“也是哈。那要被派出所逮着，说是喝大了干了一仗有啥大不了的？”孬九道，实践已经训练出了他对付警察的招数。

“嗯，万一找上，也就这么着了。啧，这事出的，活儿都没法干了。”连天平郁闷道。确实没法干了，手下被打伤了好几个，不得给点医药费安慰一下受伤的心灵？捎带着还得放个假静养几天。眼瞅着他就被干回光杆司令了。

高久富安慰道：“也就歇个几天。”

“说得轻巧，就这么大市场，出货的多少呢？你敢歇一周，立马换人了。”连天平道。

“紧俏货不愁卖，就是不敢卖啊。刚找几个替死鬼，还没用呢，都给干伤了。”高久富嗤笑，话里隐晦。

“所以得对大家好点，上刑场还给碗断头酒呢，喏，让葛二屁给那小子送去。”连天平随手打开储物箱，扔了一摞钱，整一万。

这么大方，高久富看着都心疼了，愕然道：“平哥，给他送什么钱呢？不干死他就已经很便宜他了。您也太把他当回事了，就算他回来报复能咋的？咱们还怕他？”

“呵呵，要怕我也不干这行了，孬九啊，你脑子一向不错，怎么不会转弯呢？干死他你能得到什么呀？喘气的才有用啊。”连天平道。

“哦，我明白了。”高久富一拍额头，两眼放光，这不是个比葛二屁还横的替死鬼吗，现成的。不过一想他又犯疑了，不确定地道：“您不说了吗？来路不清的不能用，这小子可当过辅警，咱们又打了他，保不齐背后捅咱们刀子啊。”

“咱们干的就是刀尖上讨生活的事，还怕别人捅刀子啊？这小子的来路我正查着，真有问题那就更得哄好了。去吧。”连天平道，车恰停到了医院门口。

高久富“哎”了声，麻利下车，车便片刻不停地汇进了车流里……

观察镜里，高久富一摇三晃地到了医院大门，抽着烟，打电话把葛二屁叫下来后，两人商量了几句，相偕进了医院住院部。

医院楼对面的宇蓝商厦顶层，周景万收回了目光，武燕凑上去看了看，这个角度只能看到高久富和葛二屁，病房在另一面，从昨晚到现在，还没有接触到邢猛志。

“车里是连天平。”马汉卫递手机给周景万，显示着支队信息中心在交通监控上捕捉到的影像，马汉卫道，“似乎进展不错啊，把人吸引到这儿了，起码不用咱们满世界乱找了。我觉得这连天平不一般，三天两头换地方，他不露面，还真不好找。”

“马哥，哪个毒贩简单啊？个个都是神出鬼没的。”武燕接了句。

周景万皱着眉头思忖道：“也不知道他的伤怎么样，我们得想办法尽快接触一下，把队里的计划传达给他……哎呀，这小子真是……”

现在整个支队的侦查视线都聚焦到邢猛志身上了，不过不可否认这小子干得漂亮，看着这些从前若隐若现的嫌疑人露头，周景万都被撩得心痒痒了。

这个心痒被他直接说出来了，他期待地问：“嘿，你们说，连天平会不会把他收到团伙里啊？”

“应该会吧？打得这么横，不二人选啊。”马汉卫道。

“可是，他的辅警身份会不会让对方起疑啊？哎呀，也不商量商量，做个身份又不费多大工夫。”周景万懊丧道。

马汉卫笑着补充着：“我觉得越离谱越显得真啊。”

“什么道理？”周景万道。

“别说嫌疑人，就普通人……不，把这发生的事放咱们同行面前，谁能猜出来他这德行是个警察，我把脑袋赔给他。而且，辅警不可能去当卧底，这是个思维定式，谁能相信啊？谁又敢相信啊？”马汉卫道。

“也对，但从认识到入伙还是一道坎儿啊。”周景万道。

“哎哟，越往后肯定是越难了，咱们经历的顶多是扮买家诱捕，真和毒贩混到一起不露声色，那是电影里才有的啊。真能混进去，顶多在底层，接触不到高层。”马汉卫道，这也是打击涉毒犯罪的一个难点，警察能够打击的层面往往只是底层，真正找到毒源、抓到毒枭的案例少之又少，很多时候得凭运气。

这时候武燕收回目光了，插话道了句："他们进去了，别瞎猜了，要能未卜先知，都不用费这劲了……他要过入伙这道坎儿，用的方式绝对是你们想象不到的。"

"哟，我和周队是'你们'，你和猛子什么时候成'我们'了？"马汉卫逗道。

"呵呵，说出来怕你们会嫉妒，贺支队长委派我为猛子的直接联络人，所以咱们的位置互换了啊，你们俩一切得听我指挥。"武燕开着玩笑道。

两人的资历可比武燕要老多了，但让武燕没料到的是，两人互视一眼，二话不说，点头了。马汉卫说："只要让我蹲在前沿，我什么意见都没有。"周景万也说："我们一点也不嫉妒，只要于案情有利，毫无二话。"

这倒让武燕愣了下，她瞬间省悟到为了邢猛志，两人所有的身架都放下了。武燕不好意思道："别价，我开个玩笑。"

"我们可没开玩笑啊，你是个女同志，有时候还真比我们方便得多。"周景万道，他的视线瞄着医院的方向，那进进出出全身裹着白大褂、戴着大口罩的医生护士，立刻给了他灵感。他示意武燕看，武燕笑了笑，立刻明白了……

"这医院简直是黑社会啊，啥都没干呢，已经花了两千多了。"

"小声点，看那儿……"

高久富拽着发牢骚的葛二屁，示意电梯不远处坐着警务人员，旁边侧立一牌写着"打击医闹，维护秩序"的字样。葛二屁愣着瞧瞧，感慨来了："这是保护伞。"

"你闭嘴成不？办事不多屁话多，这给你。"高久富把一摞钱递给葛二屁。葛二屁瞬间笑逐颜开了，乐滋滋地蘸着唾沫数着：“哎哟，还是平哥够意思。”

“给那小子一半，剩下一半治伤。”高久富道。

“嗯。”葛二屁难得地没发感慨，数了一半，揣回去了。

“伤重不重啊？”高久富问。

“眼肿了，脸也肿了，背后也肿了，医生说肿了有瘀血，不过问题不大，就是不知道脑子有问题不，得做什么踢……”

“CT。”

“嗯对，CT，还有什么逼来着？”

“B超？”

“嗯，对，好像就是这个。”

“还有什么？”

“还断了根肋骨，不是什么大伤，又没瘸腿折胳膊，歇两天该干吗干吗。”

“哦……”

两人扯着，出了电梯，五层，骨科。不知道从哪儿来的伤病患者把这儿挤得人满为患，拄拐的、胳膊打绷带的、坐着轮椅的，狭窄的病房里病人就三位，家属倒有七八位。两人进去时，邢猛志脸上包着纱布，正站在窗前侍弄着花盆里的多肉，葛二屁没轻没重地吧唧一下拍在他肩膀上，嚷道：“兄弟，我说你没事吧，哈哈。”

“你轻点。”高久富提醒着。

邢猛志回头瞪了高久富一眼，那伤脸配着凶眼，比没伤还霸气。高久富见这情景尬笑着，开口却忘了要说什么，话全给咽回去了。

“兄弟，不打不相识嘛。孬九兄弟人真不错，平哥更够意思，这不这不……”葛二屁掏出钱，塞到了邢猛志手里。邢猛志这倒没推拒，手一捏，鼻子一吸溜，不客气地往口袋一塞道：“成，够意思，我就当自己摔了一跤，各走各的，谁也不找后事。”

“哎，这就对了。”葛二屁乐了。

“啧啧，对什么对呀？”高久富扒拉开葛二屁，拉着凳子坐到了床边，对着躺在床上态度冷漠的邢猛志道，“医药费算我们的，这算营养费。”

“哎，对了……”邢猛志像想起什么来了，根本没听高久富说话，一揪高久富问，“我那车呢？车上那电猫得两三千呢。”

“哎哟我去，兄弟你咋满脑子想的是这个？您那车就算送，也没人要啊，没牌没照黑户不说，破得跟拖拉机一样。”高久富气不自胜地掰开了邢猛志的手。

邢猛志却拍着床铺道：“不想这个想什么？那是我吃饭的家伙，别嫌破，上山全靠这玩意儿。我这人一点都不贪钱，收你们点钱，算是误工赔偿。”

说着不贪钱，邢猛志不放心地又把那摞钱拿出来，蘸着唾沫数了数，数得两眼放光，像见了亲人般，数完又掏出自己贴身的钱放到了一块儿。贴身放钱的地方可把高久富看傻眼了，居然在内裤里，第一次见识这传说中的防盗裤衩。

做好了这一切，邢猛志安心地躺平了，摆摆手道：“行了，这事也怨我，就这么着吧，回头我给你们什么平哥送点野味尝尝。二屁，我明儿就出院啊。这什么鬼地方？输个液排了仨小时没排上。”

“伤员多，你这算轻的，医生说你要做什么踢，什么逼……”葛二屁又忘了。

“CT、B超。”高久富哭笑不得地纠正着。

“看看，孬九兄弟多有文化，都知道超B……哎猛子，你不上大学了吗？念书念了好多年呢，咋还操这营生？”葛二屁好奇地问。

“就不了业的多着呢，我这已经不错了。别问这个伤心事啊，没看我都穷得怕见熟人了？”邢猛志难堪地说道。葛二屁安慰着：“怕啥呀？见不见，咱兄弟还不都是穷命？”

这话噎得邢猛志瞪眼了，翻了一下白眼骂道：“滚！孬九是吧，一会儿把他带走啊，他在这儿一直叫我兄弟，别人会当我也是脑残。”

高久富被逗得直乐和，打断了两人的扯淡，插话道：“好好，说个正事，刚才平哥送钱时说了，猛子你干脆来和我们一起干吧，比你东奔西跑强。你瞧二屁，这不是也有个人样了吗？”

“放屁，好像老子以前不是人样，那是啥样？”葛二屁怒道。

“别插嘴，我跟猛子商量呢。猛子，你看呢？”高久富问着，还给葛二屁使了个眼色。葛二屁当然巴不得把兄弟拉进来，俯下身小声道：“猛子，平哥干大活的，有胆就有钱，看你敢不敢干。”

邢猛志嘿嘿一笑，摇了摇头。

“哟，你不是个胆小的主儿啊，怎么我还没说呢，你就怕了？”葛二屁不明白了。

邢猛志没有理他，直接对孬九说：“好意心领了，替我谢谢平哥，我干不了。”

“是啊，我还没说，你咋知道干不了？”高久富纳闷了，本来想这财迷肯定一点就通，谁承想人家二话不说就拒绝了。

邢猛志一指葛二屁道：“原因在他身上，还需要我明说？”

“我身上有什么原因？”葛二屁愣了。

“是啊，二屁干什么了？”高久富问。葛二屁傻不楞登肯定没干啥。

邢猛志揭底了：“屁哥自打娘胎里出来，就没干过好事。坑蒙拐骗偷抢啥都干，最关键的问题是，别人叫他干什么，他就干什么，自己根本不知道自己是在干坏事，您说我敢让他带？”

高久富蓦地笑得趴床上了，抬头看葛二屁还愣怔着没回过神来，直接向邢猛志竖了个大拇指道：“这个评价很中肯，恰恰也说明屁哥人实诚啊。”

“这倒是，他就一人吃饱全家不饿，好打发，我不行啊，我还有个老娘呢，眼瞅着身子骨就不行了，我真不能出事啊。我现在伤成这样，都不好意思回家了。赶紧的，你们忙你们的吧，我明儿出院省点钱，回乡下待几天去。”邢猛志说了一堆推拒的理由。听得高久富肃然起敬，直竖大拇指，直赞猛子有天贵哥的风范。

说着医生和护士就来了，喊着三床邢猛志的名字，让家属带着去做CT，邢猛志推拒不做，这两人可殷勤了，一人拽一只胳膊，非架着邢猛志去三楼做CT。

被架着的邢猛志可心虚了，他已经认出了护士中的一位就是武燕，还是武燕把他们往放射科带。那一刹那的眼神交流让邢猛志的心安了，可立马又提起来了，葛二屁可被武燕揍过，露馅儿可就完蛋了，偏偏葛二屁这时正认真打量着武燕。

“你看你看，屁哥眼睛又不对了。”邢猛志提醒着高久富。高久富一瞅，好奇地问着：“咋了，二屁？”

“这妞胸大。”葛二屁小声道。

邢猛志一下放心了，高久富扑哧一笑道：“好眼力。还看出什么来了？”

“屁股也大。”葛二屁又道。

三人吃吃笑着，前行的武燕听着三人的嘀咕，佯装不知，不料那仨货还变本加厉，对她来了个评头论足，结论是美中不足，脸被捂着。到了放射科门口，武燕带着邢猛志进去了，那两货居然也要进去，里面有个医生不耐烦地说道：“咋，要不你俩先上？”

一看是躺金属床上，脑袋上要扣偌大的铁家伙，两人一吐舌头，退了回去，门掩上了，这两人像是不放心似的在窗外看着。

“孬九，猛子不跟咱们玩咋办？看不上咱们。”葛二屁瞄着玻璃道。

“不是看不上咱们，是看不上你。”孬九道。

“那还不一样？反正是不跟咱一起。”葛二屁道。

“未必，你刚开始不也吓得差点尿裤子吗？现在干得眼都红了吧？”孬九小声道。

“我跟你说啊，我以前虽然坑蒙拐骗偷，但从来不碰毒品这断子绝孙的玩意儿，是你拉我下水的……嗯……”葛二屁的嘴被高久富伸手捂住了，这一对货就在隔窗之外扭打起来。两人刚还貌似兄弟，一眨眼就仇眼相对，你掐我下巴，我捏你脖子，就那么干上了。

这么一对货，居然让禁毒支队束手无策，实在不好理解。玻璃隔窗之后戴着大口罩的一位男医生，从打闹的两人身上收回了视线，看着坐在床前准备接受检查的邢猛志，那医生慈眉善目，两只眼睛露着的笑意让人顿生好感。邢猛志方要躺下时，“医生”突然开口了：“认识一下，我是晋阳市禁毒局局长徐中元……不要露出紧张的表情，自然点，我爱人在这所医院，恰好行了个方便。现在躺下，你平视眼前的扫描屏会播放‘烛光计划’的细则，时间不多，开始吧。”

这一次邢猛志是真的紧张了，不过还好很快淡定，平平地躺下了。

扭打的两人停了下，看到活动床把邢猛志送进了机器里，便不关心了，两人溅着唾沫星子开始互怼………

此去多歧路

“时间不多，对于支队的这个安排我有否决的权力。我这次来见你，就是确定一下是否继续这个计划。”

佯装操作仪器的徐中元坐下来，眼睛瞟了窗外一眼，低头时，恰能看到平静躺着的邢猛志，脸上几处伤痕累累，一身旧衣烂衫血迹斑斑，昨夜恶战一场，数处伤迹让他看上去有点狰狞可怖。

“为什么要否决？您的理由呢？”邢猛志问。

“此事未报批准，而且你昨晚行事也太过鲁莽。”徐中元道。

“江湖规矩和法律法规不在一个范畴里，两个范畴的东西是无法彼此说服的。”邢猛志道，不准备解释其中的差别。

徐中元又问："那计划呢？'烛光计划'发端于支队的一个猜想，仅仅是猜想对方可能存在一个黑客，值得去冒险吗？"

"如果没有这个猜想就不值得，如果有，那就值得。如果能摸清对方是如何通过网络技术来控制下线的，我们的机会就无限增大了。只要我有机会送货，监视那支队的IDC就派上用场了。如果他们用李代桃僵，我们就还之以声东击西，真正的任务属性是隐藏的，这算鲁莽吗？"邢猛志反问。

"入伙的概率有多大？"徐中元问。

"对方人手奇缺，已经向我伸出橄榄枝了。"邢猛志道。

沉吟了片刻，徐中元打量着目不斜视的邢猛志，这孩子身上的凛然戾气实在让他有点不敢相信这是自己麾下的警员，他顿了下又道："这虽然是一个尝试，可并不代表没有危险，你确定自愿执行这项任务？警察队伍里，英雄和逞英雄不是一个概念，甚至就算成了英雄，都不一定能够得到公开的荣誉。"

"呵呵，我听说咱们省很多煤矿都是极危险的，可矿工仍然前仆后继。危险的矿井也不缺人下井，下井的结果无非是运气好一个月挣五千，运气不好一次挣几十万。每年有很多矿难，远比当警察危险，您认为为什么还有人去干？"邢猛志问。

"生活不易，可总得拼命活着。"徐中元道。

"我也是……我在拼命地争取一份工作、一个职业、一个梦想。所以，我很确定。"邢猛志道。

床上躺着的邢猛志表情淡定，而听着的徐中元却悚然动容，此时在器械台前佯装整理的武燕愣了下，眼睛的余光看着邢猛志，这是她印象中邢猛志最狼狈的一次，却也是最让她折服的一次。

"你的档案会由禁毒局保密处接管，不管线人还是化装侦查的警务人员，在法律上都没有免责条款。如果你在行动中触犯刑律，依然会受到法律制裁，我们警察队伍并不缺这样的先例。你确定接受吗？"徐中元局长正色问道。

“我……确定！”邢猛志轻声肯定道。

徐中元起身。活动床慢慢地移出了机位，他站到了床边，刚刚坐起的邢猛志恰在他眼前。他检查着邢猛志脸上的伤势，眼睛里流露出些许不忍，不由自主地伸手，轻触着邢猛志黝黑的脸庞。

“去吧，小伙子，记住你不是一个人在战斗，我们都等着你凯旋。”他搀着邢猛志下床，穿上了鞋子，亲自送出了门，摆手让人走。那两人又是一左一右殷勤地挟着，生怕邢猛志跌倒似的。

葛二屁说：“没事吧？那机器咋这么吓人呢？跟把人往棺材里装似的。”

“闭上你的臭嘴。”孬九说着，“哪能那么快有结果？应该没事吧，猛子，没见得你脑袋上挨家伙啊？就二屁打了一弹弓。”

“我那动手不知道是猛子啊。哎猛子，别生哥的气啊，要不你也打我一弹弓？”葛二屁觍着脸求道。

“医生说没事，都这么熟还怎么打？算了算了，开点消炎药赶紧走吧。”邢猛志出声道。

“这就走？”孬九道。

“昨晚闹得那么凶，老子心虚呀，万一被逮着说不清楚。要是给扣了车那可赔大发了。”邢猛志道，加快步幅，那两位屁颠屁颠跟上去了。

后面，从门缝里偷瞄的徐中元轻轻掩上了门。内室门开了，一身便装的贺炯和谭嗣亮走出来了，两人看着摘下口罩的徐局长，良久无言。

“燕子，准备车，我们从手术电梯走。”贺炯命令了句，武燕脱了白大褂，先行离开了。

徐中元边脱白大褂边皱眉思考，谭政委小心翼翼问：“徐局长，我们可以启动下一步计划了吗？”

徐中元点点头，像是还在回味和邢猛志的对话，他憋了良久才把心里想的说了出来：“这人根本不用化装，身上看不出一点痕迹，真不像咱们队伍里出来的啊。老贺，我现在担心的不是他有危险，而是我们可能受到威胁，他还只是个辅警啊。”

“那您为什么没有否决？”贺炯好奇道。

“每一例罪案读到深处都是人性的拷问，我们每一次办案，原动力都是良知在驱使着我们，信仰在支撑着我们，这个他身上有。我相信他会是一束光。”徐中元局长回忆着支队提供的那段视频，若有所思道。

徐中元拉开门，径直出去了。贺炯和谭嗣亮相视一眼，欣慰地笑了……

一辆警车不紧不慢地开进了惠民冷库，正搬东西的工人停下来了，两位民警下车，径直走向其中一个迎上来的工人，像是带头的。民警亮着证件开问了，另一位惯常地举着执法记录仪。刚问几句，那男子大喊着：“波姐，波姐。”

眼看避无可避的波姐从冷库库管办公室里出来了。民警迎了上来，好奇地瞅着这个有两人粗的女人，波姐佯问：“啥事啊？”

“昨晚在小吃市场打架的事，您知道情况吗？”一位民警问。

波姐一撇嘴，舌头在嘴唇上绕着，开始思考。

另一位民警笑着道：“董小花你可有案底啊，昨晚监控上别人瞧不清，可您这体形，想瞧不清都难啊，后来还拍到了你们的一辆车，冷库的。”

“哎呀，没法说，这丢人的，我们几个人都被那一个人打了，还踩了我两脚……也没因为啥，就是把我一个朋友的摩托车撞了，就嚷起来了，再然后就打起来了……”波姐说着经过，妥妥地成了受害者。

经过只说了半截，光交代了挨打的部分，后面的波姐就不知道了。民警问：“那打人的是这人吗？”

瞧着照片，波姐点点头，民警收回了照片，又问：“你认识吗？”

波姐摇头，不认识。

“昨晚你和谁一块儿吃饭的？”民警问。

“葛二屁，葛洪，我男朋友。”波姐道。

“其他人呢？”民警问。

“其他人是他朋友，我不认识……这不是都受伤了，人都找不着去哪儿了。”波姐凄苦道。

“如果知道其他情况，请打这个电话，这事有人报案，我们得处理啊，理解一下。”民警道。

“好嘞，好嘞，没问题，抓住打人那小子，您得严肃处理啊。太黑了，一个人把我们好几个人打伤了。”波姐听着没自己的事，这倒放心了，和民警扯了半天，糊弄上车后才喘了口气，回头到僻静处电话一拨就说，“孬九，坏咧，警察找上门啦。说要找昨晚扰乱社会治安的，赶紧让大伙躲躲……”

此事直接的后果是接到电话的孬九陡然色变，和葛二屁耳语几句，两人把病床上的邢猛志挟着就走。

出了楼道，邢猛志拉着鬼鬼祟祟的两人问：“咋啦？刚才你们嫌我快，现在比我还急？我现在还真担心有脑震荡什么的，别留下后遗症啊，去哪儿呢？”

“坏事了，警察找到我们头上了。”孬九郁闷地道。

“就打个架，处理不成啥，罚款五百，顶多拘上几天，咱们警察里有熟人，就拘着也没事，只当放假歇几天啦。”邢猛志道。

“哎哟……你倒没啥事，我们从派出所出来还没几天呢，好几个兄弟还在里头呢。”葛二屁怒道。

“犯啥事了？”邢猛志好奇地问。

“别问了……赶紧走，你可想好啊，昨晚你可不单是打架，开的还是黑车，车上还有非法捕猎工具，你这进去半年出不来。”孬九道。

“啊？居然这么懂法？”邢猛志愕然道。

葛二屁说了：“那可不，孬九兄弟有文化着呢，要不怎么让他安排伏击呢？”

“啊？是你下套？”邢猛志怒道，一把揪住了孬九的领子，怒问，“敲我闷棍那人是谁？回头老子捏出他蛋黄来。”

“哦哦，猛子兄弟，这不是咱们都说开了吗？钱都给了还找啥后事，我们伤的人还没处说理呢……赶紧走，一会儿警察找着你，咋？你还袭警跑路咋的？”孬九道。

“对对对，快避避风头。”葛二屁道。

三人出了医院，邢猛志才想起还穿着病房的拖鞋呢，这天冷得能把脚冻坏，不过没机会回去换了，他被两人拽上出租车，一溜烟跑了……

绢虎营环卫处，一辆红色的现代慢慢驶过，连天平边驱车边看着手机，手机上是一位慈祥的老太太，那是张两寸照片，贴在一个电子文档上，文档的名称是：低保人员登记表。

李桂芝，年龄55岁，丧夫，患有慢性病，享受低保而且被街道办安排到了环卫处当临时工。

一般人连天平没兴趣，可这样一个毫不起眼的老太太却勾起了他的兴趣，原因是：她的儿子叫邢猛志。

“环卫工、辅警、里元巷……”

他喃喃道，视线里看到表格登记的位置时，下意识地停了车。地址所在地是老城区典型的脏乱差巷口，仅有一车宽窄，路口堆着垃圾，甭指望车能开进去，沿路推着三轮叫卖吃食的、占个地摊售卖蔬菜水果的，把巷子挤了个严严实实。

在这种飘荡着垃圾、臭豆腐、污水、饭店烟火味等等混合气味的地方，能感受到浓浓的生活气息。连天平感觉到那小子应该差不多和葛二屁、孬九的出身一样，就像城市犄角旮旯里钻着的“小强”，不管多恶劣的条件都会顽强地活着。

丁零零……电话响了，他收回了视线，看到是孬九的号码，随手接听了。电话里有点慌乱的声音请示道：“平哥，坏事了，警察查波姐那儿了，昨晚的事。”

本来不是什么事，己方说起来算受害方，可现在他的心思却起了变化，好奇地问道：“和猛子说得咋样？跟他说了？”

“我说了，人家信不过咱，这不是想给他找个地方躲躲，他不去，还要把葛二屁拉走，说回乡下，那地方山高警察远的没人管，想干吗干吗。这葛二屁也经不起煽，都动心思想溜了。”电话那端的孬九郁闷地道。

嗞……连天平气得一龇牙，想挖人结果自己墙脚被挖了，那可郁闷了，不过他一怔又笑了，意外地安排了句：“那让他们去呗。”

“啊？都走了怎么办？咱们不又成光杆了？”孬九惊愕道。

“你也去，歇两天，跟人家多套套近乎，花多少钱算我的。好好玩两天，省得在市里闹事，就这样，回头我联系你。”

“嘿，平哥……”

电话扣了，连天平的风格是从不废话，他启动车，行驶了数公里，在路上仔细瞄着那些环卫工人。大冬天的这些穿着橘黄制服的环卫工人一个个包得严严实实，别说人脸了，性别一下子都分辨不出来。不过这难不倒市井厮混的连天平，他看到一个环卫工人坐在街边小憩，大大方方停下了车，走了上去，掏出烟，递了一根，客气地问：“大叔，借个火？”

“哟，这可是好烟。”

“抽吧抽吧，客气啥？”

一支烟拉近了彼此的距离，两人点上，连天平瞅着一脸风霜枯如老树的大叔，关心地问：“叔啊，活儿挺累的啊？”

“没事，习惯了就那样。”环卫大叔道。

“跟您打听个人，也是你们环卫上的，姓李，李桂芝您认识不？”连天平问。

“咦？”这大叔愣了，上上下下打量着连天平，连天平怔着不明所以，那大叔半天才憋了句，“呀嗬，你个小伙子怎么打听个老寡妇？”

呃……咳……连天平猝不及防，被烟呛住了，他笑道：“大叔您想哪儿去了，他不是有个儿子吗？我同学，好多年没见了。”

“哦，猛子啊。”大叔道。

“可不，出息了，我们朋友里就他一个当警察的。”连天平道。

“出息个屁，都是低保户里吃救济的，和我们还不一样？临时工没编制，想打发就打发了。”大叔吸溜着鼻子道。

“那他现在在哪儿？还当警察？”连天平问。

“那就不知道了，有些日子没见了……你再往前走走，就是李桂芝的责任区，她家离这儿也不远。”大叔往前指着，连天平对这消息很满意似的，又给大叔发了支烟，那大叔小心翼翼地把烟夹到了耳朵上，千恩万谢送走他。

再前行一公里便看到了正主。一个提着簸箕的女人，拿着竹棍正在垃圾桶边翻着什么，定睛再看，她是在捡垃圾桶里的饮料瓶子，捡出来小心翼翼揣进袋子，这才把簸箕里的垃圾倒进了桶里，然后提起了装饮料瓶的袋子，似乎还不放心地数了数，脸上那喜滋滋的样子好像收获不小。

人和手机上的照片对上号了，可连天平却失去了兴趣。这些社会最底层的人基本都如出一辙，生活早被贫困和麻木涂抹得看不到一点尊严，些许的蝇头小利都会让他们喜出望外。

或者，还会有飞来横祸。

看到一辆警车在李桂芝身边停下，两名民警下车，说了句什么，李桂芝听得呆若木鸡，而后像遭雷击一样慢慢地萎倒。两名警员紧张得赶紧搀人，扶上警车。连天平旁若无人地驶过，慢慢地摇下车窗，他听到一位警员在打电话呼叫120。

他猜得出发生了什么，这个猜测让他心情大好，关上车窗时不自觉地笑了笑，加速离开了。

一定是警察来找昨晚寻衅滋事的嫌疑人了。现在好了，邢猛志应该无家可归了……

此时在现场有尾随的便衣监视着，回传的影像里，是这样一个无声而诡异的画面：那位并不知情的李桂芝闻讯昏厥，而被禁毒支队追踪的贩毒嫌疑人就在警车的一侧驶过。监控甚至拍下了连天平清晰的侧脸。

“错不了，连天平动心了，来摸猛子的底了。”贺炯有点兴奋，如是道了句。谭政委不确定地问：“入伙没这么简单吧？”

“他不是在找同伙，而是在找炮灰。越是命如草芥，就越适合当这个替死鬼，涉毒的多半都是穷疯了的。”贺炯道。

这正是“烛光计划”的高明之处，不期待能深入犯罪团伙，只期待被团伙盯上、利用，再顺着线索借力直取要害。现在看来，离设想几乎是一步之遥。

“老贺，你说他是想好了才这么干，还是走一步算一步？现在这个条件似乎非常有利啊。连天平的团伙被他打伤了几个，又闹出这么大动静，既缺人又不敢轻举妄动，结合他们这几天四处招募的动作，似乎这一切都顺理成章啊。”谭政委分析道。

“地下世界的运行规则，他比我们更懂。我们等着消息吧，可能会有很长一段时间的失联。”贺炯道，明知欲速则不达，可还是憋不住跃跃欲试。

一个不和谐的声音响起来："你们想过没有？这事对于一位不知情的家属太残忍了。就这么上前突然告诉她，她当警察的儿子涉嫌寻衅滋事要被警察传讯问话，我真无法想象那是一种什么感受。"说话的人是徐局长，虽是出于保护目的，方式却让人难以释怀。

贺炯和谭政委尴尬无语，停了半晌，徐局长起身道："把老人家接来吧，安排保护起来……派人查一下人社局的联网信息，连天平这么快找到邢猛志的家里，肯定有信息来源。"

"已经安排了。"贺炯起身出去送领导。

"鸡蛋不要放到一个篮子里，万一计划失利不能没有补救方案。"徐局道。

谭政委出声汇报："这是核心计划，还有其他补充。制毒的配料来源、被捕嫌疑人、兄弟警方的信息都在跟进，哪儿露头我们就朝哪儿全力以赴，现在的局面比我们刚开始的时候强多了，就是怕时间不够。"

"破案限期是给我们压力，而不是给我们限制，铲除毒祸，没有限期。"

徐局长铿锵一句，背着手铁青着脸坐回了车里，招呼也没打就匆匆离开了。

这可把两位领导怔在当地了，过了好久，谭政委才幽幽道："老贺，领导对这计划可能不是很看好啊。"

"那真没办法，我们虽然有大义之名，可有时候也免不了做些自己都厌恶的事，谁让我们是警察呢！"

贺炯表情肃穆，看不出悲喜，都说警察是铁石心肠、六亲不认，其实不仅对嫌疑人是这样，有时候对自己人也是这样。

是日，110指挥中心传唤了昨晚参与斗殴的数名惠民冷库工人，所有人的"口供"出奇一致，对于民警"关心"的"犯罪嫌疑人"邢猛志均摇头表示不认识、不知情。而支队联网的交通监控却拍到了邢猛志驾着那辆面包车上了高速，车副驾就坐着嫌疑人高久富。

这辆车堂而皇之地离开了晋阳市，而后躲开了交通监控，不知去向……

难时多反复

曹戈曹老板那辆8888的奔驰G泊停在绿的茶楼的停车场时，茶楼里相熟的小茶妹已经恭候在门口了，这是给大主顾的仪式，丝毫怠慢不得。

“大哥……大哥……”

曹戈的司机追上来了，一手拿着电话，似乎得到了什么不好的信息，附耳给曹戈说了几句。曹戈本来笑吟吟的脸一下子成苦瓜了，他郁闷地问：“哪儿传来的消息？”

“老猫说的，不知道为什么一下子都跑了，我回头问波姐才知道他们惹事了。”司机汇报道。

“妈的，这几个倒霉蛋就没一天消停过，你等着。”

曹戈悻然骂了句，像是有什么急事，扔下司机，匆匆进了茶楼，连平时总会调戏几句的茶妹都没注意到，径直上楼了。

楼上，一位倚窗而立的美女慢慢地掩上了中式纱窗，安静地坐下了。不一会儿，曹戈出现在她面前，她优雅地一伸手做着请势。坐下的曹戈屏退泡茶的茶妹，顺手端起公道杯子，把一杯茶一饮而尽，那心事都写在脸上一望便知，肯定不是什么好事。

“曹老板一定得到了你那几个手下又寻衅滋事的消息了吧？”美女笑着问。

是汪冰滢，哪怕有过肌肤之亲，哪怕进入过她的身体，曹戈都揣不准面前的窈窕身姿里还藏着多少秘密、多大能量。他郁闷道：“什么都瞒不过你，严重吗？”

“都够洽拘了，我说您也多少约束一下他们啊，别因小失大。”汪冰滢轻启朱唇道，说话时露着一圈好看的贝齿，脸上总是挂着可人的笑容，从笑容里实在辨不出她的喜怒。

曹戈难堪地解释着：“队伍不好带啊，能收罗到的还不都是一群社会渣滓？哪还指望能有个什么像样的人？”

“呵呵，不好带倒是能想办法，就怕没队伍可带啊。这回您折了不少点子吧？”汪冰滢笑着像调侃。

点子是手下、送货人的意思，说起秦寿生这一条线来老曹就有点郁闷，那条线上上下下可被警察连根拔了，不过此时担心的不是这个，他谦恭支身小声道：“您跟上头多美言几句，请放心，刨根问底也刨不到我这儿，我和这事压根儿就没有关系。”

“放心，怎么可能不放心呢？不放心我也不会来找你了。”汪冰滢笑着道，给曹戈斟上了茶，笑吟吟眼波如水地看着他。

话说曹戈要论样貌也算个美男子，再加上身家不菲，能吸引女人眼光倒也不意外，但曹戈很有自知之明，知道汪冰滢这种渴求眼神看他的时候绝对不是花痴，而是要办事了。他严肃地看着对方道：“有话直说，像你当初这么勾引我不是上床，是上道。”

“哈哈……那你后悔吗？”汪冰滢粲然一笑，两手支腮，手掌和脸颊形成了优美的弧形，配着盈盈眼波简直是一幅美轮美奂的画面，看上去她似乎真对面前的人心仪已久。

“这世上什么路都有，就是没有回头路，后悔不是笑话吗？”曹戈霸气地说道。

“那就好。”汪冰滢收敛起了勾引的姿势，掏出包，递了一张名片过去，名片不重要，她纤指点着名片背后手写的一组电话号码。

这可把曹戈吓了一跳，弓着身小声道：“这风头上，还要出货？”

“如果这些人以后有了新货源，你想出都没人要。你所谓的‘风头’指什么？即便没有什么风头，万一走漏了风声，那结果有什么差别？”汪冰滢笑着道。

“不是，这段时间雷子盯得太紧，平子这条线几乎被摘干净了，其他线再出事，那我不得成光杆司令啊？虽说干这事都是不怕死的主儿，可也不能自己作死啊。”曹戈严肃道。

“不管什么时候干这事都是作死，你不一直活得好好的吗？我给你的消息错过吗？”汪冰滢问。

曹戈摇摇头：“那倒没有。”

两人已是一条线上的蚂蚱，肯定不敢互坑，这是利害使然的事。

“那不就对了？死道友不死贫道的事，你又不是第一次干，多找几个替死鬼闹点动静，给英明神武的人民警察交个差，剩下的事会很难吗？”汪冰滢提示着。

又是明修栈道、暗度陈仓的老计策，曹戈眼皮跳了跳，眼睛大了一圈，一字一顿吐着：“要多少？”

“很多，差不多让你清仓了。”汪冰滢道。

“这要出点事，可得要命了。”曹戈斟酌着利害。

“呵呵，要的是别人的命，我们要的是钱。你说得对，扫黑除恶确实是个风头，可你反过来想，要说有人在这个风头上搞大事，你会相信吗？现在街面可连地痞流氓都快被警察扫干净了。不过这地儿也快一年了，该挪窝了。”汪冰滢笑着反问，给了一个逆向思维的曙光。

“好，我合计下，做不做这一单，都该挪窝了。”曹戈点头道，这种生意永远不会稳稳当当。

不过汪冰滢却很肯定，她笑着起身，拿起了包，优雅离座，俯身在曹戈腮边轻吻，耳语道：“怕什么？连我都不知道你的窝在哪儿。我帮你谈好了价格，高出两成，等你的好消息哦……”

离开几步之外又回眸飞吻，像皮裘裹着的一个尤物，让曹戈心绪难平，或者说，让他心惊肉跳……

“终于有结果了！”

谭政委长舒着气，面前的监视回传视频上，一个裹着皮裘的女人脸部被分析、还原，赫然是晋昊娱乐老板晋昊然身边那位千娇百媚的女人：汪冰滢。

案件板上，贺炯握着笔，把“曹戈”“汪冰滢”两个很难关联到一起的名字，用一条红线连到了一起，他皱着眉头道：“怎么看这两人都是风马牛不相及啊，一个是有律照、有文凭的高知女，一个是草莽混出来的流氓男，他们包得很严啊，一个电话记录都没有，监控了这么久才发现。”

“但汪冰滢肯定不会是毒源控制人，这种女人，我看……像不像托家？”谭政委道。

贺炯斟酌了片刻，点点头道：“像！”

托家，一手托两家的意思，是买家和卖家之间的中间人。生打生是达不成这种交易的，除非双方都有共同信任的第三方。以前的毒品交易多数是钱货实物交易，随着科技和通信技术的进步，已经出现了很多人、钱、货三方分离的交易方式。

这无疑会给侦破和取证带来极大的难度，最好的结果是抓到货。哪怕是最好的结果，也未必能截获毒资。抓到幕后主使的人就更难了，所有在操纵和指挥的毒枭，永远不会让自己和毒资、毒品直接扯上关系。

支队长和政委对视一眼，心意相通，异口同声喃喃着：“不好办啊！”

“我们再捋一下，老贺你说，我们这里是毒源地，还是销售地？”谭政委问答式分析开始了。

贺炯思忖道：“我们省突发的类似案情在全国居多数。秦寿生一条线牵出来的嫌疑人足足有二十几人，毒品销售最难的是最后一公里，而我们这儿最后一公里都快成销售网了。我倾向于省厅的判断，在我们这儿，应该有个隐藏很深的毒源。”

“这个毒源运作这么久不被发现，那它应该满足什么条件？放我们眼皮底下一点风不漏，似乎不可能啊。”谭政委道。

“大周、燕子都去学习了，等他们做个疑点分析出来，这个问题很快就有答案了。再来一趟拉网式排查，现在的价格都翻番了，再等等，总有铤而走险的。”贺炯道。

这是经验，禁毒打击越严，毒品价格越高，风险和利益是成正比的。

“可惜啊，我们只盯得到连天平这一条线，而这条线，怕是短时间不会有动静。曹戈此人非常可疑，越来越多的线索指向他。”谭政委有点失望地道，守株待兔最需要的是耐心和时间。耐心有，时间却快没有了。

“别气馁，我们离侦破永远只有一步之遥，其实毒源操纵人或者知情人就在这些涉毒嫌疑人中间，我们得耐心地等着他们露点马脚。你想过没有？其实掌握着毒源的人，相当于抱着一个定时炸弹，只要漏点风那就是要命的。”贺炯道。

“也就是说，他藏着不动也有危险。”谭政委皱眉了，然后恍然大悟道，“所以您才让各队大张旗鼓查配料和制药机械线索？”

“对，我不期待能查到线索，但肯定能打草惊蛇。”贺炯道。

如果打草惊蛇，那会反映出这样一条信息：警方已经获知可能有制毒毒源的存在！而这个信息如果被藏在暗处的制毒者知晓……谭政委愕然道：“如果跑了呢？惊动倒是我们愿意看到的，可要惊走，那就难办了。”

“如果这个毒枭有壮士断腕的决心，扔下生意跑了，我表示佩服，我认输。”贺炯思忖道，表情恶狠狠地在“曹戈”的名字上画了个圈补充道，“但我觉得我输不了。我一辈子大大小小的毒贩抓了不计其数，总结出来的经验是：贩毒是条死路，除了蒙着头走到死，再无出路。”

画完，思忖片刻，又重重地在“曹戈”的名字上打了个×。谭政委作为老搭档明白贺支队长的用意是，曹戈此人，还不是要找的终极目标……

一堆灰黑色的结块状晶体，在透明的器皿里慢慢熔化，散发出一种类似烧焦毛发的味道。随着温度的提升，灰黑色慢慢成为透明色的液态膏状，温度、熔点、成分、比重等多个数据跳跃在显示屏幕上。安静的现场只能听到蒙着实验防菌口罩的医生介绍："这就是西布曲明，我国明令禁止的制药化工原料，不过有很多黑作坊还在使用，它的优点是极易溶解，与其他制药成分相比西布曲明的制作工序更加简单。不过它的副作用很强，有麻痹神经、引起认知障碍等功能。但相对于毒品吸食人员，这些都是可以忽略不计的……好了，大家看，166℃的时候，它和氟硝西泮完美地结合在一起……当然，我们这个工序相对简单，混合出来的颜色和蓝精灵有很大差异，不过，大致应该就是这样，我们在支队送检毒品，检测出来的主要配料成分就是西布曲明，还有少量氯胺类药物成分……"

围着实验玻璃隔断观摩的周景万开口问了："如果要制作蓝精灵的话，需要满足什么条件？"

"你指……"全副武装的医生愣了下，好奇地问，"组建一个制毒窝点？"

"对。"马汉卫直接道。

"嗯，加热器具，视制作数量的不同，少量的家用液化气就可以，如果量大，那两个火眼也供不上需求；坩埚、密封桶、成形模具，如果加上后期的封装，还得有压塑设备。但看样子用的压塑设备是淘汰货，大部分口服类药片都会用到这种模具和压塑包装，而蓝精灵成形的做工显得很粗糙，所以应是是旧式压模机压出来的。"医生道。

"旧式和新式的区别在哪儿？"武燕好奇地问。

医生旁边的一位助手接话头道：“大厂和作坊的区别，旧式压模基本上所有车床都能做出来，市面上流行的假药差不多都是这种机械制作的。”

马汉卫懊丧道：“那意思是，没有可查性喽？”

“不好查，假药一直是卫生系统的一个痛点，以此牟利的不在少数。”助手道。

“那满足这种制作条件，需要多大的空间？”周景万换着方向。

“也得几十平方米吧，不过要分开就说不准了。”医生道。

“那影响呢？噪声？或者气味、残渣，或者废料，都有可能被周边人无意撞见吧？还有用电，有没有蛛丝马迹？”马汉卫道。

“嗯，散发的气味远比制作冰毒的影响要小，但也不是没有影响，最起码应该比下水道的味道要大。废料容易打包处理，可这废气打包处理不了啊。用电我还真搞不清楚，普通照明用电的功率应该就够，量不大，应该用不上工业三项电。我说各位警官，这可超出我的专业范畴了。”医生道。

“呵呵，麻烦您了，林医生。我们这不是也没思路，来您这儿淘淘……这几位队长是头回见，多给他们解释解释。”周景万道。

“没问题，禁绝毒品，人人有责嘛。这位是鉴证中心的同志，让他给你们讲讲药理。新型毒品不止蓝精灵一种啊，它的伪装性越来越强，我担心它如果出现变种，那就麻烦了……来，大家进来观察一下，以后见着这东西心里有个谱。”医生和几位学习观摩的大队长、中队长说道，助手接替了他的位置，和众队长介绍着。

忧心忡忡的三位已经踱到了实验室外，周景万在走廊上和马汉卫对着火点上烟，武燕出来时不悦道：“以为你们看出什么来了，结果是烟瘾上来了。”

“那咋？你觉得吃亏你也抽一支呗。”马汉卫笑道。

“去，一边去。”武燕斥了句，追着周景万问，“周队，咋回事啊？上头不能一天三变啊，怎么一回头把咱们又扔回这儿了，咱们学这干什么？”

“多管齐下啊，总不能押宝在一个人身上啊。再说咱们也不能跟得太紧，得尝试一下其他路子，如果前方失利，可能会用老办法。”周景万道。

一听老办法，武燕就露出难受的表情。常用的方式是地毯式拉网排查，肯定会根据制毒的特点在全市范围内展开清查，那办法经过证明，经常是撒大网捞小鱼，甚至捞不到鱼。她懊丧道：“没用啊，周队，这帮贩蓝精灵的路数不一样，大部分时候，我们逮不着罪犯，根本没法知道他们的犯罪方式啊。”

“也不尽然吧，我就不信买这么多配料，能和拉地瓜一样拉走。”马汉卫道。

“嘘。”周景万没来由地嘘了声，示意噤声。

房间里，脱着口罩的医生出来了，是帅气的林拓医生。他出门给了个很不友好的表情，看着马汉卫和周景万。两人一下子省悟了，赶紧掐烟道歉。

“周队、马队，我要严重警告你们，你们抽的一口烟里，就有近四千种化合成分进入肺部，有百害而无一利，早戒早健康啊。”林拓的职业病又来了，听得马汉卫赶紧回去。周景万讪笑，也躲开了，不过却不是因为被劝戒烟的缘故，他瞟了武燕一眼，做着鬼脸进去了。

也许是彪悍的女人和秀气的男人恰好互补，林拓对武燕殷勤更甚。就连粗线条的马汉卫都拿这开玩笑，那表现估计得到赤裸裸的程度了。

“哟，你是故意把我的搭档支开是吧？”武燕笑眯眯地问，保持着一贯的直白，不管案情还是感情。

林拓笑了笑，耸了耸肩道：“您看到了，是他们主动走开的。”

“那你……准备表白了？”武燕逗着道。

“如果能打动你的话，我绝对就开始了，可惜你可能不在乎这个。”林拓道。

“是啊，案情早把我们搞得焦头烂额了，再来点感情问题，我会被打垮的。”武燕自嘲道。

“那就让自己适度休息和放松下来。噢，对了，明天周六，我想约您吃个饭，您不会拒绝吧？”林拓期待地看着武燕。

武燕客气地回绝道：“我们在封队期间，除了与案情有关的活动，支队大门都出不去。”

“那简单，我给你们领导请假去……不过这和案情确实有关啊。我的部门隶属司法和卫生系统共同管辖，你们一趟一趟来，我可是牺牲了很多时间来帮你们啊，也该招待一顿饭啦。”林拓笑吟吟的，有点纠缠的意思。

“好吧，那你替我请假吧。”武燕故意为难道。

不料陷入单相思的男人那股劲还犟上了，他大方道：“说话算数啊，我真找你们领导去。”

没有回音了，武燕躲也似的跑了……

“这是干什么？”

任明星好奇地看着邱小妹播放着视频，打标，提取关键数据，视频里放的似乎是制作工艺。

邱小妹头也不抬地回了句：“还原蓝精灵的制作过程。”

“这好像不难嘛。”任明星评价道。

“只要有价格七百亿美元的配方，可口可乐也会简单地被你勾兑出来。”丁灿开口一说话总是凉凉的，让任明星怀疑是嗤笑他，但又无力反驳。

又看了一会儿，任明星终于找着话题了，反问：“这不是丢了母鸡找狗窝里吗？抓贩毒的，还原制毒过程干吗？”

“斩草除根嘛，只有了解详细的过程，才有可能推测出毒源存在的环境。如果能找到源头，那可是事半功倍啊。”邱小妹道。

“可能吗？我好像看过统计，百分之九十以上破获的涉毒案件，都是贩卖环节的，能找到制毒毒源的少之又少。咱们知道成规模的，两个手数得过来。现代社会的压力剧增，人们价值观的变化从某种程度上催生了个人对毒品的需求。在很多国家，比如加拿大、荷兰等，大麻、咖啡因等毒品会被适度视为合法存在。从某种程度上讲，要禁绝毒品很难做到……”任明星道。

正盯着信息的技侦们被这个大放厥词的给吓住了，都愕然瞧着。丁灿眼见任明星又满嘴跑火车了，赶紧拉着他往厅外走，拽出门到了走廊上，丁灿愤愤问：“你来大厅放什么屁？不是让你守着会议室吗？”

“哎哟，政委和支队长讨论案情，嫌我碍眼，这不是把我打发出来了？”任明星郁闷道。

“那自己找个地儿凉快去，去跟王大队长聊大天去吧。”丁灿摆手也嫌碍眼了。

一看人要走，任明星急急拽着丁灿道：“别走啊，我问你个事。”

“又是猛哥？都告诉你一百遍了，没消息，要有消息这儿早炸锅了，去吧去吧，别来添乱啊。”丁灿急急走了，没空搭理任明星了。

任明星往会议室走了不远，踌躇间又返回来了，看着忙碌的信息指挥中心，他一个人落寂地出了办公楼大门。已经封队了，那感觉和坐监没有什么两样，不许打电话，不许玩手机，不许走出支队大门，保密性自不待言，只是处在其中的人要苦不堪言了。

和他一样的王铁路王大队长可能是无聊极了，正提着桶水擦着辆外勤的警车，任明星径直朝他走过去，远远嚷着：“王叔，你咋干这活儿？”

“呵呵，那我干啥？来，帮忙。”王铁路叫着，任明星上来了，接了块抹布，他仔细看着这位前上级，擦车似乎擦得并不是心里有怨，而是心甘情愿，这就使任明星不解了。他小声问：“王叔，支队这就有点太过分了。”

“怎么过分了？”王铁路笑着问。

“把您也圈起来，好歹也是个大队长啊。”任明星道。

“呵呵，不但把我圈起来了，还把整个缉虎营特巡警大队全部打散了，有封闭学习的，有分流到其他大队的。你现在回队里啊，可能一个人都不认识了。”王铁路笑道。

“至于吗？”任明星愕然了，没想到因为邢猛志一个人，私下里动静会这么大。

“至于，而且必须至于，任何疏忽都可能导致意想不到的危险，这是为猛子考虑……我老了，实在帮不上什么忙了，要真能抓到这群害人的毒贩，别说把我圈起来，就让我扫地、打水、掏厕所，我都心甘情愿。坑蒙拐骗一类的犯罪害人是害一回，毒品害人可是害一辈子啊。他们不容易，咱们别添乱，啊……”王铁路手不停地擦着车，抬头示意着办公楼的方向，那是理解，因为理解而无怨无悔。

“好吧，咱们俩都是被捎带的，您歇会儿，我来擦。”任明星道。

“没事，两人干，擦亮点，等出警抓捕的时候，要让它们闪亮登场。小胖子，你是担心猛子吧？”王铁路笑着问。

“嗯，都不知道他怎么样了。本来等他打入犯罪团伙内部，可谁知道，他倒好，带了俩犯罪分子直接销声匿迹，一天一夜没消息了，现在支队长头都大了。”任明星道。

“等着吧，除了等，也没有更好的办法。他现在是过河的卒子，和贩毒分子一样，没有回头路可走喽。”王铁路幽幽长叹一声，又使劲地擦着已经光鲜锃亮的警车，似乎要把浑身无法使出来的力气全发泄到这上面，尽管他知道这是徒劳的。

所有的期待、等待、担心都是徒劳的，又是一天一夜过去了，邢猛志像断线的风筝，不管在侦查的视线还是在天网的电子监视中，都杳无音信……

困顿计安出

时间不咸不淡地又过了一天……

武燕低估了林医生的执着程度，她没想到隔了一天林拓真跑到支队了，还是政委亲自接待的。后来才知道是早有安排的，戒毒所和法医鉴证中心共同对蓝精灵的成分做了一个采样分析，他和几位实验室的技侦送详细报告来了，不知道谈的究竟是什么内容，但结果是，谭政委真给武燕安排了个任务：陪林医生吃饭。

于是武燕只能领着林拓去了益友茶餐厅，距离支队不到五分钟的车程。刚坐下，水果和点心已经备好，这明显也是有心人早准备好的。

对于案情中掺杂了感情的局面武燕既难堪又尴尬。支队长和政委向来以长辈自居，没少给她牵红线。以往两位领导牵红线的准确度和他们找案情线索的准确度实在不好比，不过这一次似乎还行，儒雅沉稳、大方得体的林医生比以前那些相亲对象强得可不止一点。只可惜武燕实在没有这份心思。

“对不起，我有点唐突了。”林拓谦虚地道了句，把上的菜往武燕面前挪了挪。

武燕一抽筷子，桌上一顿，筷子一伸已经夹着吃上了，那动作堪比拔枪，她且吃且道：“现在封队期间，你脸可够大啊，居然能说动政委。哎，你怎么说的？”

“我就说要提一个小小的要求，我要约武警花吃饭啊，不能老是这么工作。政委表示理解，好像他挺关心你的。”林拓笑道。

“当然关心，他给我介绍的对象不下十个。”武燕且吃且道。

“这么多都没看上的？”林医生好奇地问。

“也不是，大部分看不上我。”武燕道。

林拓哧地一笑，不信了，武燕也不解释，两人相视傻笑，不过气氛倒是蛮轻松的。而且武燕发现林医生似乎和她挺对脾气，最起码不像以前介绍的那些，一听是缉毒警，说话都紧张，再听还是一线的，基本就没戏了。

“我觉得你就是放太多心思在工作上了，忽略了自己的生活，其实你可以更美的。”林医生换着话题，又上一道菜，他殷勤地夹着。

武燕摇摇头道：“缉毒警怎么可能有自己的生活？跟你讲个笑话啊，我们队里有警员，娃都三岁了见面也不会喊爸，常见不着，见了生分呢。”

“哇，这也太反人性了吧。”林拓道。

“不算太反人性吧，政委不是还给了我半小时的吃饭时间吗？比如像我们现在封队期间，连支队长都没有行动自由。和你吃饭是例外，你给我们的工作提供了很大的帮助，我代表支队谢谢你啊……来，没酒啊，以饮料代酒。”武燕举着杯，和林拓碰了下。

“我没做什么，任何化学医药专业的都能办了这事。禁毒本身就是全社会关注和参与的事，应该的。”林拓放下杯子，谦虚道。

“那不一样，你毕竟是戒毒所聘请的精神类药物专家。”武燕道。

“我们戒毒所一半民警，我算半个自己人嘛。呵呵，如果有需要尽管说话，我义不容辞。”林拓道，武燕又连声道谢，却不料林拓懊丧地直拍额头道，“呀呀呀，这咋回事嘛，怎么和你吃个饭，三句都不离工作？”

“哈哈……那我教你一招，千万别和警察谈恋爱。”武燕笑道。

“为什么？”林拓好奇地问。

“还没看明白？”武燕且吃且道，“感情谈着谈着就变成案情了，有情人谈着谈着就成陌生人了，离婚率最高的职业，警察排第几你知道吗？”

“第一？”林拓不信地道。

“不不不，排第一是艺人，我们警察能排前三，知道为什么吗？一个命令下来，老人孩子包括老婆，都得扔下，这过不成一家啊。”武燕道。

貌似闲聊，更似发牢骚，或者是泼凉水。只是林拓反而含情脉脉地看着她，武燕不解地瞄瞄自己是不是穿错了，没有发现什么，愕然问：“怎么了？看什么？”

“你是在故意刺激我？”林拓不悦道。

“我是在善意提醒你，警花诱惑只是传说。我们警队，女人一般当男人使。”武燕道。

“那男人呢？”林拓问。

“男人当牲口使呗。”武燕道。

林拓瞬间被逗笑，两肩直耸，端杯要为这句说碰一杯，碰完放下，林拓客气道：“你越这么说，我越对这个职业尊敬了。我知道你时间有限，能坐到一起我已经非常满足和荣幸了，还真不敢奢望能追到像你这样的警花，知道为什么吗？”

“莫非有心结？非要找个女警察一偿夙愿？”武燕好奇了。

“我爸原来是警察，从小我就对穿警服的有一种说不清的亲近感。可惜他后来从政，调离公安部门了。一部分也是我的原因，当时我们当地有个土政策，凡公检法以及涉及国家安全部门的在职干部，本人和子女出国都有限制。他是为了我脱下警服的，对此他一直非常遗憾。说实话，我还真想给他带回去个当警察的儿媳妇呢。”林拓不好意思道。

“哦，那你还是不了解警察，你找个内勤，好歹能跟你回个家；外勤越到节假日越忙。千万别找狱警，她看你比犯人还严；也别找刑警，你敢瞒她点事，她能审你三天三夜；也不能找搞经侦的，否则你的财政大权基本没戏了；内勤行政上的也不能找，她们天天给你做思想政治工作，你受得了那教育吗？”武燕教着。

林拓苦脸了，郁闷地指指武燕，直道：“你成心噎我是吧？不想和我吃饭明说啊。”

“你看你，心思就多……哟，电话，对不起。”武燕掏出手机，看了眼警务通上来的即时信息，她眼睛睁圆了，像是注射了提神药物一样，兴奋直接写在脸上了。

“没事，你有事忙你的。”林拓关切道。

武燕呵呵笑了，装起手机，反而不急了，幽幽道：“我一点也不忙，我发现咱们很谈得来，这顿饭怎么也得吃完。”

“哟，心情一下子逆转了，我猜猜，不是感情有进展，而是案情有进展……不用回答，否则违反纪律。”林拓笑道。

“早知道这么顺心，我天天陪你吃饭……来来，碰一个，我还得代表支队，不，代表我个人感谢你。等这个案子破了，我一定请你。咱们谈不成，我也一定再给你介绍几个警花，完成你这个夙愿。”武燕心情大好。

“相聚就是缘，来，干一杯。”林拓举着杯，两人重重地碰在了一起。

本来以为很尴尬的一顿饭，意外地尽兴，当然个中原因武燕是不可能说的，肯定不是林拓的原因，但是和这位医生有关系。

手机接到的案情即时信息是：通过追查蓝精灵制作所需配料西布曲明，田湘川在邻省新州市找到了重大线索……

侦破中总是充斥着巧合、推测、运气等不确定的成分，有时候这些成分比重甚至大于那些专业技能。很多省督、部督的追逃人员都在基层落网，有的甚至被群众扭送，就充分证明了这一点。

这一次也是个巧合。西布曲明属于化工原料，医药禁止使用，但在化工上用途也相当广泛。本以为在海量的销售线索里找到的可能性不大，却不料田湘川队长下了个笨功夫，依据企业名录给全国的化工厂家打电话，一家一家询问、讨要对方的购销记录。这个笨功夫足足做了四天零一夜，一个大队的电话手机全用上了，愣是用这种笨办法证明了“功夫不负有心人”这句话。找到了重大可疑线索，而且线索出现的地方，离晋阳不足五百公里，就在邻省。

武燕吃完饭送走林医生匆匆赶回，马汉卫已经在门口等着了。她急急问着情况，马汉卫二话不说领着她往会议室跑。他们进去时差不多大家都已经就位了，丁灿在这里已经干得得心应手了，接驳线路、切换屏幕做会务工作比支队的技术员还利索，实时的投屏已经射到支队长身后的墙上。

“湘川，介绍一下。”贺炯直接道，嗓子有点沙哑。

“是这样……我们连续四天一直在追西布曲明的线索。全国有这种生产能力的厂家共四百零七家，我当时抱的希望也不大，不过实在缺线索，只能死马当活马医。而且这种线索很不好找，东西是不会卖给私人的，基本都是公对公账户付款，如果有制毒人存在，即便是通过企业账户购买，那肯定也用了几层跳板……抱着试试看的心态我们全队咬着这条线索跟进，直到今天快中午，才发现了这家四方工贸有限公司，注册地在我省的云城市。大家看这家的法人代表是不是很熟悉？”田湘川扶扶眼镜，屏幕上放出了他的发现，企业经营执照电子版，上面显示的法人代表是：刘蓓蓓。

“啊？和秦寿生接头的女人，晋昊娱乐的那位已经离境的大堂经理？”武燕愕然失声道，“不对呀，她的关联信息大数据怎么没查到？”

“以刘蓓蓓的身份证没查到的原因是，该公司已经在七月注销。”田湘川道，“这个公司成立了一年零两个月，出入的资金不完全统计有六百四十多万元，信息中心还在深挖……我们查到新州三化在今年二月也就是春节期间，运出了一批西布曲明配料。对方企业很严格地按照危化品的处理程序审核了买方资质，核对了信息，并留存了这些信息。我们队里警员一见是咱们省的，就多了个心眼，一查查不到，那更怀疑，继续往下追时，发现的问题越来越多……看，这是通过一家银行的出入记录，仅在五六月就有二百九十余万元的出账记录，全部是转向个体工商户和私人账户，通过对资金的初步追踪发现，其中有二十四张卡，都是通过大额消费的POS刷卡的方式被取走了……再往下，我们资金追踪也无能为力了，现在银行的POS类型很多，一笔一笔追踪难度超乎想象，而且可能是短时间查不清的。”

对于警务人员，这种化整为零的手法太眼熟了，谭政委脱口而出两个共识的字：“洗钱？！”

“应该是，正常纳税，账面体现购销、工资、劳务，清税后可以合理地注销，税收对于小商户个体有优惠，我了解了一下，每季度九万元之内的发票是免税的，如果注册这么十几家甚至更多小商户，来往账目其实连税都不用缴，就把账面上的资金洗走了。手法虽然操作繁复，但成本低廉，一笔钱可能只需要损失3%~5%就洗走了，而专业洗钱的地下钱庄，可能损耗要到15%左右……大家看，在账户关联的目录，我还找到一个熟悉的名字：董小花。”田湘川道。

“好家伙，七月，他们从那时候起，就开始销毁证据了。”贺炯惊讶道。

“注销的时间正好是齐双成被杀后的一段时间里。那段时间，追踪蓝精灵的九队正被检察巡视，正副队长都被停职了。”谭嗣亮道，这是件细思极恐的事，他喃喃道，“对方似乎很了解我们的组织程序，给九队下了个套。”

“湘川，继续，这个运输量有多少？”贺炯问。

田湘川又扶了扶眼镜，似乎怕眼镜掉下来，不过给出了个让人掉眼珠的答案：“四吨。”

“我去！”马汉卫和周景万齐齐感慨。

“那运输上能查到是谁吗？”贺炯道。

“已经过去了近八个月，厂里的监控恐怕找不到了，我们只能期待有目击了。各地公安检查站的监控数据留存是三到六个月，也超期了。”田湘川道。

“还是得去一趟。湘川，你和大周跑一趟，和地方警方协调一下，请求协助。”贺炯安排道。

田湘川、周景万齐齐称是。

“马上动身，队里配个司机，人歇车不歇。沿途找一下是否有拆修、换件的监控硬盘，如果数据没有被覆盖，那就捡着大漏了。”谭政委道。

两人得令，奔着急急出门了，贺炯又安排道：“汉卫，你带人跑趟云城，把这几家涉案公司的注册情况摸排清楚，随时和家里保持联系。”

“是，我马上动身，有直达高铁，我坐火车走吧。”马汉卫道。

贺炯摆摆手，打发走了这位，再看余座，就只剩武燕和一旁旁听的丁灿了。丁灿解释道：“信息中心正在追踪涉案的资金去向，很快就会有消息。”

“嗯，辛苦这些技术同志了。政委啊，这个刘蓓蓓现在躲到境外，很难办了啊。”贺炯征询道。

“提前做好预防，万一回国，落地先行控制。”谭政委建议道。

“不不不，不对，二十几岁的小姑娘，玩不转这么大盘子，顶多和秦寿生一样，是个棋子或者替死鬼。而且别说我们根本控制不了，即便能控制，那等于是给对方提醒了，我们已经找到配料的线索了。”贺炯道，他起身背着手走着，在案件板跟前停了下来，拿起笔，写上了一个众所周知的名字：晋昊然。

“这个人倒是像，小丁，信息拉出来。”政委道。

丁灿上前操作着电脑，很快在案件文档里找到了晋昊然的关联线索，他念着：“晋昊然，男，49岁，早年有过钢铁厂工人、煤矿销售业务员、运输公司老板、煤场经营主等从业经历，从煤炭生意中抽身后，在我市注册成立晋昊娱乐公司，企业注册资金两百万元。而晋昊大厦是他的个人资产，早年购置一直用于办公出租，经过装修，转而经营娱乐行业至今……

“案底……联网的没有查到。

“社会关系比较复杂。本人长年不在晋阳市，近期也不在本市，在南方。联网能查到他名下的房产在全国四个城市都有。”

丁灿读着，不时地瞟着支队长和政委。政委脸上疑云重重，支队长一直沉吟未语，好半天贺支队长才犹犹豫豫擦掉晋昊然的名字向下连接的线，不过擦到一半，又不确定地停下了。

“疑点很大啊，这就是个黄赌毒专业户。煤炭市场埋进去不少煤老板，像他这样全身而退的可不多，是个很精明的人啊。我们在‘9·29’扫黑行动中，重点排查的就是晋昊娱乐，结果被倒打一耙，他们找了一帮律师四处告我们的状。”政委道。

“是啊，这么懂法，家里又有矿，制毒就不明智了。制毒犯罪的动机无非是钱，但这个动机对于这类已经发家的似乎不够，这些娱乐产业的收入不比贩毒少。”贺炯道，听上去倒像给晋昊然开脱了。

“那这线索又如何解释？”谭政委愣了下，没想到支队长的态度会是这样。

“这肯定是个洗钱的账户啊，大几百万的流水如果没有购销西布曲明这档事，那它的存在就是完全合法的，注销也是合法的。我问你，要是你是贩毒，购买配料的账户，会使用你自己的洗钱账户，生怕这些配料和你扯不上关系？”贺炯反问。

谭政委倒吸一口凉气，仔细思忖，有条有理地反驳着：“可能有这么两种情况：第一，是新型毒品，哪怕是专业人士也未必知道用途，等警方掌握这线索恐怕会埋没很久，可以认为他们是百密一疏；第二，购买配料的法人刘蓓蓓就是个替死鬼，有可能抓到她也未必知道详情。不管哪一种情况，这条线索牵扯出来的人，都可能涉案。”

“还有第三种情况，如果是刻意的呢？如果是刻意留下的坑，我们一头栽进去，可就正好被埋了。”贺炯道。

“啊？不可能吧。”谭政委被贺炯的想法吓了一跳，真有智商这么高的毒贩，能在几个月前就留下假线索把警察带进坑里？

“我给不出答案，但有真相摆在面前。蓝精灵刚现身，我们以为像其他的新式毒品，找个线人，端几个窝点，抓一批关一批难成气候，结果是线人被杀，我们的两位缉毒警摊上了民事官司，现在都没了结；之后我们转换思维，广撒网、深挖罪，对于类似嫌疑人露头就打，可惜我们只抓到一批糊里糊涂的送货人，想往上查一层都不可能；后来我们又改变方式，或者不是我们改变，是这几位辅警无意撞破秦寿生这条线，这是收获最大的一次，可惜还是没有找到秦寿生的上线，他交代了几个网名，樱桃丸子、白寡妇、老汤姆……你注意到没有？这是涉毒犯罪罕见的情况，人、钱、货三者分离……回过头来讲，干得这么缜密小心，露这么大一个破绽有点说不过去了吧？即便是个破绽，我想恐怕他们已经补上漏洞，没准会像前几次的线索，都领着我们进了死胡同。”

“那为什么还要去查？”谭政委不解。

“呵呵，除了这个，我们也没有什么可查的啊。凡正常思维和正常途径查到的线索，我现在都不敢太过相信了。”贺炯坐下来，又点燃了一支烟，他大口地抽着，明灭的烟头像灼痛了他的思维，让他紧皱着眉头，深邃的眼光显得空洞，谁也不知道他在想着什么。

政委起身了，招手示意着，让武燕和丁灿两人出来，两人蹑手蹑脚出了会议室，政委摆着手让他们自行离去，别再打扰支队长。

丁灿返回信息指挥中心，武燕无所事事地跟着，期待地问：“有消息了吗？”

回答她的是失望的摇头。

武燕愤愤道：“邢猛志以前也像这么不靠谱吗？”

“当警察的时候还真不靠谱。”丁灿道，又补充了一句，“如果回去当地痞流氓，比谁都靠谱。”

“你这好像是褒奖啊。”武燕道。

“不然呢？他就这么点优点都被你们发现了。”丁灿道。

这个笑话没逗笑武燕，反而让武燕感觉很不舒服了，她叹气道：“真搞不懂他怎么想的。”

“是啊，也搞不懂毒贩是怎么想的，让他们两拨都搞不懂的PK吧。对我们来说那个世界是苍白的，我们缺乏认知而且没有任何学习和掌握的机会，除非你身在其中，就像他一样。”丁灿道，迈步进了信息指挥中心，几十个小时的连续作业毫无结果，这里的气氛显得颓废而压抑。

作为网警借调过来当领队的邱小妹此时托着腮在电脑前发呆，连丁灿到她身边都没发觉。她面前的页面还在不死心地追踪着连天平的信息，可除了身份证登记，其他的仍是空白。

空白，就是最大的嫌疑。只可惜无法从虚拟世界伸出侦破触角，去揭开蒙在这个人脸上的神秘面纱。

这一天又将毫无进展地度过，唯一的收获是，奔赴新州三化厂的周景万、田湘川找到了西布曲明的出货单和司机的原始签名记录，签名三个字有两个字辨识不轻，剩下一个字只有两画，是个“十”字。幸好出入登记有车号，跟着这个车号几分钟就反查到了车主，是晋阳市跑长途大货车的。这订单是司机在中途接到配货公司的。

在运输行业里，这种情况太过普遍，换句话说，犯罪分子是在网上随机找的配货车辆和司机，要让司机去回忆九个月前的详细情况，恐怕已经意义不大了……

岂是寻常路

司机姓名：朱十明，年龄：46岁，所驾车辆为东风牌前四后八。

找到这位司机的时候是凌晨四时，是天网定位的。不过等武燕和一位缉毒警到达现场时，已经是天亮时分了。货车都聚集在郊区小店乡一家货运公司里。一进门成排的庞然大物显得空间很是压抑，货场老板领着两人找到车主时，那哥们儿正放倒着车座打呼噜。和所有的司机没有什么两样，胡子拉碴，从车上下来时带着一股混合着机油、半个月没洗澡的馊味及劣质烟的气味，能呛得人窒息。

一看是警察，吓得司机直哆嗦，被问了两句赶紧说了："我上有老、下有小，还有车贷没还完，我要进去可就全完了啊。警察同志您行行好，我对天发誓，我绝不抽那玩意儿，老婆孩子还养不起呢，哪抽得起那玩意儿？"

大货司机也是个高危群体，夜以继日地驾车，很多靠冰毒提神，看样子辖区大队没少传唤这个群体里的人，朱十明敢情是理解错了。

"甭废话，问个其他事，今年二月二十六日，记得干什么了吗？"民警问。

"这都十月了，您问二月……啊？那那……那我问您那天干吗了？您记得吗？"司机愣怔着反驳了句，一下子把民警噎住了。

这反应反而很正常，武燕一撇嘴，知道没有多大料可刨了。

"我提示一下，配货上查到你接了个单。"民警道。

"哪个月也得接单，不接单靠啥活呢？公司有登记啊。"司机道。

"是啊，所以我们根据登记查到你这儿了，再想想。"民警道。

不是民警不提示，而是这种问话技巧，可以仔细地观察被询问人的反应，朱师傅的反应很正常，是越糊涂了，想半天张大嘴道："一年三百六十五天，我跑三百六十天车，真记不起来啊。"

"自己看。"武燕不耐烦了，递着单子，朱师傅瞅了半天，点点头："哦，是有，这是送精煤给新州，合同单啊，回程不是空车吗？一般都接个配货啊，多少也能赚个油钱嘛，我可是按公司规定，该交的一分没少啊。"

"这是你签的字？"武燕问。

"没错，接货得登记，发货的跟货主确认，我们签字才算。"朱十明道。

“在哪儿卸的货记得吗？”武燕突然问。

“记得啊。”朱十明点头了。

民警愕然问着：“刚才什么都想不起来，现在倒记得卸货地了？”

“你一说这单我想起来了，我拉回来一直让他们接，他们不来，耽误了我大半天时间，一直到晚上才联系上……坏了，不会有事吧？”朱十明自己又把自己吓住了。

“哟，”武燕笑了，问道，“看来你还有事没说？不然怎么觉得有事呢？”

“他们多给了一千块钱，还有条烟，哎，把我当时高兴得……敢情不是有什么事吧？”司机心虚了，紧张地看着武燕，赶紧自证清白道，“我可真不知道是什么东西，就跟水泥袋子一样，一袋一袋臭烘烘的。”

“在哪儿卸的？”武燕问。

“武宿村那头，二级路边上，他们的车等在那儿呢。”司机道。

武宿村离市区尚有十几公里，二级路边，估计不是菜地就是空地，选择那儿的唯一目的恐怕是要躲开监控。

民警有点失望，随口问了句：“几个人接的货？谁给你的钱？”

“三个人，那俩卸货装车，给我钱的那个拉着我在路边抽烟，两根烟的工夫他们就噌噌弄完了。”司机道。

“四吨，一袋五十公斤，四吨得有八十袋呢，你确定？”武燕问。

“真的，他们还开过来台小装载机，那扛货的长得跟狗熊样，搬袋子跟玩似的，噌噌往装载机上扔。”司机惊愕道，看来这也是他能记住的原因之一。

“那人长什么样？”武燕问。

“戴着防尘口罩呢，又是晚上，看不着啊。”司机又泼了瓢冷水。

“那给你钱的人，你总记得吧？一趟甩一千小费，还加一条烟，这么大方的主儿，你不得多看两眼？”武燕诱导着。

“嗯……挺文化一人，干干净净的，说话斯斯文文的，个子跟我差不多，噢，对，他不会抽烟，光给我发烟。”司机努力地给了几句都不是特征的特征。

武燕看着司机，突然想到一个更直接的方向，她笑了，司机有点毛了，愣着看她。半晌武燕才道：“朱师傅，得麻烦您跟我们走一趟，好好描述一下这个人。放心，我们队里给您安排休息的地方。现在不是我们找您事，是您帮我们抓坏人，真要管用，我们也给您发小费成不？”

“那怎么好意思呢？我这活儿，这这……”司机有点不大情愿。

“走吧，我们请您吃早餐，回头到队里洗个澡，不耽误您跟嫂子团聚。”

武燕和民警连说带拽，把这个难得的知情人给拽上警车拉走了……

哎哟哟……睡得迷迷糊糊的高久富给吓醒了，是前头的葛二屁捅他，他张口要骂，却被驾驶位置的邢猛志顺手塞了块布子堵上嘴。

高久富拽出布条刚要骂，邢猛志嘘一声，指着前方。此时霜冷寒重的山间小路上，探头探脑地出来个小动物，刚走几步，砰的一声一股微弱的电火花闪过，兔子一个翻滚倒地不动了。第二只惊了，刚跑，也触到了设在地上的金属线，一下子也被打翻了。

“好玩儿不？”邢猛志笑着问。

高久富使劲点点头，睡意皆去。回村里两天了，可算是开口福了，兔子、土鸡、獾尝了个遍，今天一大早又被拽起来去打兔子，他真没想到，接驳一条细金属线比枪还厉害，过往的兔子、土鸡触电即倒，可省事了。

“真是各有各的道啊，这地儿都能捡钱，一只送市里饭店得多少钱啊？”高久富问。

“七八十不等，大个的有时候能卖一百，便宜时四五十也卖。”邢猛志道。

“哎哟，赶上公务员了啊。哈哈。”高久富道。

“还是不行啊，受气候影响大，比如昨天大雾，基本就没动物出来，雨雪天气也不行，只能弹弓打。天气再差点，车都上不来。这活也就挣个零花。”邢猛志拿着破旧的望远镜看着，又道了句，“这玩意儿有点危险，森林警察又老抓，等有人上山就得赶紧走。差不多了，等会儿前头可能还可以打着几个。”

很专业，也很专心，高久富悄悄拽拽葛二屁，对回头的葛二屁张嘴说话，只有口型没有声音。不过葛二屁看明白了，意思是：该回去了。

葛二屁的“二”就在这儿了，挠着腮，吧唧着嘴，明显舍不得。气得高久富狠狠捅了他一拳，葛二屁又笑了，得意地告诉他：“早晨是兔子回洞、土鸡出窝的时候，我们收了线再打几只。”

“哎呀，我去，你们俩祸害得这片可以了，咱有点同情心成不？非把人家这块的动物赶尽杀绝啊？”高久富找着说服理由。

葛二屁立时反驳：“你吃的时候咋没提同情心？”

“滚。哎，猛子啊……”高久富干脆直接劝了。

“嘘——”邢猛志又把他的话打断了，葛二屁也看到了，是只羽毛鲜亮的土鸡扑棱棱飞到了路中间，恰好躲开了埋伏的电线，钻进了路另一侧的草丛里。邢猛志使着眼色，和葛二屁同时拉向了门把手，轻轻拉开，葛二屁嘬嘴“嘘嘘”两声口哨，土鸡一回头，葛二屁手离弦惊，“嗖”一弹弓射向目标，子弹被灌木挡住了，土鸡身上中弹未伤要害，扑棱棱低飞了起来。

嗖一声，邢猛志的弹弓出手。刚伸头往前飞的土鸡嘭的一声中弹，像块石头一样直坠到地上，动也不动了。

高久富在车里看得目眩神迷，都惊呆了。知道葛二屁就够厉害，没想到还有更厉害的，葛二屁只能给他当助手。

“时间不早了，放电，抽线吧。小心点啊。”邢猛志道，小心翼翼地拔了电瓶线，把线接地。葛二屁拔着一根一根支杆，绕着金属线，喊道：“孬九，捡兔子。”

“真有两下子啊。”高久富悻然道了句，捂着领子，从车里钻出来了。

天寒地冻的山里，此时冉冉升起的太阳像是给大地洒了层金光，远处是云山雾罩，近处是翠柏枯草，云雾在渐渐散开，空气新鲜得几乎要炸裂肺腑。高久富沿路走着，不一会儿捡一只，不一会儿又捡一只，连他都喜欢这充满惊奇的生活和环境了。

上午拉线不到两个小时，打了九只兔子。三人掉头回返，等日上三竿回到了住地，沿途又用弹弓敲下来三只土鸡，哎呀，这收获可是满满的。三人在车上商量着中午吃清炖还是红烧的土鸡，连高久富也忘了自己是干什么的了。

不过好日子终究不会长远。面包车驶近住地村落，那是一个在晋阳邻市大寨县龙汇乡已经接近废弃的自然村，除了捡山货和养蜂的已经少有人来往。邢猛志远远看到了一辆泊在村里的越野车，脸上掠过不易察觉的笑容。看来有人的耐心不够了，亲自来了。

“孬九，是你告诉平哥我们在这儿的吧？”葛二屁愤愤道，大哥来了，那好日子该结束了，又得回城市讨生活了。

高久富笑道：“我就说了句咱们在乡下玩呢，谁知道平哥亲自来了。二屁，玩玩就成了，你准备在这儿待多久呢？”

“也是哈，兄弟们在一块儿好玩是好玩，呲，就是缺妞啊。”葛二屁道。

高久富拊掌大乐道：“这不就对啦，回去整俩双飞浪去，无聊了再来。成不？”

“猛子，哥给你找俩妞，一起回？”葛二屁勾引着邢猛志。

邢猛志怒道：“滚蛋，老子拉个弹弓肋子都疼，别说干那事了。

再说我对小姐本就不感冒，那些姐们儿一天赚多少人钱呢？你也不嫌硌硬。”

“你别这样啊，哥就这么点爱好，有啥啊？眼不见为净，咱就泻泻火，总不能找个男的，那不更硌硬？”葛二屁道。

后座的高久富狂笑着，前座的邢猛志也憋不住乐了，两人逗着葛二屁，说着话就到住处了。那是一处简陋的民房，像是专门为打猎准备的，旧被草席收拾得倒也整洁。连天平正在院子里发呆，眼睛直勾勾地盯着两根竖杆上挂的兔子、土鸡，足足二十多只，都冻得发硬了。

“平哥，平哥，您来啦。”高久富兴冲冲上来了。

看了眼往下扛货的葛二屁和邢猛志，连天平纳闷地问：“你们来了才多久啊？这都是打的？”

“啊，还不包括吃了的。哎哟，您没瞧见，这俩真是一对啊，那弹弓几乎弹无虚发，打土鸡直接爆头，还有拉根线，晚上一趟早上一趟，都能放倒十来只兔子。”高久富解释着。

“哎哟，这俩祸害，又整了这么多啊。”连天平好奇地瞅着邢猛志挂起了兔子，葛二屁递烟被他推到一边了，惊讶地问道，“二屁，玩得都不想回了？要不搁这儿给你盖座房子，就在这儿养老？”

“嗯……不不。”葛二屁直摇头。

“呵呵，猛子兄弟，伤养得咋样？”连天平示好似的笑着，邢猛志回头来，像是仍存芥蒂，脸上还贴着无菌贴，不过看样子没什么大碍了。

这场面有点尴尬，高久富踢了葛二屁一脚，葛二屁赶紧插到了两人中间道：“平哥您等等，我跟猛子两人给你烧只野味吃，屋里还有点酒，吃完再走？”

“好嘞，去吧……谢谢猛子兄弟啊。”连天平道。

然后邢猛志被葛二屁拽着去煺毛杀鸡了。就在院外不远处有个泉眼，两人干得无比麻利，高久富又扔过去一只兔子，远远看着两人忙活，这才回头，恰看到了连天平正仔细地观察着邢猛志。

“平哥，没啥问题吧？”高久富小声问。

“人心隔肚皮，怎么可能看出问题来？”连天平玩味地道，“毕竟穿过那身老虎皮，还真拿不准是个什么玩意儿。”

“我觉得没啥问题，一正常人哪能干这活儿？整这么多野味，也够治拘了，呵呵。”高久富道，不过根本没当回事，又赶紧补充着，“您说了算，要用，吃完就干；不用，这顿就是散伙饭。”

“这么个狠人不用多可惜？但又不能放心地用，这就有点闹心了。孬九你说咋办？”连天平问。

高久富犹豫着道：“咱们用的人就没放心的，还不都是啥时挂了啥时算？”

“呵呵，那倒也是，要不给他俩黑吃黑的狠活儿试试？弄不成，咱们也没啥损失；弄成了，咱们也捞一笔？”连天平小声道，眼睛里闪着诡异的光芒。

孬九的眼睛也跟着一亮，看着回来准备架柴烧火烤肉的两人，他不动声色地点了点头……

从上午到中午，从中午又到半下午，司机朱十明算是领教了警察的磨人功夫，吃了两顿饭，洗了澡，把接货人的描述说了十几遍，又被带到了一间警察的宿舍。

“我说警察姐姐，我得回啦。您把我带到这儿，我们货场都知道，我老婆肯定也知道了。”朱十明哀求着。

“放心，这是协助办案，又不是犯案了，你紧张什么？你老婆知道会高兴的。”武燕道。

“哎哟哟，高兴啥呀，她知道我进来，一准跟人跑了，老婆能靠得住？”朱十明道。

武燕给逗得笑不自禁，推门进来道：“好好，最后一次，认认，我们派车送你。”

“来，朱师傅，瞅瞅这个像不像？”王铁路大队长难得摊上事儿，干得老有劲了。执笔的任明星像虚脱一样拿着画板。

“啪！”画板摆到桌上，朱十明吃疼似的一抽，下意识地咬着手指。画上两个卸车的人在暗影中，一旁的车画得惟妙惟肖，和回忆中某些场景一下重合了，让朱十明有触电似的惊觉。

“像……太像了，就是看不着脸。”朱十明乐了。

“那这张脸，你肯定能记起来。”任明星一抽，下面那一张露相了，一位三十岁许、浓眉长脸、中分发型、身材偏瘦的男子呈现在画面上，又翻了一张，是两人说话的还原场景，朱十明正抽着烟，那角度像相机拍下来的，朱十明不自觉地摸了摸自己的脸，一下子竟然看怔了。

王铁路急切要问，被任明星用眼色阻止了，过了好半天，朱十明不自然地拿着两张画纸，频频点头道：“像，像，太像了……就是他，就是他，没错，肯定是他，这咋弄的？就跟照相机照出来一样啊。”

“所以说以后别犯事，就算没监控也有办法还原出来……哈哈……别紧张，开个玩笑，来，朱师傅，我亲自送您回去。”王铁路揽着朱十明，终于大功告成了。

画拿到了武燕手里，武燕看着画，又看看任明星，嘉许道：“谢谢你啊。”

“不，是我要谢谢你。”任明星诚恳道。

“谢我？”武燕不解。

“对，我这个本事以前顶多画画裸女聊以自慰，从来没想过还会派上用场，而且是这么大的用场。我活这么大一无是处，当辅警也是猛哥拉上我去混日子……所以，谢谢你，武燕，给我这个机会，起码让我觉得在这里我不是多余的。”任明星有点羞赧地道。

“我们是一伙的，少了谁也不行。走，给支队长个惊喜去。”

“哎，好嘞。”

两人兴冲冲下楼，直奔信息指挥中心，这幅被确认的画像在罪案信息库里比对的同时，远程侦讯了在押的秦寿生、孔龙等一干人。一个巨大的惊喜袭来，孔龙认出了这个人的身份：晋昊娱乐城的保安经理，徐虎。

甚至在反查“9·29”当天的执法记录仪视频里，直接找到了此人的肖像，根本不用通过体貌识别软件比对就可以确认，画得太像了，肉眼都可以识别！

从中午开始走山路一直到天黑，连天平才看到了灯火构成的市区轮廓，终于从鸟不拉屎的山区活着回来了。足足五个多小时的路程，还有六十多公里的崎岖山路，一天这么一来回，他觉得整个人都散架了。

还有更猛的，下高速时他回头看被吓了一跳，邢猛志开的那辆破面包隔了没多远就已经跟上来了。这可是几十万的越野和几万块的破面包啊，那破面包居然开得几乎和他同时下了高速。

“这一对变态。”连天平收回了眼光，愕然道。

“咱们跟干体力活儿的根本没法比，您没瞧两人一顿吃多少，一人一只肥兔子都不带打嗝儿的。”高久富笑道，侧头问了句，“去哪儿啊，平哥？”

“停——就到这儿，把他俩叫上来。”连天平道。

高久富下车，在路边招招手，那面包车嘎的一声刹停在路边，车身哐当哐当响得像要散架。邢猛志和葛二屁跳下车，问了句，高久富也不言语，直接叫着两人上了前车。

葛二屁最没眼色，上车紧张兮兮地问道：“平哥，咋？这要出货？”

“出个球啊，雷子把咱们的地盘掀了个底朝天，就剩咱们这几个难兄难弟了，想走货赚钱还得仰仗别人的路子。我看这碗饭我也快吃到头了，一共才几个人，被猛子撂翻了一多半，别说干活，还得赔医药费呢。”连天平发牢骚道。

“平哥你别这么说啊，说得我都不好意思了。最多把车赔给你顶医药费，连车上的货也能卖万把块。”邢猛志语气不悦地道。

“呵呵，猛子兄弟啊，万把块也叫钱？你问二屁现在把这钱放眼里吗？”连天平不屑道。

葛二屁嘿嘿一笑道：“那是，以前我是路边小摊的水平，搁这儿去高档会所找妞，都不用问价。”

“可不，老膨胀了，还叫双飞呢。”高久富逗了句，一车人哈哈大笑。

笑的时候连天平慢慢摸索着车内的储物箱，就着话头道：“那就这么着啊。各回各家，各找各妈。猛子兄弟啊，你家的情况我也知道，就一个当环卫工的老娘，多的忙我也帮不上……那，这个，拿着。”

暗影中，连天平递过来了一摞钱，邢猛志机械地接住了，愕然问着：“这啥意思？”

“不说你也明白，兄弟们捞的都是偏门，拉你下水呢，我也不忍心，只能交你这个朋友了，咱们后会有期。对了，你小心点啊，扰乱社会治安那事，警察肯定找到你家了。”连天平道。

“没事，我一般不回去，平哥……那，这个还你。无功不受禄，我不能拿你钱。”邢猛志把钱还回去了，放在两座间的储物箱上。葛二屁大为感动拊掌道：“瞧瞧，咱们兄弟是什么水平？平哥您给钱打发就有点看不起我兄弟了，不是您说的，带着大伙一起搏个大富贵？”

“啧……今晚有个大活儿，我实在不确定，不敢拉上猛子啊。这么说吧，干成了能快活死，干不成得被人整个半死。”连天平道。

“啥事啊？听着咋这么吓人？”邢猛志随口道。

“就你那晚上挑我们的水平，去整个人……二屁，敢干吗？”连天平问。

葛二屁怒道：“小看人吧？挨枪子的活儿我都干了，还有啥不敢干的？你说整人，那我更专业啊。”

“猛子，说心里话我是不想让你掺和上这事，你虽然下没小，可上有老，跟我们不一样，我们都是光棍儿一条。”连天平道，又把钱递了过去。邢猛志让了下，没接，直道：“多大个事啊，只要不弄死，我干了，童叟无欺，干完给钱。”

“呵呵。”连天平乐了，收回钱道，“行。如果今天运气好，你俩能歇仨月不用干活儿了。别说哥没提醒啊，这是个黑吃黑的活儿，虽然难了点，但我保证对方不会报警。”

江湖事历来都是弱肉强食，不用是怨家也能互捅刀子。邢猛志看看葛二屁，屁哥自不用说，两眼都开始放光了。前头那两位回头看着邢猛志。邢猛志咽咽口水道：“成，我先把车上东西卖了，干完要有麻烦就跑远点钻山里，谁也找不着。”

原来还记挂着车上野味，连天平长笑一声，钱哗地甩到葛二屁怀里道：“去吧，吹两瓶壮壮胆，孬九给你们指路，把徐老虎的窝给我抄喽。抄完就跑，我在冷库接应你们。”

“好，您等着瞧吧。”

“走。”

孬九带着邢猛志和葛二屁下车，上了面包车，上车的时候邢猛志又下车了，前车的连天平放慢速度注意了下，却发现邢猛志在扒车牌，换上了一个新车牌，看来当过警察就是不一样，瞧人家这小活儿干得多利索。

又前行不远，面包车的速度放慢了，车里孬九问着：“咋了？猛子，犹犹豫豫的。”

“前面有公安检查站，头顶那监控，司机和副驾位置，脸上一颗痣都能给你照清楚，这种摄像头你躲不开，万一有事，警察都是顺着这个找咱们。”邢猛志道。

“那怎么办？”高久富愣了，没想到有这么个道道。他话音刚落，解决的方式就出来了，邢猛志车未停，人探出了半个身子，搭弓拉皮，隔着二十多米的距离，嗖一弹弓飞出去了。摄像头镜头啪地应声碎了，上面闪着一簇火花，然后车速加快，迅速通过。后面跟着的连天平通过时，镁光灯已经不会闪、不会拍照了，他惊愕地喊了句："有两下啊，自带屏蔽功能了。"

两车消失在茫茫夜色中，驶进市区。

与此同时，禁毒支队信息指挥中心，丁灿看到告警，联网向前查找故障摄像头。他明白发生什么事时，一下子兴奋了，奔向会议室，几乎是撞进门里去的，把正商量什么的支队长和政委吓了一跳。

"他回来了，刚刚通过高速路口。"丁灿兴奋道。

支队长和政委惊喜交加，一下子站了起来，政委兴奋地问道："确定吗？"

"确定，这个传讯方式是我们独有的，没人模仿得来，哪个位置的摄像头出故障，他就在哪个位置。"丁灿道。

破坏即是传讯，政委回头愕然地看着支队长，贺炯正笑眯眯地长舒一口气，政委愤愤道："老贺，还有什么细节得让我知道。"

"呵呵，细节就是那辆车，那是辆会发光的车。"贺炯笑道，命令接驳着跟踪信号，会议室的各屏陆续点亮，然后能看到，车海里一辆破面包像打了高亮记号一样，车顶一个亮圈爆得格外醒目，就那么在屏幕上招摇。这看得谭政委大眼瞪小眼，怎么可能晚上比白天还亮？

"大部分摄像头都是红外线成像，这是肉眼看不到的。一种电子元件叫发光二极管，它的光肉眼也看不到，不过当红外线遇上发光二极管时，反射后成像就会被干扰，显像是白亮一片，如果以城市为背景，天网为眼睛，那它就是一个天然的追踪信号。"丁灿道。

政委听得愕然半晌才反应过来道："这……这是作案的思路，谁想出来的？"

丁灿揉揉鼻子，答案就写在尴尬的脸上，除了他恐怕没人会这么干。

“化装成涉案人，不作案去做什么？这个不重要，重要的是，这么短时间，已经结伙？而且要作案？作的是什么案？叫武燕和路上的外勤建立联系，尝试接触一下，究竟发生了什么，我们得尽快知情。”贺炯命令道，丁灿快步奔走了。

此时终于看到贺炯办案以来第一次失态，他踱着步，搓着手，紧张地在会议室来回走着，无法确定的信息让他失去了判断……

第三章

冒死再入险境

结伙成狂徒

“孬九，徐老虎是谁？”邢猛志问道。车晃荡着进市区了。

高久富叼着烟，回了一个同样没有礼貌的答案：“徐老虎就徐老虎呗，反正不是只老虎。”

“没听过这号人物啊？道上倒是有个三马虎，不也跟天贵哥一样蹲着大狱呢？”葛二屁道。

“江湖换代也跟股市割韭菜一样，警察抓一拨，立马就成长起一拨来，想都认识，谁也没那本事啊。”孬九言不由衷地道。

邢猛志直接问：“你咋还藏着掖着？不会里头还有啥事吧？”

“还真有，这人以前和平哥算是兄弟，不过后来老板生意垮了，他就投靠别人了。”孬九道。

葛二屁愤愤接话：“这种不仗义的，该弄。”

“他比平哥还狠，上次出事就是他捣鬼的。”孬九道。

邢猛志耳朵一动，不知道自己该不该接着问，葛二屁却是嘴快，直问道："是不是秦寿生那事？上次把咱们也弄进去待了一天。标哥、毒强，这会儿都没出来。"

"可不咋的，晋昊那片就是徐老虎的地盘，KTV的货大多数都是他的。这生意咱们想吃也没那本事。你不惹他，他来惹你。要说秦寿生和孔龙也活该，一准是那徐老虎要挖这两人，正好给警察端了。"孬九道。

敢情是贩毒"分销商"之间的内讧？邢猛志细心忖度着，故作不知地问了句："这都谁跟谁呀？"

"和前女友一样，平哥的前马仔，都给整进去了……哎，孬九，那天咱们组团砸晋昊，也是冲徐老虎去了？没见着人啊？"葛二屁想起来了，那是他美好生活的开始，从街头直接就登堂入室了。

"那不是，那是找手机去了，不找还不知道呢，秦寿生那孙子不知道怎么跟徐老虎手下一女的勾搭上了，约在晋昊谈事呢。傻崽子，回头就让警察给提溜了，老板想法子刚救出来，这货不知道怎么作死又出假药，现在好了，下辈子老老实实吃公家饭吧。"孬九郁闷道。

估计平哥这伙人到现在都没搞清事情的原委，可此时的邢猛志却是豁然开朗了：事情的起因源于徐老虎的手下想挖秦寿生这个销售大户，结果恰巧撞上了扫黑除恶9·29行动一伙人都被拘了。然后当夜肯定是孬九、二屁这伙人砸了晋昊娱乐，目的是取走现场秦寿生藏起来的手机，而且造成了个"打砸"假象，正好给了晋昊老板一个口实。再然后，取保候审的秦寿生却掉进了"假药"的坑里，把卖真药的给抖搂了个干净，直接把平哥变成光杆司令了。

好像不对，砸晋昊的场子如果是这些人干的，那徐老虎如果有传闻中那么厉害，能不报复？或者是他根本不知情，正好借题发挥？

还没搞清这其中的蹊跷，第一家常去卖野味的饭店到了。奔进饭店商量的邢猛志一下子卖了六只，不过心里却高兴不起来，家里没有跟上，这里没有接头的……

“这是干什么？”

“卖野味。”

“卖野味？”

“咝，卖野味？”

丁灿回答，支队长和政委两声愕然，一声比一声高。丁灿解释了下，肯定是邢猛志躲在乡下，顺手打的，这是他的长项，恰也是个无懈可击的伪装。

政委哭笑不得道：“这可真会玩啊，把两个嫌疑人带到乡下，玩得不亦乐乎，这是满载而归啊。”

“燕子和这些人照过面，不宜出面；其他人邢猛志又不认识，得去个人。”贺炯思忖着。

“武燕和任明星在一块儿。他们做完肖像描摹，一听说有消息，武燕就出去了，说是有个合适的人。”邱小妹放着前方的回传监视，武燕的车副驾上坐了个人畜无害的胖子，正吃着什么。

贺炯笑了：“小丁，知道下一家去哪儿吗？”

“应该是汾河苑酒楼，那儿的大师傅是他熟人。”丁灿道。

“好，让武燕和任明星提前赶到，任明星去接触一下，他那样脑袋大，脖子粗，不是警察就是伙夫，都不用化装啊。”贺炯轻松道。

在几人的笑声中，命令被即时传达出去了……

“这家，你们等会儿啊。”邢猛志找着停车的地方，一路有辆车超过了他，车窗外闪过任明星那张胖脸，方向明确了，就在常去的汾河苑。

“哎呀，你快些，还没吃饭呢。”孬九道。

“咦，对了，这家口味不错，就搁这儿吃呗。”邢猛志邀道。

“成！”孬九一路劳顿，怕是真饿了，他下车和邢猛志说着，“我说猛子，至于吗？卖不到一顿饭钱。”

“哥哥哎，这玩意儿不卖也吃不了，只能等着臭啦，卖点算点呗，我这不是还没过上富日子吗？”邢猛志说着，让两人去酒楼，自己轻车熟路往后厨去了，站门口嚷着，“储师傅，储师傅……野味，新鲜的要不？”

“有多少？”一个腰肥膘壮的大师傅伸出脑袋来，一看是邢猛志，乐呵呵地笑着，“哟，猛子，有些日子没来了，脸上咋啦？”

“在山上受了点伤，来看看。”邢猛志邀着。

那大师傅出来，和邢猛志一起到了车边，看着后厢的兔子土鸡，嘴里咂巴有声，开始讨价还价了。这时候孬九回头瞅了眼，和葛二屁进酒楼了。邢猛志四下没有发现熟人有点失望。虽说孬九和二屁对他已经没什么防范，可总不至于拿着手机直接和家里联系，再说还不知道对方那位躲在阴影中的黑客究竟在何处，那像根毒刺，每每一摸到手机邢猛志的心就像被刺扎了一下，不敢擅越雷池一步。

商量好价格，往厨房里送东西时，有个误闯后厨的胖子伸头问着：“咦，这不是卫生间啊？卫生间在哪儿？”

“往后退，左拐。”有大师傅道。

“哎，好嘞，谢谢啊。”胖子走了。

头也没回的邢猛志乐了，他听出是谁来了，任明星那人畜无害的傻样，总算派上用场了。

邢猛志收了钱，直接从后厨到前台，和已经开了酒瓶的两人碰了个杯，邢猛志便告了个缺上厕所了。在甬道里和任明星擦肩而过，两人故作不识。现在换了个位，邢猛志进了卫生间，任明星就守在门口，门开着一道缝，任明星道：“玩得不赖啊，我他妈以为你真投敌了。”

“闭嘴，听着，时间不多。”邢猛志道，“打砸娱乐场所那事是连天平带葛二屁、孬九一伙干的，目标是拿走孔龙、秦寿生的手机，基本和家里猜测一致。

“据孬九说，晋昊以及其他几家娱乐场所是徐老虎的生意，徐老虎是准备拉拢秦寿生这个经销商撞到枪口上的。刘蓓蓓应该是徐老虎的人，据说徐老虎和连天平原来是同一个老大，后来转投别人。两伙应该是势均力敌，但是因为这事，两拨结仇了。”

“等等。”任明星打断了，小声问着，“怎么着就有仇啦？”

“执法有辖区，犯法也有辖区，这叫势力范围。徐老虎挖连天平的墙脚，这就是坏规矩了，而且秦寿生又出假药，估计这档子事得算到徐老虎头上。”邢猛志道。

“那不你干的吗？”任明星小声道。

“呵呵，问题是只有秦寿生知道，印证不了啊。基本就这些，能不能入伙估计得看今天表现了。”邢猛志道。

“表现什么？”任明星问。

“找徐老虎，报复啊。”邢猛志道。

“徐老虎是谁啊？”任明星问。

“我哪知道？家里追着不就知道啦？”邢猛志道。

此时邢猛志已经方便完，洗完手出来了。任明星瞅着猛哥满脸胡茬儿还带着伤，浑身散发着汗臭酒味，衣服上还刮破了几个洞，就和乡下逃难进城的民工一个样子。看得任明星满脸同情，鬼使神差地道了句：“猛哥，不行别硬撑着，不丢人。过得这么可怜图啥呢？”

“可怜？！”邢猛志龇牙一笑，一拉衣服前襟，胸前口袋里厚厚的一摞人民币，他坏笑着道，“爽翻了，想干吗干吗，大把的钞票，想试试吗？傻缺，别流口水了，滚吧。”

他嚣张地走了，可把任明星瞅得眼瞪口水流，怔了半晌才想起该干吗，噔噔上楼，开了一个包间的门。武燕和两名外勤赫然在座，两人对话的录音被拿出来，武燕听着，一边把音频文件回传，皱着眉头问道：“你们知道有徐老虎这号人物吗？”

“没听说过啊？”

“嫌疑人外号统计里，没看到过这个名字啊。”

“喂喂，不会是徐虎吧？猛哥说了，今晚要报复去。你们没瞧见，这货现在活脱脱地成了追逃人员，这才出去几天，兜里揣了这么厚一摞钞票，太嚣张了，太过分了！”任明星愤愤道，武燕等人不敢吭声了，这是不能摆上桌讲的细节，她提醒着道：“回了队里，不要说这些没用的啊。”

“嗯，这个我知道，我是郁闷，弄这么多也没给兄弟我分点，太不够意思了。”任明星愤意十足地道。

那两位外勤哧地一笑，埋头吃饭了，有点高看这货的道德底线了。武燕却是不禁莞尔，她真没想到有一天会依靠这些“专业”的人士办案。更让她觉得匪夷所思的是，这几位个顶个身上都有闪光点，就像专为任务而生一样，比如就任明星这吃相、这张胖脸，搁那儿一瞧，一准被人当成地主家的傻儿子，别提伪装得多好。

“多吃点，今天辛苦了。”武燕意外地给任明星多夹了几块排骨，笑吟吟地看着，没有像平时那样怼这个毫无吃相的胖子。

“武姐，问你个事啊，任务中如果赚到钱，能算是合法收入吗？需要上交吗？”任明星好奇地问，心还在那摞钱上。

那两位外勤又笑了，尴尬得武燕瞪了眼吼着：“快吃，吃完滚回队里别出来。”

这下管用，任明星给吓得老老实实吃饭吃上了，不敢想钱了。

信息是千变万化的，要“报复”徐老虎的消息在队里还没有验证准确，信息中心的追踪又出问题了。那吃饭的三位吃完就开车驶到一处路口随便把车一停靠，随手拦了辆出租车走了。这大晚上路上的出租车说多不多，可说少也不少。追踪千辛万苦追着换车的三人到了晋昊娱乐，外勤收到命令谨慎靠近，但那个红红火火的娱乐场所可不是正常警务能全面监控到的。忙忙碌碌一个多小时，结果是：失去目标。

武燕、任明星本来想搭把手也未能如愿，只得撤回来。归队时，已经到晚九时了，看到千里迢迢奔赴新州的车辆也在院子里，那是周景万也归队了。武燕带着任明星快步去了会议室，推门而入，连马汉卫也回来了，贺炯示意他们坐下。在座的周景万招招手把任明星招到身边，一手拿着恢复的画像，一手揽着任明星赞道："可以啊，明星，早知道你有这本事，都省得我跑一趟新州了，协调了几个单位才查到朱十明这个名字，你这一笔，把目标都画出来了。"

"这个一般，我最擅长的是画女人。"任明星得意道，周景万一亲近他就有点得意忘形了，笑道，"真不是吹牛，火山和猛子就知道，我画的美女能勾起男人心里深处的欲望。周队您要不？我给你一幅。"

周景万尴尬得不知道该怎么接了，还是武燕了解，直道："明星，去和丁灿待着，他肯定迫切想知道你见过猛子的情况。"

"好嘞。"任明星离座，兴冲冲地出去了。

人一走，贺炯和政委也笑了，马汉卫道："这孩子从见着就觉得他缺根筋，可偏偏把大事给办成喽。"

"那是因为单纯，他心里想的事不多，单纯所以专注啊，这个境界恐怕我们达不到。"政委自嘲道，办案要考虑的方方面面太多，捋清线索就够头大了。他拿着马汉卫带回来的一摞打印资料道，"注册地是个出租房，转账来来回回转了一年，查验法人代表信息，刘蓓蓓都没去过云城市，到新州购买西布曲明原料洽谈人都是假身份证。这明显是个皮包公司，愣是堂而皇之拉走了大批量的监管化工原料。现在几条线都乱了，捋不顺啊。"

"那最起码说明，这个徐虎是个关键人物，猛子提供的信息，徐老虎和徐虎是不是同一人？"周景万问。

"不确定，猛子还没见过徐老虎。"武燕道。

田湘川插话了，一扶眼镜道："情报显示运到我市的西布曲明有四吨之多，放会议室也得有半屋子，这是不是可以作为一个排查线索？"

"如果晋阳也是个中转地呢？你怎么确定就在这儿制毒？还有，全市辖区十一县市，包括市区在内，随便哪个犄角旮旯都能开工干活儿，如果你做排查方案，如何去准确定位？”贺炯抛了一连串的问题。

田湘川愣了下，最起码的警力问题就无从解决，即便有，恐怕等组织起来，期限也就到了，别说费时费力地排查了。

“那总得有个重心啊。”政委道。

“疑人不用，用人不疑。秦寿生手里的货是我们迄今为止发现的最大的一批蓝精灵，这个真材实料的毒品，比任何线索、任何推测都有说服力。我们的重心不能偏移，哪怕是有个庞大的制毒窝点存在也不能偏移。因为追查大的毒源，我们有可能失手，而秦寿生关联的连天平这一线，我们不会失手，随手可以撒网控制。我们这样分工一下，湘川你组织一下排查，重点地区、重点线索、可疑人员都尽可能纳入到规划里，行动尽快开始，支队信息中心给你们提供支撑；而我们的核心力量呢，就是围绕着烛光计划开展，如果这儿能够突破一点，说不定就和你们连接起来了。”贺炯道。

“没问题，我明天就开始。”田湘川道。

“好，我们现在解决一下眼前的问题，这个和刘蓓蓓一伙的徐虎是什么出身？是不是就是猛子提供的‘徐老虎’？他们的报复行动会怎么干？在哪儿动手？地下世界的动静，从我们的视角是看不到的，如果能亲临现场，呵呵，恐怕这些谜就容易解开了。”贺炯幽幽道着，手指示意着案件板的方向。

汪冰滢、曹戈、连天平、秦寿生、刘蓓蓓、高久富……那些一连串的名字尚未搞清，又多了一个，或者一对名字：徐虎，徐老虎！

与会的人沉默了，大家都知道地下世界即将发生一场有涉案重要人物参与的火拼，只可惜无法去窥得它会怎么发生，会在哪儿发生，那位自己人会扮演什么角色……

一行人喝了酒，换了车，又到晋昊娱乐KTV间里继续喝扎啤，捎带搂了个妞轻薄一番。中场接到电话，孬九就带着葛二屁和邢猛志离开，从一楼吵嚷的慢摇吧后门出去。穿过脏乱的小巷子，到巷口时已经有车在等着了。一辆商务车直接把三人送到了千峰路中段。孬九叫两人下车，旋即把车给打发走，这事不能让外人知道。对车的安排是：一会儿叫，你再过来。

越黑的事，越讲规矩。司机从头至尾都没往后看一眼，径直开车走了，这时候邢猛志倒被眼前的景象惊得心里咯噔了一下。

在离三人不远的街边，有一处教堂。对，天主教堂，上帝住的地方，这在无神论者看来像个笑话，但没人规定笑话不能当信仰。比如，孬九就在胸前画了个十字，表情无比虔诚，可把邢猛志给看傻了。

“九哥，你吓着我了，我实在看不出您哪点像信徒啊。”邢猛志愕然问。

高久富正色道：“《旧约》里的，以眼还眼，以牙还牙，连叔信教，他教过我。”

“连叔？谁呀？”葛二屁愣了，连天平总不能长了一辈吧。

“平哥的叔叔，车祸死了，以前我们都叫连叔……走喽。”高久富带着两人。

邢猛志小心翼翼地说：“九哥，在这地儿整事，心里会有阴影啊。”

其实是他心虚了，总不能真跟这群货去弄伤弄残个人吧，那样恐怕真回不去了，只能老老实实当犯罪分子了。

高久富可没听进去，且走且道：“我是求上帝保佑咱们旗开得胜。”

“扯不是？求上帝，你不叫上帝来办事，让我们兄弟俩干？”葛二屁驳斥道。

“你不懂，这个和闷两口酒一样，获得强大的意志。”孬九道。

“哎呀，我去。”邢猛志突然明白了，紧张道，“九哥有话你明说，是不是这徐老虎很屌，平哥也惹不起的那种，所以才找生面孔？”

“呵呵，他妈的，还是你聪明。”高久富乐了，这会儿才摊牌。

葛二屁一句“卧槽”，怒从心头起，揪住了高久富的脖领子骂着：“狗日的，坑我们是吧？”

“放开放开，不是猛子说只要不弄死，都不算个事吗？我告诉你们啊，本来平哥还不确定，但猛子兄弟那晚玩得那么凶悍，才有了这想法。二屁你怕个球啊，又没非让你干，不干，自个儿蹲路牙边上啃羊肉串去吧。”孬九道，那是他初见葛二屁的窘相。

再回到苦逼生活里，那敢情怎么受得了？葛二屁放手了，难堪了。孬九看看邢猛志脸色如常，他意外地竖了个大拇指赞道：“还是猛子兄弟行，神勇之人，面不改色啊。”

“少扯淡，说清楚到底干什么、怎么干。行，我们下手；不行，我们自谋出路。啥价钱平哥说了吗？”邢猛志道。

“说难倒也不难，看……那栋楼，十一层，没亮灯的那间，里面有货和钱，全给劫了，简单吧？”孬九瞄着视线内一栋楼，指着任务目标。

这一看就傻眼了，这是个欧式风格的小区，楼层就十五层，可能还是外国人的聚集地，门口就出来一对金发碧眼的男女。楼层间的公共场地很大，绿化做得这么到位，不用验证，物业管理肯定很好，别说劫室，怕是想混进都很难。

葛二屁挠了挠后脑勺，咧嘴道：“在监狱就没好好学学溜门撬锁啊，孬九你不是故意难为兄弟我吗？”

“不用撬锁，里面肯定有人，我保证。真劫了，里面的人肯定不会报警，我也保证。”高久富小声道，这个不可能的任务太难了，连他也觉得这得来个江洋大盗才行。

是个制毒窝点？！

邢猛志心头闪过一丝狂喜，不过马上否定了，这地方干净得像酒店，干不来那活儿。不过，中转点倒是有可能。

这个想法冒出来的时候，他的心开始狂跳，不自然地捂上胸口了。

“还没干呢，就紧张了？”孬九看着邢猛志的表现，以为他心虚了。

邢猛志就坡下驴道：“老子有点兴奋，其实平哥是想通过劫人老窝的法子，打击那人对吧？”

“钱是英雄胆，这等于一下子戳他胆上了，搁谁，也得疼得流血啊。就是难了点，要容易，我们早干了。”孬九看着邢猛志若有所思的表情，他又期待地问，“我说猛子，平哥说了，劫不了毁掉也成。我想了，还是毁了容易点。整俩燃烧瓶放把火，就楼层是有点高，燃烧瓶扔不上去，我们也不好混进去，进了小区大门，还有楼门呢。”

“上楼顶啊，从楼顶往下扔，那燃烧瓶我会做，一烧就是一片，它扑不灭。”葛二屁道，这活儿他肯定干过。

“不太行啊？总不能扛桶汽油进去啊。”孬九为难地道。

“那弄个土炸弹不就行了？站楼顶拉根绳晃悠两下就甩进窗户里了。”葛二屁道。

“我放点小火，平哥都骂我白痴，你整爆炸，苍蝇紧着往茅坑里飞，找屎（死）呢？”孬九继续否决了。

葛二屁虽然脑子不好使，但胜在经验丰富，一转眼又是一计：“煤气，弄个小煤气罐，锁眼里给他往家里放气，那家里只要两罐，一准点起火来。”

“那不还是爆炸？就人家这么高档的地方，你以为是你家，扛俩煤气罐没人管你？”孬九骂道。

“那你说个屁？回头跟平哥说，是你不敢干，不是我们不干。”葛二屁道。

“你滚，就你这办法干了连小区都出不了，老子还想多活几年呢。

哎，猛子呢？”

孬九突然发现邢猛志没有参与争执，四下瞧瞧却不见了人影，还是葛二屁踢了他一脚提醒，才发现邢猛志蹲在路牙子上，看着小区的方向发呆。两人凑上来，邢猛志轻声道：“其实不是平哥办不了，而是没法干净利索地办，不管怎么办，都动静太大，对吧？”

“可不叫你说着了，我们费了好大工夫才摸到徐老虎这个点。机会只有一回，一惊动，下次找着这孙子，就不知道到什么时候了。现在平哥又是落魄光景，人手都不好找啦。”孬九道。难处是明显的，难得高久富整个脸上的肌肉都缩得像个“孬”字，不时地撇嘴、挠腮。

“孬九啊，咱们认识时间不长，我就问你几句。”邢猛志严肃道。

孬九好奇道：“问什么？”

“我以为就来打个架，结果你让我们来打劫，这事即便警察不追，也得被道上人追杀啊，里外都是找死啊？”邢猛志看明白了，开始质问了。

孬九牙一龇，不屑笑道：“活都活不爽，还顾得上在乎怎么个死法？我们找着屁哥时，屁哥正蹲路牙子上吃羊肉串，浑身上下穿得像叫花子……你，上了大学不也就不了业吗？要老老实实的，估计也就糊个口吧，我听说，你家老娘还在当环卫扫大街啊。”

“什么意思？”邢猛志脸色难看了。

孬九一把揽着他，和颜悦色道：“咱兄弟没恶意，谁天生就是活受罪的命？我还就不服气了，大不了拼一把，总比窝囊一辈子强，人活着，最后还不都为了死一下？”

“哟，好有哲理！”邢猛志哭笑不得赞了个。葛二屁蹲下来小声道：“那你说咋干呗。”

“这个……”孬九一亮怀里，邢猛志和葛二屁一瞅，吓了一跳，黑黝黝的枪托，像是把老五四式手枪，饶是葛二屁也吓得哆嗦了一下，紧张道：“你居然有这么好的货，也不早拿出来让兄弟玩玩。”

“没问题啊，要进不去，那咱们就守着，等出来我指认，你们俩谁干他一家伙？”孬九期待地看着两人。葛二屁瞅瞅小区外熙熙攘攘的热闹样子，迟疑了。邢猛志却是笑了笑，知道这事无法善了了，不管什么样的组织或者团伙都不会养闲人，有所予必有所求，看来不是被他的神勇折服了，而是看上他这条烂命了。

“不行撤吧，我再想办法。”孬九失望了。

“我没说不行啊，只是觉得你的办法不咋的。这小区遍地保安，处处监控，动静大了恐怕不用人家报警，保安得撵着咱们追。至于用枪，那比葛二屁的办法还危险，禁枪有多严我就不信你不清楚。气狗抓着都要判刑，你玩这个？”邢猛志斥道。

“可这……也太难了，平哥这想多久了？当兄弟的给他分不了忧，我都没脸待下去了。”孬九道。

“找几个帮手，不难。”邢猛志道。

“兄弟，不能找啊，知道的人越多越危险，这可是要命的事。”孬九小声道。

“找几个娘们儿，演出戏啊，犯罪的精髓在于充分发挥人的主观能动性，以小搏大，而不在于以命搏命。咱们这么干，用别人想象不到的方式，充分发挥我们各人的优势……”邢猛志附耳教高久富。孬九兄弟越听脸上的狐疑表情越重，不过听到邢猛志说完，如醍醐灌顶一般恍然大悟，愕然地看着一脸云淡风轻的邢猛志。怔了半晌，啥也不说了，一竖大拇指给了个赞，然后拨电话，开始招人了。

这招人奇葩得紧，居然是直接打给董小花的，电话里孬九说：“波姐，给找俩妞，开上车来千峰路这儿。”

“咦，孬九，这才几点就想车震啦？”

“甭废话，办事呢。”

“我知道你办事啊。啥样的，提前说好啊，虽说都是自己人，可也得多少给点钱，不能白干人家啊。”

“啧，我办正事呢，不是办那事呢。”

“扯淡不是？我自打认识你，好像你办过一件正事似的，切。”

“别废话，能找上吗？嘴巴利索点的，能说会道、吵架不带打结的那种。”

“多的是，好马全在四条腿上，好妞还不全在两张嘴上？哈哈……”

邢猛志和葛二屁听着笑得两肩直耸，这位波姐不是一般的浪，居然能把孬九说到脸红了，不过也恰是这样，更让孬九放心了。他招完人，还是愕然地不时看邢猛志，似乎这个想象不到的方式给他的震惊，要更甚于不打不相识的第一次……

月黑风高处

来了俩妞，头发染得五颜六色，各开一辆普通轿车，孬九安排几句把两人支到小区不远处的路边，然后快步走进小区。黑暗中邢猛志、葛二屁已经等着了，三人绕着楼层往车库出口的方向走。

车人出入都需要门禁卡，处处监控探头，防备好的三人把风帽扣得很低。孬九小声问：“猛子，你确定能搞到卡？”

“放心吧，这和兔子走熟路、土鸡不趴窝一样，习惯。”邢猛志道。

“啥意思？”孬九问。

葛二屁笑着解释：“意思是，兔子在固定的地方转悠，土鸡不会，笨死你。”

“咦，我去。”孬九愣了下，葛二屁没理他，紧紧地跟着邢猛志。这倒好了，三人的重心已经隐隐偏向邢猛志，连孬九也莫名地开始服从了。

没办法啊，江湖永远是技高为尊、能者为大啊。

这两人不是一般的技高，自出口绕进车库，孬九依言到车库进入楼层的门前等着。邢猛志随手揭了张物业清缴管理费的通知让他去贴，当然不是真贴，而是等在门口，不一会儿有回家的业主刷卡进入时，孬九背过身，作势贴着，业主进入时他顺脚一掂，把门掂住了，那位匆匆的业主根本没注意。

OK，第一步由车库进入楼层的门搞定，孬九打了个口哨。

这时候猫在车后的邢猛志和葛二屁动了，两人各执一把弹弓，用手机的光亮照着泊停的车内，找到目标时，弹弓对着车玻璃一拉皮筋，啵一声闷响，玻璃上圆溜溜戳了个洞，钢珠飞进去了。两人用弹弓把子一敲，伸手进去拿走了车里放着的出入卡，迅速奔向孬九。

那弹弓初速极快，打玻璃只打出一个窟窿而不是一地碎片，且声音极小，饶是如此，也触发了一辆车警报。那车叽呜叽呜乱响着，孬九心怦怦乱跳，接过卡凛然看了两人一眼，邢猛志催着："发什么呆？赶紧跑。"

"这事闹的。"孬九郁闷了下，往车库出口就跑。邢猛志和葛二屁进门时，已经听到了保安凌乱的脚步声。

电梯里，葛二屁有点心虚地问着："不会堵咱俩吧？"

"保安肯定会去追敲车窗的贼。哟，二屁，你不是胆小的啊？"邢猛志笑道。

葛二屁听得不好意思了，脸上发热道："明抢还成，这当贼偷，不头一回吗？"

"紧张个屁啊，被堵住你还啥都没干呢，怕什么？"邢猛志道。

这么一讲，葛二屁瞬间安生了。两人直上十一层，躲在楼层中间的楼梯上，透过窗户看到保安在乱找敲玻璃的贼，这事还真难为孬九兄弟了，不知道跑远了没有。

气喘吁吁的孬九先一步摆脱了追兵，两张卡塞给两位女司机一人一张，然后钻到一辆车里，两车即时启动，向小区驶去，进门一扬卡，畅通无阻地进去了，进去时保安还在四下找人。

保安都想着贼偷完东西跑了，谁可能想到，“贼”是为了偷一张出入卡二进车库呢？

孬九也安心了，暗赞邢猛志这办法玩得好，他在手机上联系着葛二屁，发了几个字：进来了。

两车刷卡进了车库，保安刚刚奔着回了岗位，驶进偌大的地下车库，孬九指着其中一辆，示意它绕了个大圈，自己乘的这辆他教着那妞：“那辆大众跟前，撞它。”

“九哥，车上没人，咋碰瓷啊？”那妞问。

孬九怒道：“你看老子像碰瓷的吗？”

“那不碰瓷，碰人车干啥呢？”那妞不解了。

“这狗东西把哥一个相好的撬了，蹭个车把人勾引出来扇俩耳光，这不过分吧？”孬九瞬间编好一个借口。

那妞柔情绵绵地看了孬九一眼道：“哟，九哥这么痴情呢，那必须不过分啊。”

“别扯，小心点……上。”孬九道。

另一车迎面而来，孬九这辆车一拐一刹车，嘭一声撞到了一辆大众帕萨特上，狠狠地撞了下，那车的警报居然都没响。

这时候未走远的保安又奔回来了，一看业主的车给撞了，暗叫苦也，再看是传说中的女司机，更苦了。两个人像泼妇似的，站在车前互怼上，保安一边抹着脸上的唾沫星子，一边联系着这位业主，先把自己的责任推了再说。

“喂，我是物业的，有人把您的车蹭了，车号981是您的车吧？”保安如是道。

“怎么了？”

“车库里把车蹭了！”

十一层某间，两男，一男在数着成摞的钱往箱子里放，另一个接着电话，打开了远程摄像——这是嵌在车上的，能看到两个女人正在互指着吵架，一辆车离自己的车很近。

数钱的凑上来一看道："女司机真行啊，车停在那儿都给撞了。"

"去看看，别让报案了，咱们的车牌都有问题。"另一个道。

"哎呀，把这车忘了。"数钱的赶紧起身，一披衣服，噔噔上前开门下楼。

门一开，嘭一声一个黑影飞来，是一只大脚，一脚踹得他像炮弹一样倒飞回去，嘭一声栽倒在地。沙发上坐着的惊声回头，手就往茶几上拿那儿搁着的短管枪。邢猛志眼疾腿快，朝葛二屁屁股上狠狠踹了一脚，葛二屁此时恰在发力直扑，嗖一声人像飞起来一样，几步距离一跃而至，死死地把那人扑到身下。

锁上门奔进来的邢猛志扑向了第一个被踹倒的，他刚爬起来，邢猛志就势一骑，又压在地上了。一瞅桌上的玩意儿，邢猛志左右开弓，老拳噼里啪啦一顿招呼，那人喊都来不及，头一歪，嘴角流血眼见昏了过去。邢猛志搜搜他身上，钱包、钥匙，还有把刀具，顺势往身上一揣，跳起来去支援葛二屁。

那位也不好过，人高马大的葛二屁像狗熊一样压着他，邢猛志上前搜着身，没武器，顺手扯着沙发巾往那人头上一蒙，腰带一抽手一绑，拖着靠沙发一坐。葛二屁嘭嘭几拳，那人吃疼叫唤着："饶命，饶命，好汉饶命。"

"妈的，钱呢？"葛二屁急问。

"茶几上。"

"就这么点？够老子跑一趟吗？"葛二屁诈道。

"卫生间还有，别杀我……"

感觉到有硬东西顶脸上了，那人吓得浑身哆嗦，裤裆里不受控制地湿了。

“快。”邢猛志使着眼色。茶几上四个箱子，开着的箱子里成捆的钱，沙发上的一箱，却是码成整齐块状的药片，正是让支队长遍寻不到的目标：蓝精灵。

葛二屁奔向卫生间，搬出来了一箱也是钱，两人一人拖一个，把这两个倒霉蛋拖进了卫生间，手捆着，脑袋上扣了个桶，关上卫生间。葛二屁掩饰不住地兴奋道：“发啦，发啦。”

“快走。”邢猛志搬着成箱的钱。

“这个比钱还值钱。”葛二屁收拾着成箱的药片。

“那什么东西啊？”邢猛志愣着问。

“毒品。”葛二屁两眼放着邪光。

“他们居然是贩毒的？”邢猛志怒道。

“是啊，全亏你才抢到这么多毒品，呵呵。”葛二屁乐歪了。

“坑老子是吧？惹了贩毒的能有好事吗？”邢猛志骂道，他四下看着，没有发现异常，肯定不是个制毒地方，却意外地存着这么多毒品。

“没事，平哥也是干这个的，这顶多算同行打击竞争对手，快走。”葛二屁道。他臂长力气大，三箱兜着，邢猛志两箱抱着，两人出门，进电梯，放下箱子葛二屁往手机输了两个字：得手！

车里的高久富接到信息，一阵狂喜，他顺手敲了敲车窗喊着：“行了，别吵了，该赔就赔。”

“那人没来，赔给谁呀？”一个女人道。

这是信号，另一个故意道：“保安你看到了，我也没碰到谁，没我的事吧？”

“啊。”保安蒙头蒙脑道。

“那我走了，谁肇的事谁活该啊。”她一扭头，上车，倒回去，保安觉着哪儿不对，回头瞄，另一个女人拽着他连珠炮似的道：“大哥，你看到了，我不是故意的，那贱货别了我的一下，我才撞上的……你给我作证啊，赶紧叫人家下来啊，我还有事呢。”

“哦哦，我再拨下，没人接啊……”保安再拨电话，没人。他似乎瞄到了走了的那女司机在另一侧过道停了下，两人上了她的车，觉得有什么不对，“嗨”了声跑过去，边走边嚷着：“你们等等，哪栋楼的？”

那车嘎一声起步，一加速溜了。

又是嘎一声车响，回头时，另一辆也溜了。

保安看傻眼了，怔了半天才喃喃自语道：“咦，从来没见过这业主啊，车也没见过啊，怎么进来的？”

想着不对劲，他用步话呼叫着：“门房，拦下两辆车，灰色现代和奇瑞。女司机，刚出车库。”

“不早说，早走啦。”

步话传来了同伴的声音，他想不对，急急奔向管理处。

此时，他没有注意到的是，被撞的帕萨特车里，一点微弱的蓝光正一闪一闪，像暗夜里的小精灵，闪得煞是好看。在邢猛志离开的房间里，地下虽然满地狼藉，可在墙上的挂画里，也有一点蓝光若隐若现地闪着，只不过在房间的灯光下，根本看不到而已……

“被抢了？！”

楼下是隐约的莺歌燕舞，楼上是汪冰滢办公室，此时慢摇吧和KTV生意正忙，却不料来了一个让她如遭雷击的消息，她一接到消息一路快步跑回来。

她拨弄着手机上刚刚收到的视频，一段影像，两个男子像两头野兽，扑进去，打人，抢东西，抱着几个箱子离开，拍到的画面像段武打片，不到两分钟把房间里席卷一空。

两人都不认识，她吓得心里狂跳，又看一遍，然后坐在办公桌前，直接拿出了压在纸张下的手机，拨通，愤声问道：“到底怎么回事？”

“他们没按规矩准时联系，我远程看了下，应该是被抢了。”对方机械、低沉的声音像是电子合成的。

“谁的人？”汪冰滢问。

“我还在找，面生，以前没见过。”对方道。

“赶紧通知人，那地方撤了。”汪冰滢道。

“已经通知了，我觉得可能是……”

“是谁？”

“自己人，干这么利索，策划得太好了。不会是外人，肯定是了解咱们的人。”

“查，看看谁去过那一片。”

“在查了，这个容易。”

电话即时中断，她重重地把手机拍在桌上。巨大的惊恐让她浑身汗毛倒竖，这事一捅出去可就是要命的事，初时的恐惧全成了愤怒。如果不捅出去，那该要别人的命了。

拿起手机，第二个电话直通过去了，她轻声道：“徐虎，出事了，把人召起来，告诉你大哥一声。”

出事了？！

外勤拍到了晋昊娱乐的异动，那个汪助理驾着老板的奔驰离开了，之后徐虎召集了数人坐上了商务车离开，看样子走得很急。正常情况下，这样的娱乐场所需要很多人维持秩序，不打烊是不会下班的。

“连天平在什么地方？”谭政委问。

“又消失了，我们外勤不敢追得太近，他在这一带。”周景万道，指着城郊的方向。

“他没一点消息？”谭政委期待地问。

“没有收到，紧急通信码、暗码、传讯方式都没有发现。”邱小妹道。

自从饭店接触到现在数小时了，再没有找到踪迹，放出去的自己人比嫌疑人倒还难捉摸了，急得谭政委直叹气。

“少安毋躁，结伙办事，不可能有抽身机会啊。”支队长道了句。

“可是之前徐虎在晋昊一直没动啊，他要报复的徐老虎和徐虎是同一人吗？”武燕道，她拿着打印的照片，是个方方正正的男子，比较帅，标准的国字脸，一点也不像坏人。

“所以我们才需要前沿的信息啊，否则我们连起码的识别都无法判断。现代科技对付普通犯罪是比以往升级了，可对付这些职业犯罪的，还是缺乏震慑力啊，他们根本不用亲自动手。”贺炯叹道。

“他这也没结伙几天啊？能有什么事？”马汉卫好奇道。饶是老缉毒警了，也无法猜测会发生什么不可思议的事。

“几辆车的方向不一样，汪冰滢的车到滨河路上了，另外两辆……好像是千峰路一带，那儿没什么啊，有所教堂，涉外公寓旁的酒吧街倒是很出名。”邱小妹汇报道。

此时会议室里的人思想高度紧张，这些诡异的行径总需要一个解释，可通过这些表象却无法测知真相。

“看，她的车停了，有个人上了她的车。”邱小妹指着模糊的交通监控道，那辆奔驰即停即走，路边等待的一人闪身上车，她呼叫着外勤，要求确认此人身份。

隔了好一会儿，外勤的跟踪拍摄发回来了，估计是事急忽略了细节，上车的人就坐在汪冰滢车的副驾上，虽然稍显模糊，可辨认得清就是上榜的另一位大人物：曹戈！

“出事了，肯定出事了。”贺炯眉头皱着，忧虑地道。

就像应和他的忧虑一样，桌上那台新添的固定电话，响起了老式的丁零零的电话铃声。

一室皆愣，这是应急通信码的呼叫，只有一个人知道，而且永远不会接通。

“快，查找号码，定位。”

“追踪，如果出现危险，就近外勤马上支援，人员撤回。”

“所有外勤，向信号地靠近。”

号码被提取了，支队长和政委连续发了几道命令。话音落时，邱小妹输入的号码在天网上找到了位置，一个移动的亮点，沿西中环路前行。接续的交通监控迅速还原，和信号对应的一辆蓝色商务车呼啸而过。画面被截获后，一帧一帧放大，副驾的位置正坐着消失很久的邢猛志，似乎什么也没发生。

可肯定发生了什么。

那个电话号码随即联系另一号码，追踪随即找到了连天平，也正在路上。而连天平的这个号码也在通话，通话的追踪信号点，奇怪地吻合到了汪冰滢行驶的车上。整个天网屏上，一个号码神奇地把这几拨人联系在一起。

“彼此都有联系，这是一家人啊，有点意思了。”贺炯道。他的思维被带偏了，站到了案件板前，此时很确定地，把连天平、曹戈、汪冰滢连接到了一起，又把曹戈和徐虎连到了一起，徐虎的方位出现在千峰路，邱小妹适时汇报着，四十分钟前，这辆车就是从千峰路离开的。

“派两辆外勤监视车辆过去，电子地图调出来。”贺炯道，他直勾勾地盯着电子屏幕显示出的市区建筑图，比对着那辆急驰进入的车辆，甚至还有辆警车到场，他回头看了眼。周景万知意，带着马汉卫、武燕离开，迅速赶往现场。

警车到了，恐怕有事也瞒不住了……

急驰的车上，邢猛志把电话交给了开车的高久富，懊丧道了句：“可能睡了，打不通。”

“这当口儿还想得起给老娘打电话来，真是的。”高久富嘟囔了句。

邢猛志解释道：“这娄子捅大了，一跑路还不知道得多久，过了今晚我都不敢打电话了。”

“你丫连手机都没有？”高久富不信道。

“那天打架丢了，这几天一直在山里，要手机干吗呀？九哥，我们是不是得跑了？”邢猛志道。

他现在有点郁闷了，没想到被贩毒分子给支使着端毒窝去了。现在满车毒资加毒品，可全是他的战果，只可惜只能算连天平的缴获。

一说到这儿高久富狂笑几声道：“跑吧，远点，让他们哭也找不着地方……哈哈，太牛了……嗨，二屁，又往裤裆里塞钱？”

不经意看后面，葛二屁正做小动作，闻言嘿嘿直乐，得意道：“我这才拿多少呀，九牛一毛，九牛一毛。”

“嗨，那俩妞不会长嘴吧？”邢猛志问。

“放心吧，波姐认识的都是十年八年的老婊子，很有职业道德的。”高久富道，他赞叹地瞄了邢猛志一眼，好奇地问着，“咋了，猛子？干得这么漂亮，怎么反而愁眉苦脸的？”

“九哥，要坏事啊。”邢猛志道。

“什么？”高久富吓了一跳，朝后视镜里瞅瞅，根本没有车跟着，他不信了。

邢猛志解释道：“要是伤个人、抢俩小钱，都没啥大事。您这抢了人家三箱钱，还有两箱那什么货。大哥，断人财路如杀人父母啊，回头得往死里追咱们。”

“徐老虎就是这么折腾我们的，要不是他挖秦寿生，哪有后面这事？黑标、毒强、猪皮他们都进去了，平哥快给整成光杆司令，这仇能不报？”高久富怒道。

“对，必须报，就这么报。”葛二屁兴奋道，又把两捆钱揣到了怀里。

“也不一定就是人家挖人啊，再说秦寿生不是抓了，平哥也是猜测不是？我还是整不明白这关系啊，怎么觉着徐老虎和咱们是一路啊。不是你们说秦寿生出事，还去擦屁股了？”邢猛志道。

“别想了，这里头水深着呢，我们上头有个无所不知的老猫，谁出事，老猫一准第一个知道。老牛逼了，只要他知道你的手机，基本就都知道你干啥了……这不是防着这货呢，我手机卡一星期换俩。”高久富凛然道。

一股子冷意自邢猛志脊梁冒起来，他压抑着心里的狂跳，暗道着，黑客，黑客叫老猫。

不对，如果有黑客在掌控着全局，那连天平这么干是在作死了。

高档小区、监控、现代住宅……这些与贩毒成鲜明对比的景致掠过邢猛志眼前，他迅速做了这样一个判断：自己投错人了，这个作死的连天平恐怕要把所有人连累了。

车戛然刹停，就在西环路边，有人在用手机的电筒功能打着信号。人影凑到车窗前时，赫然是连天平那张丑脸，摇下车窗孬九和他相视而笑。

“有多少？”连天平问。

“两箱货，三箱钱，钱有一百来万。”孬九汇报着。

“卧槽，这把玩得大啊，哈哈……猛子兄弟，行啊你。”连天平赞道。

葛二屁伸头问着：“平哥，咋分呢？”

“你俩分上一箱，自己走，风头过了再回来，走得越远越好……剩下的孬九藏起来，就当我不知道啊。”连天平安排道。

“哎，平哥，这三……”葛二屁急得要说，嫌分少了，不过嘴被邢猛志捂上了。连天平又回过头来，邢猛志赶紧道：“平哥，谢谢了啊，不过我们走了，就剩你一人，你可一定小心啊。我觉得这事不大对劲。”

“什么？哪儿不对劲？”连天平愣了下。

“虽说我们是生面孔，把这事扛了、跑了他们也没辙，可我怕牵扯到你身上啊。毕竟二屁跟了你有一段了，万一漏风了，不得找你麻烦？”邢猛志关切道。

连天平一挠脑袋，想想道：“问题不大，找不着你们就赖不上我，再说借他徐老虎一百个胆，也不敢跟我来横。我他妈弄死他……家伙呢？”

他一伸手，孬九赶紧把怀里的武器递出去。连天平揣到腰里，低头看了眼邢猛志，一竖大拇指赞了个：“好兄弟，够意思，这当口儿还想着我……回头见，去吧，换个地儿吃喝嫖赌，等着信。找不着我就找波姐。”

“哎，好嘞。”邢猛志点头，车随即开走，后视镜里，连天平的影子越来越小。

人送走了，连天平上了路边隐蔽处的车，倒出来，心情颇好地打开了随车音乐，边听着DJ边跟着嘚瑟，寻思着今晚安睡在哪儿。他思来想去，觉得还是老办法，随机找个地儿，那些档次不错的酒店一般没人查，会很安全，只要你住得起，前台才不管身份证的照片像不像入住的本人。

想到此处，他加快了车速，一拐弯，向市区驶来。不料刚行驶不远，有辆车不近不远地跟上来了，他警惕地不时看看，确认是跟着他的。这位胆大的主儿根本不惧，把车往边上一靠，等着那辆车。那辆车也靠边停下了，车上下来了两位，一高一矮，高的赶得上葛二屁的块头，矮壮的那位比普通人块头也大不少，两人一左一右走向连天平的车。

不是警察，熟人，连天平放心了，慢慢地摇下车窗，伸头看了大个子一眼，笑着问：“哟，老鬼，什么风把你吹出来了？”

“平子，你玩大了啊，跟我走一趟。”老鬼道。

“什么意思？我怎么听不懂呢？”连天平把手慢慢伸进了腰里。

“听不懂就准备掏家伙啊？你还是没长进啊，我们是两个人，喏。”老鬼不屑示意了下。

另一头，黑洞洞的枪口在玻璃上磕了磕，连天平手不敢往腰里伸了，似乎对这两人极为忌惮。

“让我看到你的手……请吧，下来。”老鬼命令着，嗒一声开门，一露身连天平被他整个人揪起来了，利索地一摸身上，掏走了家伙，像拎小鸡一样拎着连天平走。连天平气焰消了，直道：“鬼哥，总得告诉我什么事啊？砍头都有碗酒呢。”

“你干的事确实够砍头了，东西呢？”老鬼问，同伴在车里搜了搜，干干净净的。

连天平笑了，笑看着老鬼狰狞的脸道：“捉奸拿双，捉贼拿赃，这儿啥都没有，要什么东西啊？虽然我走背字了，可要钱，我还是有点的。”

“嗨，小子。”另一个喊了声，连天平下意识回头，然后老鬼猝然发难，钵大的手里不知道攒的什么东西，咚一声直敲连天平后脑勺，连天平两眼一翻软软地倒了，恰好被老鬼一把拎着，直拖着上了后车扔到了后座上。

“这小子穷疯了，真敢劫老大的点啊。”同伴拍着车门，有点叹服道。

“郁闷的是这货还真劫走了，那地方居然能劫走，这兔崽子什么时候学聪明了？”老鬼道，发动了车，同伴上了连天平的车，两车一前一后，驶向市区。

一辆车开着大灯自远而近，引起了老鬼的注意，等这辆车加速通过时，见是辆标着“医疗器械”的运输车，就放心了。

不过这辆车里，却是回放着车载监控，播放着两人如何挟制、打昏、带走连天平的全程。外勤原本不敢轻易惊动对方，此刻上级命令超车，只能服从并录下两车驾驶位置人员的体貌特征回传。

画面直联禁毒支队的大屏上，两个彪悍男远景、近景、侧景，碎片化的体貌特征信息通过电脑拼接、成像过滤慢慢地显示出了真容。真容进入信息中心模板，跳跃比对着犯罪信息库的数据，很快跳停，比对的数据显示出了这二人的真面目。

高个儿男，络腮胡，姓名袁玉山，绰号“老鬼”；矮个儿男，姓名郑魁，绰号“麻子”。

两人均是齐四齐双成被灭口一案的重大嫌疑人，信息比对结果刚一出来，邱小妹就拿着打印的资料，几乎是奔着往会议室跑。

似乎今晚是个特殊的日子，魑魅魍魉要全部粉墨登场了……

夤夜群魔舞

周景万一行匆匆赶到千峰路宝利华小区时，现场已经失控了。出事点聚集的有一半是外籍人员，110指挥中心，市局都被惊动了。几人刚到现场就收到信息中心的消息，徐虎一行的车辆已经离开了小区。

三人相视无语，看来扫尾已经完成，他们恐怕没有机会了。

“来都来了，进去看看吧。”

周景万带着两人通过了警员设置的警戒线，进了地下车库。那里面聚集了数位警务人员，还有十几位住户，夹杂着半生不熟的普通话，有时候说急了，外语就飙出来了，记录的警员听得一头雾水，对着步话找翻译。

“不好好学习不行，以后涉外警务会越来越多。”马汉卫自嘲道。

“嫌疑人是找了个绝好的伪装啊，这种地方和高档写字楼、五星酒店等场合一样，哪一级警务部门执法都会格外小心，小心到缩手缩脚的地步。”武燕道，对此颇有微词。

“警察就是戴着镣铐跳舞，这镣铐就是法制，得戴着，都没规矩了我们和嫌疑人还有什么区别……谁是领队？我们缉毒支队的，来，什么情况？”周景万道了句，揽住了现场一位像是带队的，借一步说话。

那位警员验过证件，指责道，两辆车的车窗被打了，应该用的是钢珠，也没丢什么值钱东西，好像只丢了两张出入卡。问过保安提取录像了，还来了两辆可疑车辆，在这儿吵了半天，把一位业主的车给撞了，意外的是被撞的车找不着业主，而且输入机动车辆信息库查询，被撞的车居然是辆套牌车……也没啥大事，但是玻璃被砸的车是两位外国人的，所以就报警了。

一辆玻璃被砸的车就在近前，武燕看到警员从车座位上提取了一枚钢珠时，她看了马汉卫一眼，两人有点羞愧地佯装不知，把视线转向了别处。而周景万却注意到那辆套牌的车辆，他指着那车思忖道：“那辆车……”思维像是迸出了火花，可这一刹那张口结舌就是说不上来。

马汉卫问：“那车怎么了？”

“敲这两辆车窗是为了拿到卡，然后两辆车进来，不撞别的车，为什么非撞那一辆？保安……那辆车的业主在哪个单元，叫什么名字？”周景万问着随警员协助的保安。

保安通过步话查了查给了个名字：“噢，就头顶这栋，十一层，1102，租赁的，登记的名字叫刘蓓蓓。”

三人瞬间像被施了定身法，愣了片刻，周景万点点头道：“噢，谢谢啊。”

“周队……”武燕提醒了一句。

“我知道，汉卫，通知支队协调一下，把那辆车扣了。”周景万道。

马汉卫应声，拿起电话和支队联系。武燕又叫了一声，周景万这才反应过来，直接道：“这小子出格得厉害，根本不是报复，是来作案了，一定是撞了那辆车，吸引上面的开门，正好给他们机会了。提取所有的监控记录，今天出现的人应该和9·29案多少有点关联。”

“这个不急，110指挥中心已经接手了。我是说，这边刚出事，关联的几拨就都动了，是他们露馅儿了，还是对方有什么特殊的途径？比如，我们盯监控，他们也可以啊……或者现在都有可能盯着我们。”武燕示意着那辆被撞的帕萨特。

“对呀……”周景万信步前行，到了那辆车前，手卷成筒状，打开了手机的摄像头。武燕和马汉卫堵着光线，周景万顺着车身、车玻璃往里照，偶尔亮起了手机自带照明。这是检测针孔摄像的粗略办法，如果有，在全暗的环境里，成像就能捕捉到一个光晕圈，或者更巧合的话，会有明显的反光。

武燕和马汉卫眼睛一刺，反光出现了，就在车窗前，是一只巴掌大的招财猫，其中的一只眼睛反光，再细看，眼睛还亮着米粒大一点的蓝幽幽的光。

移开，周景万佯作拍了几张照，三人离开，不约而同地向外走着，周景万已经开始向回汇报了：“车库里泊停的一辆帕萨特非常可疑，协调查扣；该业主居住楼层为1102，登记租户为刘蓓蓓，建立监视；尽快联系原房东，方便的话搞个搜查手续；根据现场的情况我们怀疑这里黑吃黑了，马上调取该小区今晚所有监控记录……完毕。”

汇报完周景万快步走着，马汉卫追问着：“周队，咱们不等队里来人啊？”

“这里肯定擦干净屁股了，我们找不到什么，接下来的事不会发生在这里……咝，如果黑吃黑，这动静似乎有点小了。”周景万疑惑道。

“对呀，以咱们对涉毒人员的经验，真要触到窝点，想兵不血刃解决，几乎是不可能的啊。”马汉卫道。

“到底发生了什么事啊……”周景万道。不在事中，无法估量，恰在此时三人的手机同时响了，又是一个惊爆的信息来了：连天平被打昏，挟持走了。挟持他的正是很久未露面的两个重点嫌疑人：袁玉山、郑魁。

“好家伙，这里究竟发生了多大的事，把这两尊惊动了。”周景万回看了眼小区，惊愕地道。

“老鬼袁玉山少管所四年、伤害罪十一年、黑社会组织罪七年，在监狱里待得比外面时间还长，资格比邢天贵还老，能请动他的人可不多。”武燕插了句。

“上车，情况可能随时会变，我现在明白支队长的用意了，有这么个变数搅和进来，线索就多了……问问前沿的追踪在哪儿，我们跟上去，有可能需要策应。”周景万道。

不过情况并没有想象的好，前沿追踪袁玉山的外勤已经到了城外。而这个时间点，那种车少人稀的环境，明显无法建立有效的监视了。不过那是一个熟悉的地方，就在毗邻武宿村高速出口的地方，邢猛志去过那个废弃粮加厂。

准确地说那是一个屠宰场，没办证的黑屠宰场，不是正常作业的，但需要的时候，条件俱备。比如电，一拉闸就有；比如水，一拧开关就有。

当灯亮起，头上泼下一盆水时，连天平眯着的眼睛睁开了。这个地方他太熟悉了，经常整人的地方被用作整他了。他慢慢地坐起，活动了下胳膊，被绑着，肯定用的是那种叫“勒死狗”的塑料扎带，勒得血脉不通，两条胳膊都有点肿胀了。

等到眼睛能看清时，徐虎那帅气的样子跃入了他的眼帘，两人互瞪了几秒，连天平呸地吐了一口，极尽不屑。

“劫的东西还回来，我当这事没发生过。”徐虎单刀直入道。

“什么东西？说清楚点。”连天平道，“老子一晚上都在溜达，你哪只狗眼看我劫东西了？”

“平子，好歹也是兄弟一场，你这样就没意思了吧？”徐虎蹲下来。

“兄弟兄弟，背信弃义啊，我手下有俩不长眼的，好像跑你们晋昊去了，还被雷子给摁了。徐老虎啊，出事的时候，你是徐老鼠，钻那个娘们儿裤裆里不露面，让老子擦屁股。这事过去了，你又成徐老虎了，龇着牙咬人啊？”连天平骂道。

“那事我解释不了，但今天的事，你得给我个解释。”徐虎瞪着他，恶狠狠地道。

“我要是不呢？！”连天平睥睨道。

徐虎起身了，站起来狠狠一脚蹬在连天平的脖子上，倒地的连天平又坐起来，口角流血，得意地看着气急败坏的徐虎，像是胜过一筹一样。

“说你没文化，你犟嘴，就不想想老子怎么这么快找着你的。既然找着你了，就你手底下那群蠢货还跑得了？不服气是吧，等一会儿，让你们聚聚。”徐虎愤愤然又踹了连天平一脚，这一脚却是踹在了脸上，直把连天平踏在脚下。龇牙咧嘴咂着血花的连天平恨得两眼冒火。

“有种你今天弄死老子，敢留口气，老子回头杀你全家。”

连天平恶狠狠地说着，声音变调，脸被踩得变形，可那阴惨惨的凶相愣是把怒极动手的徐老虎吓得犹豫了……

屋外，院子里，奔驰车里观看到了手机回传的影像，副驾上的曹戈语气复杂道：“没用，这孩子轴，徐虎可压不住他。这事啊，也怨徐虎私下搞小动作，把平子一条线的生意几乎全断了，人都差点出不来，能不下黑手吗？”

“这号人就是不长眼，也不想想自己能吃下去吗，就敢下手。”汪冰滢不屑道。

有人出来了，拿着连天平随身的东西递进了车窗，汪冰滢拣出了手机，在充电口插上优盘，像在等什么。很快曹戈诧异地瞪圆了眼，那手机没有人动，自己像活过来一样，自动解锁，进系统，页面跳着查询着。

不一会儿，汪冰滢的手机响了，她拿出来看，是一个地图定位，一亮道：“拿上这部手机，老猫会给你们指示方位，把东西全部找回来，凡参与的人，都逮回来。不管你用什么办法。”

老鬼和麻子点头，拿起手机上车离开了。

“丢了有多少？”曹戈问。

“不少，够买他的命了。”汪冰滢道。

“啧……冰滢啊，这节骨眼儿上，不能出事啊。再说，平子也就是一时糊涂，要在平时，让他干吗那可是说一不二，真靠得住。估计也就是出这点事咱们晾了晾他，孩子猴屁股坐不住了。”曹戈语气恳切，明显在求情了。

“呵呵，这么坚定的反社会分子，真没命那就可惜了。不过老曹你镇得住才行啊，这胆大包天的，你不觉得害怕？真要露了馅儿让警察盯上，我们都要跟着倒霉……不过还真别说，他们有两把刷子，那么隐蔽的地方，不声不响地把货劫走了，要不是老猫留一手，还真让他们得手了。”汪冰滢掩饰不住地惊讶，这些江湖人的市井方式很是匪夷所思，都不知道他们怎么做到的。

“这个老猫……噢对，不问了。”曹戈顺口说漏嘴了，触到了这个禁忌，及时刹住了车。

汪冰滢却是不以为忤，笑道：“其实和你们叫老鬼、叫麻子、叫平子一个样，代号而已，只是你们在真实世界，而他在虚拟世界里……老曹啊，都移动互联网时代了，所谓江湖、所谓道上如果不接受这些新生事物，那就太落伍了。”

是啊，自己手下犯罪层次这么低，还在打家劫舍阶段，而且前脚劫，后脚就被人逮，曹戈老大羞愧得低头说不上话来了……

“你的……我的……你的……我的……你的……”

葛二屁嘴里喃喃有声，把一箱子钱一摞一摞分成两堆，一堆是邢猛志的，一堆是他的。把邢猛志的放回箱子里，连箱子扔到副驾邢猛志怀里，剩下的自个儿全往兜里揣，揣不下往怀里揣，即便对平哥只分一箱的吩咐有点意见，此时也被横财带来的欣喜冲淡了。

邢猛志往箱子里看看，足有二十几捆，他回头道："二屁，你咋光咱俩分，孬九的呢？"

"甭理他，他们是大头。"葛二屁道。

邢猛志却是受之有愧地道："孬九，要不我的也给你一份，也没干啥，拿这么多，心虚得慌。"

"拿着吧，要搁以前的光景，我们还真不把这点钱看在眼里。要不是徐老虎捣乱，下面就根本不会出事。下面要不出事啊，我们还是按摞数钱地生活。"孬九无比怀念地道。

"那咱们不是没出事吗？咋这么久也没啥生意呢？就让我送了一回货。"葛二屁问。

孬九难过地道："干这行都小心第一，一出事，上头就信不过你了，就你拿钱都未必给你货。"

"那咋回事？"葛二屁没明白。

"蠢死你啊，已经上雷子的黑名单了，重点监控对象呗。"邢猛志道。

"噢对，明白了。"葛二屁道，不过一摸身上的钞票，这些问题又懒得去想了，直接道，"管他球呢，先吃了喝了嫖了玩爽了再说。"

"也对，人活着还不就为了去死？要能选，肯定选爽死对吧？哈哈。"孬九道。引得葛二屁直竖大拇指，称赞九哥有文化，说得太对了。

本以为是说笑，可谁承想孬九真把车开到澜波苑休闲中心了，车一停，他踌躇满志道："兄弟们，这儿不要身份证，去爽个昏天黑地，短时间别联络啊，估计这档子事得有段时间才能过去。爽完自个儿走，谁也别告诉。"

"好嘞。"葛二屁蹦着迫不及待下车了。

这可糗了，来化装侦查，跟着犯罪分子作了一回案，然后抱着一堆钱回去？

邢猛志苦不堪言，慢吞吞地下车道：“孬九，要不咱们还在一块儿吧？出事有个照应，我总觉得心虚，万一有事，咱们分散着可容易被人收拾啊。”

“放心吧，在一块儿才容易被连窝端了呢……走喽，过几天联系，二屁，钱多少存点啊，别都塞娘们儿下面。”孬九喊了句。邢猛志悻悻关上车门，葛二屁应声时那车已经开走了，回头二屁拽着邢猛志要往休闲中心去。邢猛志端着钱箱难堪道：“你这不是难为我吗？有这么端一箱钱去嫖娼的吗？我身上伤还没好呢！”

“哦，对……那咋办？”葛二屁瞅着邢猛志脸上的伤，而且端这么一箱钱的德行，穿得又这么破烂，实在不大应景。

“分头走，你可注意啊，这要被人逮着那可是要命的事，我明天一早回乡下，要不一起走？”邢猛志抱着最后的希望，劝着葛二屁。

没用，已经被钱烧昏、被妞吸引的二屁哥哪听得进去？早走出去好几步，摆手道：“那成，我先去了啊，明儿再联系，要联系不上就是没起床啊。”

说着已经进门了，在迎宾们“贵宾您好”的恭候声中，葛二屁被簇拥着走进休闲中心。邢猛志在原地愣了半晌，然后快步跑着，很快消失在黑暗中……

只要有一条线，就能牵出一个面。

前方用孬九的电话拨出来的号码，牵出来的线索越来越多。宝利华小区的线索，捕捉到徐虎带人去小区了；那辆可疑车辆被查扣了，拖车正拖着秘密往支队送；1102住户究竟是谁，出入视频正在比对；当然，最关键的还是城郊无名路上那个废弃粮加厂改建的非法屠宰场，徐虎带的两辆车、曹戈和汪冰滢乘坐的奔驰，都在这一带停着，这里面干的事肯定不小，望风往外撒出去一公里，追踪的外勤根本无法靠近，只怕惊走这难得一聚的一群大鱼。

“看来是场内讧，出来的人是追着高久富的方向。”贺炯抚着腮道，越到这种时候，他反而不抽烟了，在回传的海量信息中寻找破案的线索。

这是一位公安指战员的基本素质，要对犯罪舆情有前瞻的推测，并采取相应的措施。如果判断是内讧，那结果就是：连带着邢猛志都危险了。

“这是个机会啊，孬九走得这么鬼祟，应该是捞了不少毒资或者毒品，假如采取措施……会出现什么连锁反应？”谭政委假设道这种取舍很难，特别是在你看到希望的时候，会无限放大你原本的企图。

贺炯明显属于胃口更大的人，他摇摇头道：“中的可能性很大，这个没问题，但问题是，只能逮住高久富；或者把老鬼袁玉山、麻子郑魁提溜了，这两位的人生一半时间都在监狱里，还能从他们嘴里掏出什么来？”

“问题就在这儿啊，你看屠宰场的站位，徐虎这些人在里面，车在院子里，而汪冰滢和曹戈的这辆车，泊在墙外有三百多米的树林边上……再往外围，还有两个浑球儿保安在望风，很专业啊。”谭政委评判道。那么问题就来了，这么专业的人士，想钉住他们就难了，最起码用毒品钉住不可能。伤害罪？估计也不可能，江湖人的事江湖了，哪怕就是解救了连天平，恐怕他也不会指认是谁抓他。

“情况不明，时机也不成熟，而且，你用什么钉住曹戈和汪冰滢？他们面都没露。”贺炯道。

“那我们只能等了……哎，这小子倒好，关键时候却不联系了。”谭政委焦灼地道。

“对啊，他现在该跳出圈子了，能去哪儿……通知一下周景万几个人，让他们随时待命。”贺炯道。他站在案件板前像入定一样，盯着几个名字发呆。

命令传出去了，谭政委看看表，此时时间指向二十三点十分。

二十分钟后，外勤捕捉到了袁玉山和郑魁的行踪，高久富也足够小心了，换了车，藏到了老城区穗园巷子一带，不过还是没有躲过袁玉山的追杀。外勤见他被牛高马大的袁玉山提溜着出了巷子，边走边一耳光一耳光扇着，然后扔到车上，直接开走了。

接下来落网的是葛二屁了。晋昊娱乐莫名地去了澜波苑休闲中心十几个保安，是硬冲进去的，不一会儿就见有人跳窗出来了，是葛二屁。他直接从二楼跳下去了，大冷天只穿了个裤衩。就这都没跑脱，被数名持械的保安围着猛殴了一顿，然后是被抬上车拉走的。

时间指向零点的时候，贺炯都有点坐不住了，不时地搓着手。这说起来算是一个难逢的好机会，如果一锅烩了，那至少能查到不少像样的线索，这些涉黑的保安，涉毒的嫌疑人，费费劲总能挤出点东西来。可要放弃这个机会，这些人再聚起来可就遥遥无期了。

“得下决心了，否则再等一会儿，警力都来不及调拨了。”谭政委提醒道。

贺炯在会议室来回踱了几步，沉声道：“作为一名公安指挥员，公共安全永远是大局，四吨西布曲明，能制造出多少蓝精灵来？毒源在哪儿？涉毒的人员究竟有多少？他们的毒资是如何洗白的？这些个团伙首脑人物何在？如果我们动手，这些问题我们一个也解决不了，抓他们的命令容易下，即便能抓到少量毒品，即便能向上级交差，却要以错失毒枭的机会为代价啊。”

“好吧，我们只能期待猛子带回来的消息了。”谭政委显得有点郁闷。

“我相信，一定会有的。我的决心是不抓。粉墨登场的越多，就越容易辨识出来，究竟谁是主角。”贺炯重重地道，在汪冰滢、曹戈之外，画了一个大大的圈，圈里却是个大大的问号。

那代表未知，而未知的才是最让他焦虑的。而唯一的倚仗，此时却杳无音信。他回头看着桌上的紧急联络号码，那是个反追踪的终端，也是连接着黑白世界唯一的一条线，它静默得太久了，久得让人快绝望了。

“失联已经两个多小时了，究竟发生了什么事？我怎么越看越像黑吃黑打劫了一把，要跑路的节奏啊？老贺，这小子毕竟年纪还小，心性不够稳啊，我真怕他一时鬼迷心窍做出胡事来……”

政委的话音未落，桌上的电话铃急促地响起来了，贺炯得意地“嘿嘿”笑了，政委不说话了，长舒了一口气。

信息是瞬间传输的，此时在五一路街边得到方位的周景万急打方向盘，风驰电掣朝着信号源奔来，十几公里的路程不到十分钟就飙到了。这是一个让人意外的地方，是丁灿的二手电脑店，不管是追杀的还是追踪的都没想到，邢猛志居然溜到了丁灿的店里。马汉卫一敲门，发现门都没关，黑暗里能看到角落里坐着人。武燕打开了手机手电筒，周景万惊声问这是干什么，然后他们看到了这样一幅画面：跑得满头大汗的邢猛志正坐着喝饮料，面前扔着成摞的钱、手机、身份证、钱包，他对着来的同伴嘿嘿一笑道：“黑吃黑了，连天平让我们把徐虎的窝抢了，给我分了这么多钱。”

周景万几人互视一眼，对着还在傻乐的邢猛志，不知道该哭还是该笑……

环伺狼与虎

“嘭！”车关后厢的声音让被揍得惨兮兮的高久富一激灵，竖起了耳朵。片刻后他看到了预料中最不想发生的事——葛二屁被逮到了。二屁是光着屁股进来的，双手捂着私处，唯一的一条遮羞裤衩成布条了。后面几位面相不善的保安用棍子戳着，把他和高久富逼到一块儿，稍有不对，棍子就举起来了。葛二屁赶紧一捂脑袋喊着：“别打别打，这不是钱都给你们了，连炮钱都没给人付。”

葛二屁一捂脑袋，裤裆布掉了，成了全裸。观战的老鬼袁玉山和郑魁哈哈大笑着，没想到他是这么个货色。此时已有保安把一堆东西递给了徐虎，那是包着的成摞的钱，他招手叫着郑魁，郑魁和他小声嘀咕几句，然后出去了。

一出去，葛二屁菊花一紧，吓住了。一圈人围上来，个个面色不善地盯着他和高久富。此时还被捆着的连天平吼了句：“老鬼，有什么冲我来，别害我兄弟。”

“平子啊，我们也是兄弟啊，所以朝你呢，我可下不了手，不过不认识的嘛，就不一定了……嘿，你叫什么？”袁玉山踢踢抱头的葛二屁。

“葛洪，小号葛二屁，原来在西关街那带混，判死缓的邢天贵是我前大哥。”葛二屁报着门户。

“有前夫、前女友、前妻，还有前大哥这一说？”麻子郑魁笑了，一脸天花后遗症，满脸星星点点名副其实。

“有，必须有啊，出来混，不能忘本啊。”葛二屁道。

“甭他妈废话，知道你干什么了吗？”袁玉山睥睨问。

“知道，兄弟认栽。”葛二屁一向实在，知道是躲不过去了。

“好，比你现大哥明白。那说说吧，还差二十万在哪儿？”袁玉山问。

“没有差的吧，不都搜走了？”葛二屁道。

话音落时，几根棍子噼里啪啦没头没脑就敲了上去，葛二屁“爹呀妈呀大哥大叔呀”嚷了一会儿，疼得在地上乱打滚。一顿杀威棒后，袁玉山这才出声问着：“孬九，那个小兄弟叫什么来着，姓邢？”

“啊？妈的，不仗义。”葛二屁咬牙切齿地骂了孬九一句。

“二屁，瞒个球啊，咱们都被录下来了。”孬九惨兮兮道。

“哎哟我去，碰到高手了……别打别打，姓邢，叫猛志，我们都叫他猛子。我去大保健时分手的，我也不知道他在哪儿。”葛二屁道。

“那你最好想出来他在哪儿，要不这坎儿过不去啊。”郑魁低头道，那一脸麻子吓得葛二屁浑身一抽，紧张地捂着下半身。

“真不知道，那哥们儿山里出来的，正被警察抓着呢，手机没有，车是黑车，他不联系我们，我们根本找不着他。”葛二屁解释道。

“妈的，嘴硬。”郑魁一脚踹上去，葛二屁的脸和大脚丫来了个亲密接触。

这几乎就是开揍的信号，水管锯的棍子、桌腿、保安标配的甩棍，一阵没头没脑往葛二屁身上招呼。光着屁股毫无遮掩的葛二屁惨了，乱叫乱嚷乱滚乱跑，疼得抱着一个没防备的保安给自己当肉盾，死死抱着不敢放手。被抱着的保安急得直喊：“放开，弄不死你。”葛二屁喊：“不放，弄死也不放。”

“放开！”

“不放！”

二屁这个家伙绝对皮糙肉厚，又有点浑，场面乱得控制不住了。袁玉山招呼着歇会儿，那几位保安后退了几步。被抱的保安一个猛挣想挣脱出来，不料葛二屁抱得太紧，被狠狠一拉，朝前一栽，直挺挺地把个子小的保安给压在身下了。众人趁机上前又是一顿痛揍，葛二屁被打得鬼哭狼嚎，喊得比叫床还凶。郑魁眼见乱场，吼了两声才把打出真怒的两方给分开了。

袁玉山悄悄踅出去了，在门口和徐虎咬着耳朵道：“和孬九说的一样，应该是实话。”

“不管用什么办法，那个人一定得找到，否则咱们可能有危险。”徐虎道。

“不至于吧？和这些货一起混的，能有什么种？”袁玉山道。

“那可未必，自己看。”徐虎递着手机。

手机正播放着视频，那是邢猛志和葛二屁入室抢劫的片段，有几个让他们在意的细节，那个叫邢猛志的连人身上的口袋都摸了一遍，茶几上的手机、摸出来的钱包，一股脑儿全揣走了。

这可看得袁玉山眼睛都瞪圆了，紧张道：“他们把孙二的东西都摸走了？”

“对，天亮前还找不到，就该我们失踪了。这种事上，老板不敢冒险。”徐虎小声道。

“好，掘地三尺，我们也要把这孙子挖出来。”袁玉山道。

他喊着人，被喊的人电话联系着其他人，开始继续抓最后一条漏网之鱼了……

贺支队长和丁灿、邱小妹到场时，已经是半个小时后了。是支队长亲自开车载着两人来的。连丁灿都没想到目的地居然是自己经营的店铺，这已经是第二次在这里聚首了。他到了这儿才知道目的，是要克隆两部手机，那两部手机开启了飞行模式，信号被关闭了。

他和邱小妹打开了笔记本电脑，开始干活儿。邱小妹不时地回眼瞟，那位她素来有些恐惧的邢猛志正坐在一堆钱旁边，脸上挂着笑，不过笑得很尴尬，气氛也很尴尬。听了几句她才明白，这位化装侦查的，去化装抢劫了一次，包括面前的手机、钱包，包括那堆钱，就是缴获了。

“情况基本就是这样。”周景万小声结束了汇报，主要是复述了邢猛志讲的故事。邢猛志斜眼觑着，像在等着支队长的表态。

这可咋表态啊？化装侦查搞成化装抢劫了，现在徐虎手下的人正在四处找人，如果找着，八成得按江湖规矩来，最轻的也得住个院吧？如果找不着，那就不能排除涉毒人员嗅到危险而逃之夭夭的可能。

“哦，这小子，又把烫手的山芋扔给我了。”贺炯略一思忖便明白了。这对邢猛志是个考验，对他的上司何尝不是考验？

个中的缘由没人说出来，邢猛志心如明镜，就此打住。这回生米煮成夹生饭，继续往下，恐怕得煮成熟饭。这才几天就干上黑吃黑的活儿了，离真正的黑还能有多远？再说，身上的这身藏蓝银徽也不会允许他这样做。

没人说话，哪怕一句解围的话也没有。贺炯看向几人，几人下意识地躲着他的目光。他想了想，蹲下，拉了台电脑机箱，坐下，顺手拿着那一摞一摞的钱掂掂，唉声叹气了一句：“好东西啊，干了这么多年警察都没攒够这么多。”

他看着邢猛志，邢猛志也看着他，两人眼中同样复杂。那种复杂来自行为和身份的相悖。黑与白，错与对的冲突，在警察这个职业中会体现得很明显，就像此时，带回来了对的线索，可却是以明显错误的方式。

怎么办？

愁肠百结的武燕思绪混乱。此时有人拉拉她的衣角，回头看是邱小妹。邱小妹示意着克隆已经完成，她示意噤声。

“你知道吗？抢犯罪分子的钱，也是犯罪啊。”贺炯幽幽地道了这么一句，挑着眉毛问，“你准备怎么办？”

“您说呢？”邢猛志同样挑着眉毛，把问题回敬了过去。

“没有机会警示家里？”贺炯问。

“不可能有，即便有，对方这只‘老猫’在，也不敢有。您都看到了，这才抢了几个小时，都被抓回去了。我当时就怀疑，对方可能在藏毒的窝点设置了远程监视，现在这种设备很容易，通过手机就可以实时看到远程的影像。”邢猛志道。

“这事，一定有心理负担吧？”贺炯问。

“有点吧，虽然抢的是贩毒的，可毕竟是抢劫，还是入室抢劫。”邢猛志道。

余众扑哧笑了，简单的一句常识，不知道为什么在这种情景下透着黑色幽默的味道。

“既然有心理负担，那为什么还要做呢？”贺炯问。

“犯罪团伙及其成员之间，没有所谓的信任，连天平无非要把我当成个超级炮灰。抢成了大赚一笔，抢不成折两个团伙成员，他也没啥损失。可我要不敢去做，那根本没有机会进到他的团伙里……相比而言，我要空手回来，那心理负担可能会更重。”邢猛志道。

“所以，你就干了？”贺炯问。

“嗯，他们不太会干，还是我教的。这几个家伙水平不高，胆子奇大，有望成为贩毒团队里的猪队友。”邢猛志道。

贺炯呵呵笑了，道：“现在的情况是，除了你，都被逮回去了，而我们也无从判断接下来会发生什么，只关联到了两个疑似目标的异动，汪冰滢、曹戈。不过收获还是挺大的，齐双成被杀的嫌疑人袁玉山、郑魁被惊出来了，这个团伙的战斗力相当强悍啊。”

“能这么快被抓回去，更证明了对方精通网络技术。孬九和葛二屁估计是揣着手机，被黑客捕捉到方位了。”邢猛志道。

“没错，家里判断到了这种情况，也判断到了可能是黑吃黑。正如你所说，有两箱成品蓝精灵当时就在孬九高久富的车上，这东西被郑魁带走了，你猜……我为什么没有采取任何措施？”贺炯道。

“因为你的胃口很大，找的是毒源，而不是零星的毒品。”邢猛志道。

“没错，还有一个需要注意的情况是，老鬼袁玉山和郑魁两人和齐双成被杀有关。资料你看下，都是几进宫的二劳、三劳分子，典型反社会型人物。被逮回去的高久富、葛二屁估计被收拾得不轻。”贺炯道。

“嗯，我知道了。”邢猛志道。

然后，两人谈话莫名中止，互视着，微笑着，不再有尴尬的复杂。

良久，贺炯问：“接下来呢？”

“我可能要被逮住，可能有危险。可要不被逮住，他们恐怕就感觉到危险了。”邢猛志道。

“我无法下这个命令，不管是出于我的本心还是我的职业道德，我都开不了口。我能做的是，尽全力保证你和母亲的安全，可这句话不管我用什么语气都显得苍白，因为在那个环境里，你是孤身一人。”贺炯道，眼光深邃。

“哪怕臂章上带个‘辅’字，我也是警队的一员，如果你们觉得我做错了，那就阻止我……时间不多了，我该走了。两个小时后，我会去找到我的车，仓皇出逃。如果这个点他们逮不着我，明天我会联系波姐。逃跑不容易，落网应该不难。”邢猛志道，找了个破袋子，钱、钱包、身份证、手机一股脑儿塞进去，提着出门。回头时，一屋人正注目着，没有人出声阻拦。他笑着道了句：“周队，别忘了给做几把弹弓啊，就我用的那样，材料找明星要。”

周景万机械地应了声，门关上了，邢猛志消失在凌晨的夜色里。武燕看着窗外，警惕地观察良久，确认无人发现后，心里蓦地又觉得有点堵。回头看时，贺支队长像瞬间苍老了一样，膝支着肘，肘支着头，狠狠在捋着自己的额头，那种说不出来的难受，让在场的人感同身受。

“再等十分钟走……小丁、小邱，尽快分析这两部手机。大周，通知外勤拉开距离，现在这个节点已经无法盯梢了。”贺炯道。

只有轻轻的应声。黑暗中大家又等了十分钟，武燕提醒时间时，贺炯慢慢起身，像是留恋一样看着这里。丁灿不放心地问着：“支队长，我怎么觉得像回去找死啊？”

“按江湖规矩，敢抢这种黑钱得追杀到不死不休，不回去也是找死，说不定还会祸及家人，毕竟干的都是掉脑袋的营生……他带回来的信息很重要啊，黑客参与、持有制式武器都可以确认了。”贺炯道。

“只有回去才有机会，不过最轻也得脱几层皮啊。”周景万幽幽道。

“有什么责任我来扛，但前提是一定要把毒源找出来，否则我们这些牺牲都会失去价值。”贺炯道，抬步出门。这时候邱小妹开口了，她直接道：“支队长，我觉得您这么纵容是错误的，用犯罪的方式去打击犯罪有悖我们的职业道德。”

嗯？！一句话把贺炯问住了，他慢慢回头，不悦地道，“你认为邢猛志在犯罪？”

“难道不是吗？”邱小妹问。

“犯罪组成的四个条件是什么？”贺炯问。

“犯罪的主体、主观、客观，以及犯罪客体。”邱小妹道。

“什么是犯罪对象和犯罪客体？”贺炯问。

“对象指具体的被害人，犯罪客体是指刑法所保护的公民人身权利不受非法侵害的这种社会关系。”邱小妹道。

“那好啊，你说说本案的犯罪对象以及犯罪客体。”贺炯道。

呃，邱小妹被噎住了，两个被抢的“犯罪对象”早被藏起来了，估计人家也不需要刑法来保护他们不受侵害。

“没有犯罪对象，没有报案，没有目击，我们连案发现场都无权进入，你就认定发生犯罪行为了？可把你能的。”贺炯轻飘飘地化解了这个沉重的质问，背着手出去了。

这位耿直的妹子虽然看不惯缉毒警的做派，但这并不妨碍她的技术发挥。在回支队的路上她已经把克隆的数据分析出来了，通话记录、短信、微信、转账等等。最大的发现是，这两部手机和秘密检测过的连天平那台丢掉的手机一样，都被安装了一种叫FlexiSPY的间谍程序。不过几十KB的小软件功能强大，短信、电子邮件、通话和GPS定位都可以通过远程操作实现，而持机者可能浑然不觉。

那个隐藏在暗处的黑客完全可以确认存在，不过能确认的名字仍然是一个代号：老猫。

电子证据没有达到期望值，而邢猛志抢到手的那两个“钱包”却是惊喜。两个涉毒嫌疑人上榜，一个叫孙仁、一个叫石国中。两人都是在猝不及防的情况下被袭击、抢劫，没有任何伪装的证件落到了邢猛志手里，而且这两人很快查到了去处——已经被送往医院就诊。

方向是正确的，徐局长连夜赶到支队参会。当听到是个“黑吃黑”

的布局，是个牵扯了多方势力的团伙，是个可以确认应用了间谍软件作案的团伙，他的表情凛然肃穆，不过问到的第一句话却是："他在哪儿？"

"回去了。"贺炯道。

"老贺，你的胆子可真大啊！"徐局长怒了。

"我也知道危险，可如果撤回来，之前所有的努力都白费了。目前是在对方不知情的情况下捕捉到了黑客的线索。如果这个节点被察觉，他们不管是被惊走，还是采取更换手法的方式，都可能再一次从我们的视线里消失。所以，只能回去，这一点他很清楚。"贺炯道。

凝视良久，徐局莫名地唏嘘了一声："为众人抱薪者，不可使其困顿于荆棘。他的安全和他的后顾之忧，你们一定要解决好。特别是他的安全，这是现在一切工作的重中之重。"

"是，我们已经在做了，如果出现危险征兆，对现有的嫌疑人，我们会立即实施抓捕。"贺炯道。

他开了追踪的实时影像，却是一辆静静泊停着的面包车，在黑暗中，闪着一簇光亮，而四下里并无人迹。政委看着时间，已经指向凌晨三点，他轻轻地道了句："时间到了。"

"这个观测点距离多远？"徐局长问。

"两千一百米，在座电力塔上，制高点，周围我们没有布置警力。"贺炯道。

徐局手不自然地抬起来，抚抚下颌，又不自然地放下，手足无措，无言以对。桌上的警示灯一闪一闪地亮起来，贺炯道了句："来了。"

信息中心处理的画面换成了近景，即便是近景也模糊不清，拍不到体貌特征，只能看到一个人影在快速接近这座冷库大院，目标是泊在院旁的面包车。他上车、发动，车灯亮了。车缓缓驶离了原地，驶出了几百米，贺炯和政委相顾愕然，似乎……没有发生原本预料的事。

仅仅是一刹那的松懈，广角的监视屏上一下子亮起了几束光，是数辆车从前后两个方向堵住了面包车的去向，把那地方照得如同白昼。打开车门试图逃跑的人影滞了下，一瞬间被涌上来的数人给挤压在车上，然后，被打倒，被拖到了车上……车随即开走，那些围堵的车灯光一暗，不到三分钟的时间，这里又成了一片漆黑，仿佛什么事也没有发生过一样。

换屏，追踪跟进，那辆被劫持的面包车行驶在城市的街路上，无论它路过哪一个公安检查站的监控，都会分外耀眼。在此时，在今夜，在这座钢铁水泥丛林的迷雾都市，它就是一束光，正指引着正确的方向……

第四章

贩毒团伙清理门户

无恶不江湖

徐虎从医院住院部匆匆奔下楼，抬腕看表时，已经清晨六时了，心惊肉跳得一夜无眠，到现在都不觉得困。

出了住院部，他径直奔向医院泊车堆里，敲了敲一辆奔驰的车窗，车玻璃缓缓摇下。曹戈的脸现了一半问着：“什么情况？”

“孙二鼻梁骨给打断了，石子脑袋上磕了个大包，伤倒都不重。”徐虎汇报道。

曹戈悻悻骂了句：“你几个，吃了狼胆了？”

“还好没出啥事，都找回来了。就差一点，那小子差点就把钱卷跑喽。”徐虎万幸地道。

“不是我说你，咋这么不小心呢？这要捅个娄子，得全部玩儿完。”曹戈训斥道。

徐虎频频点头应是，小心翼翼问着：“哥，那……现在咋办？人都还关着呢。”

“去，车里等着。”曹戈命令道。

徐虎应了声，快步跑向自己的车。车窗摇起，曹戈回头，后座的汪冰滢正慵懒地躺着，一夜未眠显得有点憔悴。她长长地打了个哈欠道：“哎哟喂，老曹你可坑死我了。”

“好了，安生了……老猫那儿有消息吗？”曹戈问。

“还没呢。”汪冰滢道。

“不会有什么事，连天平大字不识几个，能招的人不是浑球儿就是赌鬼，哪能懂这个？还专门把手机送回去检一下？”曹戈道。毒品找回来了，钱也找回来了，而被抢的手机却被汪冰滢专门送走了，好像说要检测一下。

虽然是安全起见，不过曹戈很是不以为然。汪冰滢笑着道：“其实咱们和那些团伙比，优势就在能提前监控万一真被动了手脚，死都不知道怎么死的。”

“快得了吧，他们那些人顶多会用手机斗地主。”曹戈道。

汪冰滢一笑，恰逢手机响起，她修长的手指一挑，页面出现，显示着两个字：安全。

两个字一显示，几秒钟后自动消失。她现在全部放心了，浓浓的困意袭来，又打了个哈欠。

“没事吧？”曹戈问。

“安全。”汪冰滢道。

“你看看，这有什么意思？”曹戈得意道。

“你也经营过网络赌博，老猫的手段你又不是没见过，给你装个小程序，谁赌谁输。这技术对于咱们像天方夜谭，可保不齐别人也会啊，比如警察，现在抓人都先抓电脑、先封电脑……行了，你和徐虎去绕一圈。”汪冰滢道，她起身下车，和曹戈换位，自己驾车离开了。

曹戈快步奔向徐虎的车，上车一挥手，去晋昊娱乐。

小心驶得万年船，绕一圈是必须的，徐虎开着车小心翼翼地问着：

“哥，您别去，我去吧，您露面不好。”

“有什么好不好的？绕一圈。”曹戈道。

“那万一……”徐虎心虚道。

“呵呵，真要让雷子知道有两箱货，那警车警察乌泱泱就来了，露不露面都一个样，总得做个样子给汪老板瞅瞅啊。”曹戈道。

“哦，那几个咋办？”

“一会儿处理……我说徐虎，你们年轻人办事不能这么不地道啊。上回出事是咋的了？怎么平子的人陷在你场子里？”

“这个……唉，怨我，那黄牛党路子挺广，我不是想挖个人吗，可谁知道撞枪口上了！”

“迟早要毁在你们这群王八蛋手里，堡垒是从内部攻破的知道不？没你们那档子事，就没有今天的事，也没有一条线整个被切的事。出来混，得有规矩，你不讲规矩，他也不讲规矩，兄弟不互助也就罢了，这互相扯后腿算怎么回事？不知道自己干什么的？嫌命长啊？”

徐虎聆听着教训，大气不敢出，车驶在黎明最后的黑暗里，缓缓靠近歌舞升平、一夜未歇的娱乐场所。那儿依然莺歌阵阵，此时已经接近了尾声……

“他们很小心啊，绕着晋昊娱乐走，想试试咱们？”谭政委疲惫地道。

揉揉一夜熬红的眼睛，拿起茶杯抿了口已经凉透的茶水。看看两眼炯炯有神还在盯着屏幕的丁灿、邱小妹，有点艳羡年轻人的意思了。

“确实老了啊，以前熬几天几宿眯一会儿该干吗干吗，现在是浑身疼啊。”贺炯随口问丁灿，“对方如果检测，会不会发现你们做手脚了？”

“不会，我们是克隆两部手机的数据，相当于一模一样复制出来，并没有改变原手机的数据，所以理论上讲，我们没有做任何手脚。”丁灿道。邱小妹挠着腮道了句：“其实我们完全可以嵌入一个小程序，方便追踪这只老猫。”

“小邱啊，未经授权地登录电子设备都是入侵，都是非法的，这么做难道不会挑战你的法理之心？”贺炯笑着问。

邱小妹吐吐舌头，没想到支队长还记仇了。她想想道：“支队长，对此我是不会道歉的，不管卧底，不管化装侦查还是什么的，和正常的执法程序很多地方都是相悖的，理论和实践差距很大的，英雄的故事很多时候相当于执法的事故。”

“老贺，她说得有道理啊。”谭政委道。

贺炯笑了笑，抚着下巴，眼珠转了两圈反问：“我同意你的观点，你们是网络新生代，我就问一句，假如我们这支队伍没有英雄的故事，假如我们警察队伍都成为乖孩子，假如没有人敢于在危难之时挺身而出，你帮我想象一下，我们的生活环境会成为什么样子？”

邱小妹一愣，无语了。不过她撇撇嘴，给了个不服气的表情。

“等找到毒源，抓到毒贩，我们再讨论程序合法的问题。我说了，责任我这个支队长扛着，你们要做的只有一件事，服从命令，服从一切命令。能做到吗？”贺炯沉声问。

两人齐齐站起来，铿锵一字：“能！”

“那就好，我命令你们，变成和老猫一样的黑客。他藏得够深，你们就藏得更深；他行事神秘，你们就比他更神秘。在他露出破绽之前，你们……不要有任何行动或者技术上的动作。”贺炯道。

两人互视一眼，齐齐点头：“是！”

“孬九，孬九……孬九。”黑暗里有人在轻唤。

“怎么了？”孬九有气无力的声音。

“不是要灭口吧？”是葛二屁的声音。

“认命吧，你比老子强多了，灭口前还来了一炮。”孬九的声音。

“来个屁呀，我刚插进去他们就冲进来了，一下子把老子吓萎了。”葛二屁道。

这话音听得有人一声长笑，听得出是连天平的声音。一听这声音葛二屁赶紧问着：“平哥，徐老虎你不认识吗？不会真把咱们灭了吧？”

“怕了？”连天平的声音问。

“能不怕吗？我见过不怕啥的都有，就没见过不怕死的。”葛二屁道。

“看差你了，老子以为你愣得什么也不怕呢。”连天平的声音。

“真利索来一刀拉倒就算了，也就不知道害怕了，这球光着给扔在水泥地上老在想那一刀啥时候来，能不怕吗……嘿嘿，干啥干啥……”

二屁头上的麻袋一摘，他又看到了那张满是麻子的脸，吓得一激灵，赶紧捂下身。

接着孬九、连天平都被摘下了麻袋。黑暗的屋子里隐隐地透着清晨的微光。对方两人，那袁玉山块头比葛二屁还壮，麻子可比平哥凶多了。连天平见麻子盯着自己，气势立马下去了，只是叹口气道：“麻哥，我认栽，动手利索点，我承你个情。”

“不急，不是说你啊平子，你们折腾得我们都差点全部跑路，都自家兄弟，你玩这手就不厚道了吧？”麻子道。

“啊呸，断人财路如杀人父母啊！徐老虎可是把我财路几乎断完了，老子磕头求谁都不给生意了。搁你，你不得把他卸几块？他算什么自家兄弟？曹哥在澳门输惨的时候，他是第一个跑的。”连天平道。

“我跟他不熟，你们的恩怨是你们的事，你自己说，咋弄？”麻子问。

连天平头一仰：“爱咋弄咋弄，今天我要求你们一声，我是小婊子养的。”

“妈的，狗咬秤砣，耗子啃铁，嘴硬是吧？”袁玉山恶言斥了声。连天平不屑一笑。可不料有应景的，光着屁股的葛二屁恭维道：“呀，大哥你真有文化。”

“嗯？”袁玉山一怔。孬九知道要坏事，老鬼还是在监狱里扫盲的，说人有文化，那是不骂人吗？果不其然，勃然大怒的袁玉山对着葛二屁就是一顿连踢带踹，可怜的屁哥一夜挨揍连呻吟的力气都快没了。

“有什么冲我来，你打他个浑人有意思啊？”连天平道。

“不急，等凑全乎了……平子，听哥一句劝，认栽了就认个，小命重要，不丢人。”老鬼道。

连天平咬牙切齿道：“给你哥儿俩认，我服。给徐老虎认，他配吗？他算什么个东西啊？”

啧啧啧，不好相与了，老鬼和麻子正为难间，门开了。一阵凉风吹进来，两人挟着一脑袋被蒙着的人进来了。一看是邢猛志，连天平郁闷地闭了下眼，自己的团伙算是全军覆没了。

脑袋上的袋子一摘，邢猛志挤挤眼，看清了，还没吭声，屁股上就挨了一脚，一个趔趄和孬九倒到了一起。没想到这也是个横人，他挣扎坐起，两眼冒火地盯着孬九，孬九惊问着：“怎么了？”

“你们出卖我是不是？老子停车那地方就你们知道。是不是你？”邢猛志怒不可遏地质问孬九。

孬九惨兮兮地道：“猛子，别介意啊，做个伴吧。干活儿不还是你出的主意？要我们还干不成呢。”

“啊呸……”邢猛志一口唾到了孬九脸上，再看葛二屁那样子，他破口骂着，“狗日货，让你马上走马上走，你非去大保健，光屁股上吊死不要脸，现在好了吧？”

面对这么有文化的辱骂，葛二屁羞愧地遮住脸无言以对了。那几个施暴者此时全身心放松了，都在乐和地看笑话。邢猛志眼光移向连天平时，连天平正睥睨地看着他。这回是两人一起被打成死狗了，彼此的眼神里自然多了一层亲近。连天平幽幽道："受罪了啊，猛子，哥对不住了，技不如人啊。"

"没事平哥，我就不信谁敢把咱们四个都灭了，只要还有口气留着，出去炸死他。"邢猛志恶狠狠地道。配着嘴角殷血、脸上胶帖的凶相，听得格外瘆人。

被刺激到的袁玉山上前就是一脚，蹬翻了邢猛志骂着："真是什么人凑什么堆啊，一个比一个横。要不是东西找回来了，早把你剁了。"

"麻利点剁，今天你不都剁了，老子看不起你啊。"邢猛志道。一个龇牙瞪眼，一个怒目相向，横到这程度的，倒把袁玉山给搞尴尬了。他气得摆摆手，示意着远远驻足的徐虎几人，那几人慢慢围上来。葛二屁紧张到哆嗦；孬九懒得睁眼，一副认命的样子；被捆着的连天平、邢猛志倒像一对，两人面不改色地看着慢慢蹲下的徐虎，只见他谑笑着慢慢抽出把一尺长的刀，刀身随意地拍拍邢猛志的脸。

"头回见抢了别人东西的，还他妈这么横啊。贵姓啊？"徐虎问。

"免贵，姓邢。"邢猛志吐了几个字。

"嘴很硬啊，从这儿豁开一个口，漏点风就不硬了啊。"徐虎拿着刀，刀尖在邢猛志的腮边慢慢地戳了进去，以极慢的速度移动。顺着刀尖，一股殷红的血慢慢地流出来。他手松了松说道："叫爷爷，爷爷今天心情好的话，说不定放你一马。"

"孙子哎，仗着人多充大爷是吧？玩这小儿科，再深点，往下点，抹了脖子看老子叫不叫？"邢猛志牙缝里迸着字，两眼冒火，神情怒极。这刺激得徐虎也咬着牙，把刀戳得深了点，那血流得更多了，整个脖子上一片殷红。

连天平怒起，脑袋顶着徐虎扑了上去，顺势咬住了他的肩膀。徐虎疼得要扬刀，眼疾手快的麻子一把捞住了。几人使了吃奶的劲才把连天平拖开，连天平尚在骂骂咧咧。

正闹得不可开交的时候，门"咣"一声开了。一个微微发福的中年人现身门口。这人像有魔力一般，全场瞬间安静了。连天平的气势眼见着萎了，愤怒的徐虎也老实了，就连凶相毕露的老鬼、麻子都露出了服帖的表情。随着那人的进来，各人自动让开了一条路。

“出去，你们。”

他一声令下，几个带人来的保安识趣地走了。

曹戈，那辆8888奔驰大G的车主，他另一面狰狞的外表在这个特殊的环境里露出来时，邢猛志犹觉如梦幻一般。

毒枭，绝对有毒枭的气质，这么多彪悍猛人唯他马首是瞻，那气势可不是一天两天能养成的。

“放开他们。”曹戈道。

麻子持刀，上前割了连天平、邢猛志等人腕子上的扎带。站回去时，曹戈一伸手，接过了麻子的刀，顺手一扔道：“你们俩一直是谁也不服谁，整出这么大事来，看来不解决一下不行了。挺横的啊，留你口气还准备出来灭人是吧？捡起来，一刀结果了他拉倒。徐虎，伸出脖子，让他来一刀。”

徐虎不敢动，连天平却也不敢捡刀。曹戈一下子怒喝了一声：“捡起来。”

连天平一激灵，捡起来了，不过表情却是很尴尬地下不了手，悻悻然半天才道：“哥，我知道错了，可这孙子挖我人，断我生意，我气不过……再说了，您落难的时候，这孙子是第一个跑到晋昊的，你信得过他？不怕他哪天把您卖喽？”

这话终于刺激到曹戈了。他上前，甩手啪一个响亮的耳光，沉声道：“没脑子的货，他是我让去的，没那条路子你能有今天？”

“啊？！”连天平愣着，傻眼了。徐虎像一个委曲求全的忠臣，慢慢站起身来，一言不发，眼睛都不看连天平一眼。

“按道上的规矩，吃里爬外敲骨拿命，吃黑扒里剁手断腿，平子，你叔把你交给我，让我很难做啊。”曹戈道。说这话的时候霸气外露，一副江湖豪霸的姿态，就连麻子和老鬼脸上的肉也抽了抽，像被惊到了。

这不是空穴来风。吃里爬外出卖同伙的要挨敲骨锤，锤敲后脊梁骨，不死也是个重残；至于吃黑扒里就是连天平这种坑了自家兄弟的，按规矩是得剁一手或者断一腿。

这时候邢猛志的后背一阵酥麻，全身汗毛倒竖。本来赌一把窝里斗可能会和稀泥解决，可没想到江湖的规矩比执法要严多了，要是搁这儿摊上个半残生活不能自理，那他妈可亏大发了。他紧张到忘了疼痛，不禁为自己的命运担忧了。

连天平此时才意识到了严重性，他低着头，拿着刀，却没有任何斗志。

“你走吧，走得远远的，我下不了手，可我也攀不起你这个兄弟。”曹戈上上下下扫了几眼，扭过身，背着手走了，余众跟着他。关键的时候可能还真是兄弟情深，曹戈放了连天平一马。此时，葛二屁和孬九的大气才敢出来，一出来，人就委顿坐倒了。

“完了完了……”邢猛志心里懊丧道。这顿揍和这一刀都白挨了，刚有希望进组织，就被组织抛弃了。他看着连天平，还真是猪队友。

不对！他看到连天平喘着粗气，额上青筋暴露，像是要爆发的前奏。说时迟，那时快，就听见连天平大喝了一声：“大哥，我不走。”

扑通一跪，左手握拳顿地，右手手起刀落，“嚓”一声朝自己的左腕剁了下去。猝不及防的邢猛志脸上给溅了几滴血，跟着看到眼前齐腕而断的一只手。剁了自己的连天平疼到全身痉挛，他一手拄着刀跪着道：“大哥，别赶我走，我也没地方去……”

话说带着颤音，连天平的脸色扭曲，额上豆大的汗滴扑簌簌往下掉，牙咬得嘴里洇着带血的唾沫，被剁的左腕汩汩流血。这狠辣劲，把要走的一行人全给镇住了。

“回冷库去吧，嫌不舒服自己滚。”曹戈对此似乎毫无感觉，凝视片刻撂了句话，背着手径直走了。

这时候老鬼和麻子才奔上来，捡着断手，搀着连天平，仿佛这货立了奇功一样。老鬼也狠狠竖了个大拇指，顺便踹了发愣的邢猛志一脚骂着：“看什么？赶紧送医院。”

“唉，好嘞……孬九，快。”邢猛志接过了人，麻子奔出来开车，孬九撕着衣服堵着伤口，连天平疼得牙咬得咯嘣直响，被几人搀到车上疾驰而去。

就剩了个葛二屁爬起来追到门口，出门才发现自己还光着呢，赶紧回来拿着破麻袋围在腰里，奔出来边跑边喊着：“等等我，等等我……”

炼狱待我入

“猛子，猛子……”

葛二屁推门进了医院的公共卫生间，小声叫着，还低头看着，像警惕似的在寻找消失在厕所里的邢猛志。

吱呀一声门开了，邢猛志龇牙咧嘴提着裤子，挪着步子出来了。葛二屁关切地问：“咋了猛子？”

“老子被打到便血，你说咋了？”邢猛志难堪地道。

葛二屁也好不到哪儿去，道：“还好没灭了咱们……哎，这便血，那不跟女的来大姨妈一样？”

“差不多。”邢猛志糊弄着。

“那简单，我一会儿去给你买包姨妈巾。”葛二屁示好。

“滚！”邢猛志怒道，和这个货说话有点丢脸。

“别呀。找你干啥来的……对啦，平哥要出院……”

“那还不赶紧走！”

两人一前一后，往住院区的某个病房去了。

两人离去的公共卫生间里，隔间的门开了。一个相貌平平、陌生的男子出来。他像没事人一样四下看看，沿着甬道下楼，出医院，步行了近一公里，才上了路边的一辆车里，在后座坐定。前座的人回头，赫然是马汉卫、武燕。

“接上头了？”武燕焦急地问。

“嗯。”男子是名外勤队员，递着手机。

“没露馅儿吧？”马汉卫关切地问。

“一人蹲一坑，他对着手机传话，我看着厕所外，能有什么馅儿可露？就是腿酸。”外勤小队员笑道。

马汉卫哈哈一笑道：“这才是名副其实的蹲坑嘛……燕子，听听。”

武燕一看，微信里全是声音进度条，一屏都刷不完。她摁了下，开始放了：“查一下连天平的身世，他叔叔叫连浙生，原来也跟着曹戈。好像是曹戈收留了他，对他恩情很重。他很怕也很敬曹戈，宁愿砍了自己的腕子也不离开……住院用的是高久富的身份证，这种行为习惯我觉得有可能身上背着案……如果背着案潜逃了几年，一直小心翼翼不用自己的身份，那大数据查不到他的信息就说得通了。

“这两天老鬼袁玉山和麻子来看了一次，吃的用的和钱都送了。好像他们以前都是收债一伙的，老拿波姐董小花开玩笑，说平哥被撵回冷库，他俩正好把平哥和波姐撮合一下。

“连天平情绪不怎么好，医生说几个月才能恢复。他昨天就闹着要出院，我们拦下了。我觉得主要还在背案身上，他对于人多的环境天生警惕，性格孤僻乖戾。除了服曹戈，除了老鬼和麻子敢跟他开玩笑，身边的人都有点怕他。

“还有，孬九被撵回冷库，回头估计我们都得被撵回去。现在安生了，我反倒不知道该怎么办了。

“再往高的，没机会接触。平哥这个人一般不吭声，两天我都没见他打过一个电话……”

几人且听且走，除了传讯，还有一部分闲聊。一场火拼倒是奠定了邢猛志的地位。不过也仅限于马仔跟班，再往深里去，恐怕很难有机会了。

“马哥，这几天也太平静了啊。平时城中村边上窝一圈吸货的都见不着了，例行排查逮到涉毒人员的机会越来越少了。”外勤插了句。

马汉卫笑着道：“扫黑除恶风卷残云扫了一批，还有什么人啊？就算有也缩回去了。”

“我看啊，是出了黑吃黑这档子事，他们静观其变，伺机而动。打击犯罪永远在路上，那因为，犯罪也永远在路上。”武燕道。

“这就不对了，你发现了没有？支队长这两天心情好了，说话不冲了，也不那么一根接一根抽烟了，偶尔还会笑一下，太不容易了。”马汉卫道。

“你什么意思？”武燕问。

“以我的经验，只要支队长变得和正常人一样了，那案子就有眉目了。”马汉卫道。

“不可能吧，有眉目我们应该最先知道啊。”外勤道。

“想知道，你得有支队长那脑袋才成。咱们支队长的风格是，不动如山，动如雷霆。表面显得越正常，那雷霆来得就越猛。”马汉卫道。

“哦。”武燕瞥了眼，不屑道，“那搁你说，支队长大部分时间都不是正常人对吧？”

“啧，怎么曲解我的意思啊？”马汉卫道。

“你不就这意思吗？你等着我回头把这一条也汇报给支队长。”武燕笑道。

“切，放心吧，随便说。”马汉卫得意地跷着二郎腿，不当回事了。

紧张的神经确实松懈下来了。一眨眼过去了三天，支队意外地放了一天假。虽然还封着队，可却让所有人轮流休息了，对外勤追得也不那么紧了。仔细想想，还真是变得正常。可这种正常在长年从警的人眼里，是最大的不正常。

武燕反应过来了，脱口道：“丁灿和小妹前天被调走了，还带走几个技术员，是不是老猫有线索了？”

没人回答，也没人知道去向，三人都是一头雾水往支队回返，等回到支队，观测点的消息也回来了：连天平、葛二屁、邢猛志都离开医院了，去向不明……

晋阳市柳巷深处一家博翰文玩店里，脑袋像盘过一样锃亮的老板把加工的玩意儿放到了柜台上。任明星拿起来，试试手感，瞄瞄平衡，然后给老板竖了个大拇指。

弹弓，木制的弹弓架子，一旁随从的周景万没想到一把小弹弓门道能这么大。

老板得意道：“搁我爷爷那代开始，这是三代手艺了。一等是十年往上的酸枣树杈子，二等是风干的枣木杈子，三等是杂木杈子。这可是一等一的好货，不怕告诉你，市里玩弓的高手，基本都在我这儿制的。”

“那你认识邢天贵喽？”周景万看老板四十多岁年龄，随口问了句。

点头，果真认识。老板小声说了：“犯事不早进去了？这拿来玩就是玩具，要用得好可是武器啊。十米内要比手枪精准得多，天贵那小子二十米内能打人眼珠子。”

“这都成凶器了啊，多少钱，老板？”周景万问。

“一把二百九十八，三把优惠价，您给整六百。”老板一比画，周景万惊得瞪眼了：“就三把树杈子磨磨要六百？”

“哟，瞧您说的，要不我出这价，您磨？”老板噎了他一句。

任明星早把东西装起了，周景万悻悻掏了钱，追着任明星出去了。

两人一前一后到了停车场，驾车的已经等候在那儿，赫然是因为辅警任务被借调到支队的王铁路大队长。他随口问了句："做好啦？"

"哎，您瞧……极品啊，我们的弓都在这儿做的。"任明星比画着。

王大队长拿手里试试，手感颇好。木质纹理细腻，弓身是美观的流线弧形。不过他可没兴趣，扔给了任明星道："哎哟喂，这是猛子准备贿赂嫌疑人的吧？两个大队长得给嫌疑人准备贿赂品，这事闹的啊。"

"呵呵，不得不说，这是我工作以来干得最有价值的事。只要有线索，我天天给他们磨弹弓都行。王队啊，多亏了猛子啊，他们这一搅和，脉络基本清楚，要是这拨人都窝着不动啊，我们真没辙。"周景万道。

"离抓到源头还早呢，他这身份顶多能混个跑腿的，队里可别期待太高啊。"王铁路道，随口问着，"去哪儿，归队啊？"

"哦，不，去兰花路，公安四处技侦楼。贺支在那儿等着咱们。"周景万道。

"嗯？去那儿干什么？哦，不乱问……我看支队长这两天情绪不错，不那么苦大仇深的了，兴许是有点眉目了。"王铁路道。

这两位一直在幕后，周景万歉意道："委屈您了王队，净把杂活儿都安排给您了。"

"不怕委屈，只要不憋屈就成……哎，对，抓捕我一定要参加啊，我在治安上有些年没摸枪了，净抓些鸡毛蒜皮的小事，都快忘了警察的本能了……一代比一代强啊，你瞅瞅，这些小警、辅警，一点都不比当年差。"王铁路艳羡地道。他只是隐约知道邢猛志成功地打入了犯罪团伙，这一回足够让他退休后吹上几年牛了。

"一定。"周景万道。

"我要佩枪的任务。"王队道。

"必须的。"周景万答应着。

任明星坐不住了，举手道："我也要，没枪我拿着弹弓上。"

两位队长呵呵笑着，不是嘲笑，而是会心地笑。

从警前可能是千人千面，可要投进警营这个大熔炉里，再多个性也熔入到一个共性里，好吃懒做的辅警任明星也开始憧憬了……

下午四点的时候，七大队队长田湘川匆匆赶回支队。一摞查到的资料被送到了在这里等待的武燕、马汉卫手里，是查到的连天平的相关资料。这个人的信息极缺，他们就换了个方式，从他身边的人查，还真有发现。

"这么多？居然这么快？"武燕惊讶道。

"你们一提醒，方向一对就快了。关键问题是连浙生这个人车祸死亡，有关连天平的线索都断了。曹戈起家时经营过屠宰场，连浙生早年在本市经营水产海鲜。他是南方人，两个人的轨迹是有交集的。六年前连浙生回乡时发生车祸死亡，之后水产生意就盘给了本市一位业主，叫董新民。他的家人迁走了。这个董新民呢有个亲戚叫董小花，这就熟悉了吧？"田湘川道。

"波姐啊，大名鼎鼎啊。"马汉卫笑道。

"连天平呢，出现得就有点奇怪了。我跑了趟街道警务点、街道办，还就都知道这个人。恰恰咱们的大数据里，没有任何信息。"田湘川道。

"那是什么原因？"武燕问。

"我不太敢下定论。农贸市场这片外地商贩啊，瞅空你们瞧瞧去，摊位上布一遮就能睡，车上也能睡，吃喝拉撒能节省到极致。人员成分很复杂，和高危人群差不多，如果有嫌疑人混迹在里面，还真不好说。"田湘川道。

"你说了半天，不太敢下定论是什么定论？"马汉卫奇怪地问。

“意思是他来我市的准确时间不可考。而且混迹在那种环境里，几乎和现代社会是脱节的。当然，也就是与我们警务依赖的大数据是绝缘的了。”田湘川道。

“你的意思是……？”武燕眼睛一亮。

“我支持你们的判断，有可能负案在逃，否则一个人不可能把自己捂得这么严实。”田湘川道。

“好，查……以前是知道负案，追逃嫌疑人；我们倒过来，假定有负案，那这案件现在肯定是挂在我们系统内某个单位里的悬案库里，如果有指纹和生物证据对比，那就有可能锁定他的真身。”武燕道。

“一定是重案大案。”

“同意，这位断腕壮士，肯定不会是小偷小摸的案子。”

“谢谢你啊，田队。”

“少来了，背后别叫我田鸡就行了。不管实战派还是学院派，我们终归都是警察，一家人。”

“呵呵，好吧，外号我起的，我道歉啊。”

“在你抓到真正的毒枭之前，我不接受你的道歉。”

马汉卫和田湘川是互不相与的同事，在找准线索之后，意外地关系向融洽的方向迈出了一大步。武燕心里暗笑着，恐怕都是被一位辅警成功化装侦查给刺激到了……

天擦黑的时候，宏运路的批发市场迎来了生意最热闹的时候。市场里大点的摊位差不多都关门了，而市场外以及沿路两旁，城郊进来卖萝卜白菜大葱的、私宰猪羊卖肉的，还有羊牛杂、小吃面摊，以及各式各样躲开城管的地下职业，天黑就是他们开业的最好时间。

邢猛志和高久富等在大门口，一个同城快件递到他手里。拆开，是一包皮子、三把弓，还有渔线、剪子之类。对弹弓神技早就倾慕已久的高久富迫不及待要了一副，邢猛志就着路灯光给他绑好了皮子。他兴冲冲地拿着一拉一射，啪唧，直接把个路灯给敲了。

邢猛志哭笑不得。这些骨子里没有法制观念和道德的人，越出格的越能让他们找到乐子。他拽着这货道："走走，低调点不行啊？"

"我得练到打摄像头那么大点的准头才成。"高久富道。

"以后作案方便？"邢猛志问。

"那可不，这不是你教的？"高久富道。

邢猛志吧唧着嘴，拍了下额头，这叫什么事啊。

高久富可不觉得，他追着邢猛志道："嘿，嘿，猛子，走走……"

两人穿过污水污血横流的胡同，就是冷库的后院。这个像城市疥疮一样的存在，脏乱差的程度会挑战你的极限神经。空气里弥漫着鱼腥、血腥的臭味，不经意一脚就会踩到粪便或者什么内脏。就这环境居然生活着很多人。

两个屋子两桌麻将、两圈斗地主，还有围观者。高久富和葛二屁招到的两个赌鬼王云标、麻秆儿也都在，瘦骨嶙峋得都快脱相了，一看就是吸食人员。其中多数是那夜和邢猛志PK过的，邢猛志在这里自带着威慑气质，这些人里还有伤还没好的呢。

孬九进门挤了个位置，加入到诈金花的行列。邢猛志不会玩，坐在角落里，拆着包裹，绑着皮子。正忙着，赌客堆里有人跳下了床，蹲在墙根，撕着烟盒纸，嘴里一舔，湿过的地方一搓，就剩下亮晶晶的锡纸了。这货不知道从哪里抠出白面面来，小心翼翼往锡纸上一撒，嘴里含一口水，一手拿锡纸，一手用打火机一熏，冒出烟时，他嘴嘬着一吸，满脸都是好不惬意的表情。

这是邢猛志见过的吸毒的最高境界，根本不用工具，随时随地可以来两口。那嘴能练成天然的冰壶，近距离吸入超过一百摄氏度的烟雾在嘴里过滤，居然一点都烫不着。

"老五，留点留点。"

又有个凑上来了。这位吸食的把剩下一点的锡纸给他，这个熏着，也惬意地来了口。再看地上，扔下的锡纸有一小堆了，邢猛志叹了声，心里复杂得不知道是什么感觉。

这里几乎是一个人渣集中营，一半是赌得倾家荡产，一半是抽到卖房卖地，都是已经没有任何希望的人。负债累累和东诳西骗让他们连起码的人品也赔得一干二净，都过着不能用证件、不能见熟人、不敢见债主，甚至不敢见任何亲人的生活。每个人都在努力地把自己活成这座城市里的行尸走肉，哪怕有一张钱也得抽了或者赌了，丝毫不去考虑明天太阳升起以后的生活。

如果说黑金是滋生犯罪的温床，那绝望就是最好的催化剂。在这些绝望的高危人群里找几个卖命的太容易了，何况他们根本都不在乎自己这条烂命。

“咚！”门开了，一堆肥肉挤进来，几乎和门同宽。这里的主人波姐出场了。对桌上聚赌的小钱，波姐偶尔会抽几张当茶水费，蹲在角落吸两口的，波姐一定会踹一脚骂两句，那被骂的嘿嘿笑几声丝毫不以为忤。这些人就靠着波姐分配点脏活儿累活儿挣俩小钱胡混着，她是这里绝对的王者。

“孬九、二屁……还有你，叫什么？”波姐指着邢猛志，态度不太好。邢猛志没理会她。在搓牌的二屁随口道：“他叫猛子，我兄弟……我去！臭牌。”

“别玩了，别玩了，你们仨来，平哥叫。”波姐嚷着。一听平哥叫，三人离桌。孬九小声问着：“啥事？”

“我哪知道？”波姐道。

“平哥心情不好……哎，波姐，明儿换药你得去啊，我们不方便露面。”孬九道。

“咸吃萝卜淡操心。”波姐以骂代答，没理会。三人鱼贯而出，波姐自外头关上门。邢猛志最后出来，嘟囔着道：“孬九，这地儿太危险了吧？聚赌、聚众吸毒，一帮子赌鬼，就雷子不逮，让债方堵着也容易出事啊。”

“不会，债主不搁那儿吗？”孬九指着波姐笑道。

“嗯？！”邢猛志愕然看了眼，没明白。

“哎哟，不知道了吧？网赌最大的盘口，诚信在线的代理，重量级美女庄家，可不就是咱们的波姐了？这是抓得严撤得早，否则波姐早成千万富婆了。”孬九夸道。

波姐却是没好气地杵了他一拳骂着：“不说话能把你憋死啊？”

“自家兄弟，没事，以后没准咱们得跟着他混呢。”孬九道。

“啥意思？都混不下去了，谁跟谁啊？平哥这一伤，怕不得几个月吧……哎，对了，等伤好点，我回山里啊。没吃着大户还惹了一身臊，我图什么啊我？”邢猛志发着牢骚。

孬九一揽他的肩膀道：“回什么山里啊，有的是赚钱机会。现在风头紧，要稍松点，这一堆炮灰出去就都是钱，不紧不慢，一天几万。”

“这卖海鲜的地方，都被你吹出牛来啦？”邢猛志取笑道。

“呵呵，到时候你就知道了。”孬九神神秘秘一句，不再多话了。

难道是用这些赌鬼和毒鬼运货？逮不住拿钱，逮住就是自己吸食的，顶多强戒，或者连戒毒所都不愿意收，出来还贩？

邢猛志脑子里闪过一种最可能的作案方式。这种方式不可谓不危险，起码这些货落网是经不起审讯的，三句话就把人都交代喽，顶多能当最后一公里的送货员，不可能参与大宗买卖。

他还没想清楚，路程就结束了。绕过后院，往楼上走，一个精致的小套间就是连天平的住处了。房间中央还摆着茶具，那个断腕大哥正坐在小沙发上喝着茶，抽着烟，看着鱼贯而入的几人。他一示意，波姐知趣地从外面关上了门。

几人唤了几声，都是关切和安慰。连天平抽着烟，愁苦地从三人脸上扫过，歉意地道：“是我连累你们了啊，本来想狠捞一把，干徐老虎那孙子一通，结果把咱们自己给折进去了。唉，没想到他们这么厉害，前脚还没跑后脚就追上来了。”

“还不是咱们吃了没文化的亏啊？我打听了下，现在摄像头高级着呢，你屋里只要放一个，人家在外地都能看到，那叫什么来着？估计他们用的就是这个。早知道该让他俩蒙上脸。”孬九检点着这次失误。

“没用，你开着手机，定位很容易。车库里也有摄像头，如果车里有装的，你也露馅儿了。就那辆帕萨特，现在几百块的倒车影像就有停车监控功能。”邢猛志道。

这可把孬九说得吧唧嘴了。连天平抬抬眼皮，赞许地看了邢猛志一眼。邢猛志赶紧解释着：“我好歹也在辅警里混过几天。现在手机是最危险的，所以最好的方式就是单干，和现代技术绝缘。”

葛二屁听明白了，气愤地道：“不早说，好几十万呢，还没来得及花呢。”

“我说了，你听啊？我都提醒孬九了。”邢猛志道。

孬九挠着脑袋，懊悔着。倒不是觉得抢错了，而是觉得抢了被抓，实在不该啊。

“好了，都过去了，跟你们说个事啊。我呢，眼瞅着仨俩月怕是什么也干不成了。曹哥在气头上，再用我还没准到什么时候了，也不知道还能不能给碗饭吃。你们也不能跟着我喝西北风啊，唉……”连天平唉声叹气，看着三人都一脸蒙，理解力够呛，他干脆直接说了，“老鬼兄弟联系我了，他那儿缺人手，你们谁想去，我给牵个线就去吧，挣得肯定不少。”

“就是那个……”葛二屁想着这个熟悉的名字。

“对，你说人家有文化，然后揍你的那个。”连天平道。

“不去不去，那孙子下手多黑啊。”葛二屁头摇得像拨浪鼓。

“你可想好啊，逮着机会了，一个月挣几万跟玩似的。”连天平道。这一句说得葛二屁动心了。他挠挠唇边，撇撇嘴巴，那是心里实在痒痒了，却当着面不好说。

连天平笑笑直接问道：“孬九，你呢？”

“老鬼就在监狱里也是牢头级别的，干大活儿的主儿，我没那胆儿。”孬九摇头了。

连天平眼光看向了邢猛志，征询着，邢猛志摇头。

“怎么？和钱有仇啊？”连天平问。

“信不过，不去。”邢猛志道。

“那信得过我？可我折了。”连天平黯然道。

“就冲您顶开徐虎捅我那刀子，我信得过。没您断腕扛着这事，我们估计得缺胳膊折腿。”邢猛志凛然道，找到了一个无懈可击的效忠理由。

连天平凝视了他几眼，然后笑了，长长地舒了一口气，靠着沙发背，然后莫名其妙地道了句：“出来吧。”

里间的门吱呀一响，老鬼、麻子现身了。一现身葛二屁倒吸凉气，连连退后。这两人是他的克星，莫名地让他有恐惧感了。

连天平却是得意地笑着：“鬼哥，听到了吧？兄弟就是这么来的，他们跟着我宁愿喝西北风，也未必能被你用俩钱买走。有活儿你给分点没问题，要带走人，恐怕不行。”

老鬼和麻子互视一眼，麻子审视着几人，妥协了，直道：“好吧，我们挑个人帮忙，谁愿意去？”

“他！”

孬九和邢猛志不约而同，齐齐指着葛二屁。葛二屁紧张地瞅着，不悦地嘟囔着：“少讹我，我不去。”

“去吧，当我安排的……你们下去等着啊，我和鬼哥说句话。”连天平笑着道，把三人打发走了。

门关上时，他的笑容却消失了，又是莫名其妙道：“恭喜你啊，鬼哥，你猜错了。”

“啧！”袁玉山吧唧一下嘴巴，有点失望地道，“咱们这行啊，凡和穿官衣有牵连的，都有危险啊，何况他穿过。”

“警察里都不缺黑的，何况是个临时的！他要是有问题，那两箱货早把徐老虎命给送了。你要能再找个车上拉炸药，抢了货和钱揣着就跑的警察，我这条胳膊也输给你。我逃了十几年了，要没这点眼光，早被崩了。”连天平做了一个枪打头的动作。

“这是个什么人？我倒觉得横起来和平子你差不多，呵呵。”麻子笑道。

连天平抽着烟，仰着头，给了两人一个答案：“亡命徒，干大事的主儿。”

两人俱凛然，良久无语，似乎对这个答案并无异议，仅有的一点怀疑此时也去得干干净净。

这一夜，葛二屁被带走了，一夜未归。在恶臭环境里的邢猛志辗转难眠，这里回归到了最原始的钩心斗角。对方摸不清他的底子，他同样无法获知对方的真实想法，一切都要靠判断，这一次试探让他更警惕了。

真相，可能只有一步之遥。可踏出这一步是柳暗花明，还是万劫不复却无从知道……

歧路几沉浮

十月二十一日九时十九分，高速路口晋祁段，出城的车辆排成了长龙。荷枪实弹的警察在排查着大货车、货厢车辆。连平时绿色通道畅通无阻的冷链车、蔬菜供应车也被拦停检查。除了警察，难得一见的警犬都出动了。有台貌似拉着违禁物的大货司机弃车逃路，然后被一群警察围追堵截。这一奇景引起围观者甚众，导致交通堵塞长达两小时之久……

当日十四时四十四分，刘庄城郊村。十余台警车，三十余名警力加上地方治安力量，对该地出租房、临时厂房、三百余幢温室大棚进行了突击排查，抓获了聚众吸食毒品、聚众赌博人员十余人。这些因为扫黑除恶躲到乡下的嫌疑人没想到警察追来，被抓的有几个根本就是缉毒四大队参案人员熟悉的嫌疑人。

二十三日十九时二十分，晋钢旧厂区开进了二十余辆警车。这一带二十几家收破烂的、三十多家铸造小五金的，还有上百个大大小小的仓库，被到场警察地毯式地来了一遍排查。查出来的疑似被盗车辆、五金甚多，意外地查到了一家储藏假烟的仓库，估计是奸商囤积准备过年销售的货，整整拉了一卡车。

二十四日六时四十分，晋源、缉虎营、长乐、大城等五区，不知道去了多少警车和警察排查，排查地点是各区农贸市场的供应链。凡未通过检疫的牛羊肉一律查扣，并追查来源。当天上午连续查封了四处私人屠宰场，相关嫌疑人挨个儿被传唤到了辖地派出所。

二十五日十时，两辆警车自市环保局开出来，对着环保局提供的详细的污染源数据，排查地又开始锁定整个市辖区的小化工厂、洗选煤厂、家具及造纸印染行业小厂。不管关停与否，都有属地警力负责到现场排查，所有现场都留证备案。

此时，二十六日十六时四十分，晋阳市禁毒支队。

像走马灯一样一屏一屏显示而过的排查场景，映射在谭嗣亮政委的眼眸里。他显得很无聊，捉王八逮着乌龟的事很常见，连续两天的大面积排查抓了一批聚赌的、造假的、有案底潜逃的，偏偏就没找到任何想知道的线索。

“老贺啊，局里给咱们的这个特权时间，不会很长吧？”谭政委随口问。

能够跨警种指挥民警、特警协同排查，支队是不具备这个权力的，也只是因为新型毒品的案子局里给开了绿灯。贺炯笑笑道："两三天吧，这次可是伸手伸得已经突破徐局的底线了啊。要是没个像样的结果，徐局估计得把我撵到后勤上了啊。"

"没什么不好的，都是为人民服务嘛。我当采购，你当大师傅，咱们还搭档咋样？"谭政委开着玩笑道。

贺炯一撇嘴斥道："沾光讨便宜是吧？先把轻活儿抢了。"

"呵呵，能者多劳嘛。"谭政委笑道。看贺炯闲下来了，他很识趣地把桌上的烟盒推过去。贺炯笑了笑，没点烟。

"不知道我们会一鸣惊人，还是一败涂地啊。"谭政委神神秘秘道。这个表象如果让属下看到恐怕也会把心里的大石头放下，领导的行为细节其实可以看作是案件侦破的晴雨表，只要贺支队长不是皱着眉头一支接一支抽烟，那就是大局已定了。

"犯罪方式的复杂性取决于量刑的轻重。涉毒是重罪，所以这些作奸犯科的家伙，都在绞尽脑汁规避排查、侦破以及刑罚。这种案子都是独立的，没有经验可循，而且越是确定的方向、目标，越得打个大大的问号。"贺炯若有所思道。

"方向、目标不确定，反而有把握？"谭政委笑道。

"对，赃在人在，赃走人飞啊。咱们换一下思路，不要期待在抓到毒源毒品证据之前锁定毒枭，那没有意义，以现在的法制环境钉不住人。猛子的做法给我们提了个醒，还是得把他们撵得鸡飞狗跳不得安宁，嗅到危险开始转移或者跑路，我们才可能有机会。"贺炯道。

"可惜，他能接触到的层面太低了，你看……"谭政委换着一屏的监视。那是外勤远距离拍到的场景，那位支队倚仗的传奇侦查员，正在宏运路农贸市场里卸货。那可真是本色了，工装、锅盖头、背上一扛就是半人大小的货，干得正起劲呢。

一股子微微的暖意袭来，贺炯悠悠叹了一声。几天前还站在这儿指点案情，一眨眼就换一种存在方式，而且换得惊心动魄艰难无比。蹚过这么多危险，也就换了个在连天平身边干活儿的营生。

“他做得够多了，不容易啊，接下来该我们了……嗯，湘川怎么还没来？”贺炯像是自言自语道了句。话音落时，敲门声响起。应声而进的是田湘川、武燕两人。看两人喜出望外的脸色，贺炯已经揣测到差不多有谱了。他随口道：“说说，什么情况？”

“我们把方向缩小为恶性犯罪、七年以上、跨地区的悬案。这个量不是很多，找到一个疑似的点，支队长您看。”田湘川拿着电脑，显示的是两枚指纹的比对图。重合点为四个，这个无法判断为同一人的指模，原因一看便知，查到的旧案现场只提取到了凶手半个指模，而且是血指模，不甚清晰。这是十一年前的提取技术，复刻成电子版之后，还有可能存在误差。

“这是个什么案？”谭政委道。

“故意杀人案。死者是一个经营矿山机电设备的女老板，案发时她一个人在商铺二楼睡觉，凶手是撬窗而入。根据原始案情分析，应该是入室盗窃，被发现后，转而变成了杀人抢劫。现金以及这个受害人身上的首饰都被洗劫一空。”武燕道。

“十一年前？那连天平岂不是还未成年？怎么联系到他身上的？”谭政委道。

“案发地为浙省银华市，距连天平的老家二百余公里。在他老家这个商业发达的地方，有一多半人都在全国甚至全世界各地做生意，基本都是十五六岁就出门打工赚钱了。刚出来，选了一座离家不远的城市，非常有可能，而且连浙生的老家就在银华市。我们暂时没有惊动他的家人。”武燕道。

“这只是个猜想，指模比对四个重合点是什么概念？”谭政委道。

“建立嫌疑没什么问题，如果去掉实体证物转化电子证物的误差，可能还要多点证据。这种命案，当然得慎重了。我建议通知当地警方，看是否能提供这些现场生物证据，来一次DNA鉴定。”田湘川道。

现场的证物有皮屑、碎玻璃上的血迹，疑似凶手留下的。即便当时破不了案，这些生物证据也会被永远封存起来。谭政委思忖后点头道：“如果是一个负案在逃的人，而且是命案，那之后大数据几乎查不到他的信息就说得通了。就像猛子现在这种环境，我们的警务还真很难触及……老贺，你看呢？”

“通知属地警方提供现场生物证据比对。我估计呀，十有八九是他。”贺炯道。

两人得令，田湘川抱着电脑和武燕离开。将出门时，武燕被喊住了。回头时，政委和支队长都笑吟吟地看着她。她看看自己，一身挺合适的便装，好奇地问着：“哪儿不对吗？”

“不不，很对很好。”支队长道。

“那……那我更迷糊了，哪儿很好啊？又想给我介绍对象？”武燕警惕道。

谭政委哈哈大笑道：“别紧张，我和支队长是觉得你变化挺大，原来毛躁样子，现在稳重多了。原来和湘川是死活不对眼，现在搭档得挺好嘛。好，这样就对了。我们一个队伍里，如果有派系、有成见，那就什么也干不成了。”

“哦，这事啊，要说专业素养我还真不如他，虽然婆婆妈妈了点。”武燕笑道。

“哟，学会谦虚了，还是原来的燕子吗？能让我知道下怎么变成这样的吗？”贺炯笑道。

“很简单啊，能早一天破案，能早一天抓捕嫌疑人，那他就早一天归队，早一天离开危险。”武燕道。她说这话的时候，眼睛不由自主地看着分屏上定格的照片。哪怕很模糊，哪怕是个远景，她也能一眼认出是邢猛志。

支队长和政委互视一眼，那会心的笑容又露出来了。

政委给了武燕一个满意的答案：“快了，大案面前，我们支队前所未有地空前团结，众志必将成城。”

武燕也笑了，笑过之后，庄重地向支队长、政委敬了一个礼，轻轻地出去了……

葛二屁一去就是两天多，第三天天将黑的时候回来的，进大门看到邢猛志正在指点孬九打弹弓。孬九这把式可就差远了，放在墙头的易拉罐十打九不中，一直吧唧嘴。隔着一倍的距离，葛二屁掏出弹弓，手起弓落，瞄都没瞄，叭一声把易拉罐打飞了。

惊声回头的孬九气得骂了句：“把你狗日的能的。”

“嘿嘿，不行就不行。这玩意儿你没个一两年工夫，玩不转。”葛二屁得意地扬着手里的弹弓，那是走时邢猛志送的，手感可比他自己粗制滥造的要好多了。

孬九又瞄一个，蒙住，叭一声打飞了，一下子信心大增，嚷着：“看看，有多难似的。”

“那你来个难的，猛子，双龙抢珠。”葛二屁道。

“好嘞。”邢猛志掏出家伙来。

孬九不知道两人玩啥花样，瞪眼瞅着。就见葛二屁一蹲，一拉弓，跪式射击，叭一声打在墙头易拉罐的底子上，那罐子旋转着飞起来了。这一刹那邢猛志嗖一声出手了，飞起来的罐子叭声又响，被击中飞远了。两人配合得恰到好处，把孬九看得直流口水。

“厉害不？”葛二屁调戏着孬九。

“把你嘚瑟成那样。”孬九郁闷了。

“别逗了，孬九进步挺快的……屁哥，这弓好用吧？”邢猛志道。

“必须的，太好用了。弓门九十正准，这种大弓门都不好买。”葛二屁道，又在试射着。瞅这家伙嘚瑟的样子，邢猛志用胳膊肘捅捅孬九。孬九一看会意了，翻着白眼问着：“二屁，赚了多少？”

“你猜。”葛二屁更得意了。

“扯淡不是？我猜一百墩你拿得出来？”孬九骂道。

“一百墩咱倒是不敢想，可一两墩还是有的。”葛二屁得意地一掀衣服。胸口口袋里厚厚的两摞钱，两万的样子。

两天两万，这也不少了，最起码让经济拮据的孬九眼睛亮了。他脱口道：“见面分一半啊。”

“卧槽，你比鬼哥还黑啊，你俩分一半。”葛二屁道。出于阶级兄弟的感情，他实在不好意思独吞，分出一摞来。邢猛志顺手把孬九的手推开，钱让回去了，直道：“别价，请顿客就行了，好容易赚点辛苦钱我们怎么好意思拿？”

“没事，不辛苦，就打了一堆包装箱，吃得好睡得好，鬼哥给了这么多我都不好意思拿呢……给，别说兄弟我不仗义啊。”葛二屁谦让着。

这哥们儿虽然有点浑，但绝对是讲义气的。有钱一起花，有妞一起嫖，那是做人的信条，给钱绝对是真心实意的。谦让不过，孬九跟邢猛志分了一半。三人商量着出去打打牙祭吃顿好的，可又觉得不妥。这些天平哥一个人窝在家里都没出过门，连换药都是波姐请的医生直接上门。三人嘀咕着，是不是得喝水不忘挖井人，把平哥也叫上。

这可有点难度了，挥刀断腕那档子事让平哥有了绝对的权威，可也在他们心里留下了绝对的威慑，这号狠人怕是连老鬼那样的老江湖都未必下得了手。

“我觉得咱们仨一起去请，平哥性格虽然孤僻，但绝对够意思，是个好人。我们呢得多劝劝他，不能老一个人闷着，你们说呢？”邢猛志用了“好人”这个词定义连天平，他自己都觉得别扭。

不过在兄弟们的眼里，有钱一起赚、有难独自扛的，绝对够得上“好人”的称呼。葛二屁点头道：“对，要不是平哥这一刀，咱们怕是难过了。”

“那走。”孬九带着两人，径直去后院了。

转过巷抬头时，邢猛志不自觉地愣了下。可能是早得到了消息，连天平正在楼口瞧着，吊着打着绷带的石膏模子，一连几天惨兮兮的样子，今天却像打了鸡血一样，元气满满、笑容满满地看着几人，随口道了句：“上来吧，订上菜了，一块儿喝。二屁，赚了吧？”

“哎哎……嘿嘿。”葛二屁边应声边傻乐。

三人拾阶而上，邢猛志关切地问：“平哥，你这伤，能喝吗？”

“小花雕又不醉人，就好这口啊……进来吧。”连天平道，他掀着门帘。

坏了，这是有事？邢猛志心里咯噔一下。礼下于人必有所求，很适用于这个世界。

或者是好事？有眉目了，邢猛志心里暗道。神经一下子又抽紧了，迅速想着可能出来的情况以及最佳的对策，他知道这时候一步都不能走错。

刚坐下，没想到葛二屁马屁拍得不错，早有准备，腰里揣了几盒大重九给连天平递上去，还傻呵呵地解释着：“老鬼发的，一百块一盒呢，我没舍得抽，给哥你带回来了。”

“哈哈，好嘞，谢了啊，那得一起抽。”连天平笑道。孬九帮忙拆着烟盒，各撒一支，对火点上，烟雾腾腾地一冒起来。孬九兴高采烈地问道：“平哥，是不是老大给咱们派活儿啦？”

“嗯。”连天平笑着点头道。

孬九高兴地一拍大腿道：“就是嘛，我就说了，冲哥你这忠肝义胆，老大他不能找别人啊。”

“哎，不对不对。话是这样说的，虽然是叫哥，可曹老大跟我叔是一辈，就我这样啊，也就曹老大敢收留。这人得知恩图报啊。哎呀，这事整的。我一直以为徐老虎是嫌贫爱富去舔老晋的屁股，谁承想，这是曹哥的计策，计策懂不？”连天平格外兴奋，笑着道。

不懂，葛二屁和孬九直摇头。连天平看向邢猛志，邢猛志想摇头，可装傻就不擅长了，他好奇道："我倒是懂，可不理解啊，反正我是单干，我就觉着，这黑事知道的人越少才越安全，牵涉越多越容易出事啊。"

"嘿，对喽，猛子脑瓜好用。"连天平道，一转折又否定了，"但还是不够用。"

"那当然，要够用不也当老大了吗？"邢猛志道。

"有机会的，有些钱真不是一两个人能赚的。刚才老大说，现在叫什么，共享经济……得学会分享，其实和咱们说有钱一起赚是一个道理，只不过老大眼光更高更远，唉……这事闹的，是我对不起大哥。"连天平道，言语中流露出的竟然是深深的愧疚。

人总是有感情的，哪怕是烂人坏人。他们的情感很可笑，比如有些山炮就是警察把枪顶他脑门他都敢嚷敢骂，比如有的浑球儿打砸抢了都不觉得自己做错了，那真不是装的，他内心其实就是这么认为的。这类直肠子和拗性子的嫌疑人从警务的角度去看就可怕了。

因为他们犯罪纯属自觉自愿，哪怕败露也只会归咎于运气不佳，而不会有任何悔罪表现。

几人热火朝天地聊着，电话来了，是送餐电话。邢猛志赶紧起身道："我去，哥几个等着……哎，平哥，垃圾我给你倒了。"

那俩被平哥说得发财心动的自然求之不得，邢猛志拗着垃圾塑料袋子快步下楼，奔到市场门外，外卖小哥已经在慢吞吞地开着摩托车后的箱子了。邢猛志奔向近前时，远远地把垃圾往前方一扔。那快递小哥已经快速在说着："家里传话，一切小心，察觉危险可以随时撤离。"

"知道了。"

"家里正在加大排查，以期打草惊蛇，来一个围捕。具体时间会在门口通知你。"

快递员指指农贸市场乱七八糟的小广告，其中一幅就是传讯的明码。联系用的是最原始的方式，每天会换人在农贸市场逗留，估计连天平今天的订餐被支队大数据捕捉到了。

“知道了，今天葛二屁回来了，连天平心情很好，看样子，可能会有什么动作，再具体就不知道了……对了，家里要的DNA样本那包垃圾里可能有。”

“好的，老猫即将锁定，你的任务完成得很好。抓捕开始后，会有人带你归队。注意安全，目标涉嫌故意杀人。”

这句话让拿吃食的邢猛志心里咯噔了一下。他点点头，拿起东西付了钱，头也不回地走了。

那位“快递员”技术颇佳，驱车前行不远，在垃圾袋旁放慢速度，脚轻轻一挑，悄无声息地带走了垃圾。嘈杂而凌乱的夜市街上，没有人注意到这一幕。

邢猛志这些天就是这样度过的，与他接头的可能是买菜的中年男，可能是蹬三轮的苦力，可能是挑担的乡下人。禁毒支队的化装水平让邢猛志叹为观止，可恰恰进入团伙的是自己这样业余的，但现在也不具价值了。

想到此处邢猛志有点黯然落寞。家里在厉兵秣马排兵布阵，那不知道在什么地方的团伙一定已经开始紧锣密鼓地准备，恰恰连天平这个可怜兄弟要闲下来。邢猛志几乎可判断出，连天平扮演的角色和自己没有什么两样，会是炮灰，会是弃子，会是舍车保帅的那个车。

“来了来了……平哥，咋订了这么多啊？”邢猛志强装欢颜，进了门，摆着菜。此时再看替自己挡了一刀的笑吟吟的平哥，他心里奇怪地有种愧疚的感觉。他知道可能不久之后，不管是他动手，还是上头的老大支使，都会将这个耿直的嫌疑人送上一条路：绝路！

“来，哥。我得先敬你一杯，有句话我知道说出来不合适，但我憋得慌，我得告诉您。”邢猛志举着酒杯，很诚恳地道。

连天平一饮而尽，顿着酒杯道：“自家兄弟，有什么不能说的？说！”

“我想……走。”邢猛志犹豫了一下，直接道。

“啊？”连天平脸色骤变。那俩怔了，孬九愤愤道：“咋了？谁惹你了？”

“不是，真别误会，这些天我想了很多。平哥您被警察逮过，孬九、二屁，包括我，都上榜了。咱们四个是实打实的兄弟，同病相怜。这些吧我倒不在乎，在乎的是啊，咱们一被警察盯上，可相当于有污点了，不可能被重用了。”邢猛志道。

“什么意思？我咋没明白？”葛二屁愣着问。

“别打岔，继续说，所以你就要走？”连天平反而安静了。

“对，平哥，我真不是挑拨你和老大的关系啊，这事是明摆着的。咱们肯定被警察盯上了，之所以没被抓，就是事还不够大，人家想放长线钓大鱼。老板不可能想不到这儿，可要想到这儿还用您，那就不好说了。”邢猛志干脆实话实说。在座的除了葛二屁，都不傻，这节骨眼还当出头鸟，不是脑子进水，就是根本没脑子。

孬九眼神黯了，扎心了。葛二屁嚼着吃食，给吓了一跳，即便想不到这儿，也被邢猛志点明了。他瞪着眼道：“平哥，猛子脑子好使，没错啊。那些雷子鬼着呢，要弄你的时候不声不吭就弄了。黑标、毒强可都还在里头呢，保不齐被挤出点什么事来啊！”

孬九的脸上苦色更甚，虽然没加砝码，可也被这哥儿俩说得疑神疑鬼了，他轻声提醒着：“哥，黑标和毒强扛得住，秦寿生未必扛得住，不得不防着点啊？”

连天平的脸色听得变了几变。他脸上的狠辣一闪而过，嘿嘿一笑，一大杯子酒一倒，给几人倒满，一拍邢猛志的肩膀说：“和我想一块儿了，我在这地方待了七八年，也该挪窝了……一起走，咋样兄弟？跟着我，就这几天，趁着好日子一起撤。”

“去哪儿？”葛二屁咧嘴问。

“哈哈，找个钱多妞靓的地方浪去呗。”连天平笑道。

"那成，这叫啥来着……"葛二屁兴奋了。

孬九替他补充了："你说理想？"

"真有文化，不过还差了点，我说的是梦想。"葛二屁端着杯子往前伸，"敬哥一杯。"

邢猛志没有端杯。连天平笑吟吟地看着他道："猛子，你要真觉得我们没出息，要弃兄弟们不顾自己走，那没说的，给你取点钱送你走。"

"那倒不至于……平哥，您这是还想干一票再走吧？"邢猛志忧虑地道。

连天平放下杯子，竖了个大拇指，点点头："手里有枪，兜里有钱，那才叫逃亡。光着屁股走，那叫逃难，你看我像逃难的吗？"

"不像，可您这伤？"邢猛志关切地又问。

"兄弟啊，仁义，我听出来了，左右都是担心我，谢谢了……来。"连天平举着杯子邀请着，"要真担心我，就帮哥哥我干这一票。成了，远走高飞逍遥快活；成不了，有哥这颗脑袋前头顶着，轮不着你挡枪子……给个痛快的，干不干？"

要干一票了，孬九激动得直咂吧嘴，葛二屁早两眼放光了，唯独邢猛志眉头紧皱，尴尬不已。他本想以稳妥的方式结束自己这个角色，却不料连天平入戏比他还深，真把他当成可以生死相托的"兄弟"了。

"啧啧啧，什么意思啊？吓尿裤了？"葛二屁怒了。

"滚。猛子不干则已，要干比咱俩绑一块儿都厉害。"孬九训了句。他也认可这个同伙了，毕竟邢猛志有过不少惊艳表现。他劝了句道："猛子，像咱们这样的穷逼货，搁社会上没人正眼瞧咱一眼，也就平哥仗义，肯出面替咱们扛那一刀。要是这样你还觉得不够意思，要走，那我也不说了。"

这么推心置腹的，把邢猛志给逼到不得不表态的境地了。他二话不说，拿起大杯子，咕嘟一口一饮而尽。杯子重重地顿在桌上，只见邢猛志咬牙切齿，发红的两眼露出狠色，豪气干云地来了句："干了！要么快活，要么快死，总比窝囊成这样强。"

"说得好，干！"

"干！"

几只杯盏重重碰在一起，昏黄的灯光下几张狰狞的脸，俱露出疯狂之色。毫无疑问，不管是作案的，还是查案的，这都将是——一票大的！

玄机一刹悟

十月秋高！随着最后一只秋老虎带走了炎热，北方的清晨会冻得来不及换装的行人瑟瑟发抖。每到早晨，窗前已经开始挂上一层细细的霜白，那预示北方的冬天快来了。

鲁江南轻轻地抹了抹观测镜上的霜层，把帘子小心翼翼地遮挡好，让镜头自花盆的缝隙伸出去，正对着十一楼那个拉着帘子的窗口。

这里是千峰路宝利华小区，是他的辖区。这里发生过"抢劫"案后，他负责在这里设点，一直观察着那个没人的窗口。

"队长，您歇会儿吧，都看了几天，没人。"一位队员道。

"是啊，我也觉得不会再有人了啊，可支队长说一定会有。"鲁江南道。他不太明白上层的意思，这里发生黑吃黑之后，两名受伤的嫌疑人是被晋昊娱乐的保安背走的。他们时机抓得很巧妙，在110到场前就把人带走了。之后嫌疑人在医院仅住了一天，又不知去向了。

"真不知道支队这是干吗呀，咱们都快憋疯了，愣是没点动静。"队员发牢骚道。

"捉人没赃，一场空忙。涉毒犯罪中我们抓到中高层贩卖嫌疑人机会并不多，现在就让抓，有什么用？抓不到毒品，还不是瞎忙乎？"鲁江南道。

“如果真是大宗贩运，那掉脑袋的活儿，没有准确信息，也不可能让咱们逮到啊。”队员道。

“所以得有耐心啊！你就是猴屁股坐不住，这次支队可是下狠心了，从来没有封队封过这么长时间……”鲁江南回头道。正要再说话，那队员眼睛一愣，睁大了一圈，惊愕地指着观测成像屏。鲁江南一回头，表情雷同。那个密闭数日的窗帘拉开了，一名男子半身像清晰地显示在观测镜里。

“就是他，孙仁！后面那个是石国中。这两人吃了熊胆了，还回来？”队员愕然道。

观测镜里，两名三十岁许的男子，中等身材。孙仁短发，石国中长发。两人正放下行李箱，像是远出归来，一个在收拾凌乱的房间，另一个瘫在沙发上抽烟。鲁江南兴奋了，喃喃道：“厉害啊，贺支怎么知道一定会回来？”

“猜的吧？”队员道。

“如果让支队长猜到行踪，那他们就快玩儿完了，快，传回去……”鲁江南提醒道。

“就是他！”

会议室里，一位警服男指着孙仁的体貌道：“我在滨海抓到的毒贩指认供货人，就是这个人，刚刚重新确认了一下。”

谭政委递着详细资料道：“一个叫孙仁，一个叫石国中，他们刚刚回到市内。伍大队长啊，要资料我们可以全部提供，要人可得等等了。

“有指认完全可以形成证据链，甚至可以通过他们找到毒源，我们怀疑毒源就在这里。蓝精灵流在我市市面上的不在少数，应该都是这拨人干的。”滨海警方来人诧异地看着贺炯，带着质问的眼光。

“别误会。”谭政委示意周景万送人，客气道，“除恶务尽，除毒务尽……这样吧，伍队长，给你一个行动小组，时机到了，您亲自带队抓捕。”

那队长兴奋了，起身敬礼，随着周景万出去了。

谭政委关上门回头时，贺炯还在盯着回传的影像看。谭政委提醒道：“连天平的DNA和浙省警方提供的生物证据吻合，可以确认他就是十二年前入室杀人的凶手。兄弟单位的人今天晚上会到。老贺，我不动手可说不过去了啊。”

“时机，时机，他们肯定在选最佳的时机。这个时机不到，憋死也不能动，一动就是前功尽弃。”贺炯道。

“天网恢恢，还有不漏却疏的时候。什么时候才是最佳时机啊？”谭政委问。

“你问我，我问谁去？”贺炯呛了句。

“咳，老贺，你情绪好像不对啊，临战状态紧张了？”谭政委笑道。

“说不紧张是假的。我们故意打草惊蛇，如果真让这些家伙逃之夭夭，那我这辈子警服是白穿了……政委啊，你仔细揣度下，在我们的故意施压，情况岌岌可危的时候，他们有胆量选择走吗？”贺炯问。

“这不是废话吗？猛子传话，要干票大的，应该假不了。和咱们的判断一致，连续几天我们已经出动警力五千人次，这种地毯式的排查，我们都快扛不住了，我不信谁扛得住。再加上扫黑除恶的声势，他们必走无疑，已经留下这么多破绽了，再等就只有死路一条。”谭政委道。案件板已经写满了嫌疑人，所差无非是最后的抓捕、厘清而已。

“那你说……为什么孙仁、石国中又回来了？”贺炯问。

“根据我们的经验，所有的涉毒犯罪都会布下多个疑兵。可能分出几股少量货源故意让我们抓，扰乱我们的追捕视线，进而隐藏他们真正的大宗贩运。这活儿估计谁干也得这么干，鸡蛋不可能放到同一个篮子里。”谭政委道。

“所以，孙仁顶多是个疑兵，抓他有什么意思？甚至能看到的，我觉得都是疑兵，都不用抓。不管他们在晋阳市的贩毒网里是什么位置的棋子，现在都即将成为弃子，你说呢？”贺炯道。

没错，毒枭要挪窝，整个贩毒网络包括曾经用过的成员，都可能弃之不用。

“可那位幕后还没出来啊，即便我们知道是谁，也只能眼睁睁看着他逍遥法外。”谭政委道，这是个终极难题，无解。

“所以说，时机呀，时机太重要了。得一网全擒，我们可能只有一次机会……时机，他们这耐心也太好了，咋还不动手呢？”

贺炯抚着下巴，咂吧着嘴，一直在喃喃念叨“时机”这个词，被卡住了……

“啊——”一声凄厉的惨叫回荡在强戒区的走廊里，整个戒毒所都听得清清楚楚。林拓医生自监控上看到两名缉毒警架着乱踢乱蹬的张强离开时，他急匆匆地跑了出来，恰看到了武燕打开车后门。

林拓不悦地道：“嘿，这是干什么呢？”

“手续齐全，支队命令押解走这个重点嫌疑人。”武燕道。

“他还没有恢复啊，执法不文明也就算了，有没有点人道主义精神啊？”林拓气愤地道。

“他涉嫌贩毒、故意杀人，吸食毒品不能成为逃避打击的理由啊。”武燕笑吟吟地对林医生说，一回头却变脸了，瞪眼吼着，“号什么号？带上去。”

这一声河东狮吼惊得毒强一个激灵，怔了下。被缉毒警往车上带时，他乱蹬着，整个人吊在警员挟着他的胳膊上，边挣扎边嚷着：“我交代，我交代，是平哥让我找人干的。我什么也没干，你们不能这样对我，我是病人。”

“上去，把他弄上去，现在交代都晚了。”武燕怒道。

毒强被塞进了车里，兀自在车里乱踢着车门。警车驶出戒毒所，武燕要走时，看看发怔的林拓，好奇地问着：“林医生，理论上过两周的强戒，完全可以剔除生理依赖的因素，我们提人是合理合法的。您很不舒服？”

“他的健康状况很差，不符合看守所羁押条件。”林拓道。

“这恰恰是很多吸食人员逃避法律制裁的方式。您也不希望因为您对失足人员的这些帮助变成嫌疑人的帮凶吧？”武燕道。

“那……那肯定不会。”林拓难堪地道。

“谢谢。”武燕礼貌地一点头，笑了，走了两步，又回头问着，“噢，对了，您是不是忘了一件事？”

正发呆的林拓怔了下，下意识地问：“什么？”

“就是……您好像说过等案子结束了，会请我吃饭的。怎么？这才几天啊，居然已经给忘了。你不会和其他男人一样那么不靠谱吧？”武燕质问里带着一丝幽怨的口气。

这好像不对了，一直追警花的林医生好容易守到云开一丝了，反而犹豫和却步了，不知道是不是被刚才的河东狮吼给吓的。他怔了几怔，点点头道：“噢，没忘，我这几天出差，到沪市参加个学术会议，等我回来一定请。”

“出差？什么时候走？”武燕眉毛一挑，像是不高兴了。

“今晚的动车。”林拓道。

“要不，我送送你，我这车不怕堵。”武燕道，抬头示意着戒毒所外的押解车辆。

林拓苦着脸，摆摆手，连说不用，被这彪悍女警的做派吓到败退了，直到奔回办公室还能听到武燕爽朗的笑声。他踮着脚偷瞄了瞄，表情十足的难堪。

踱出戒毒所跳上车的武燕和司机以及坐在身侧的马汉卫相视一笑，

神情有点鬼祟。车启动时，武燕问他："你笑什么？"

"你笑什么，我就笑什么，还不兴别人笑了？"马汉卫道。

"下次对练我挑你，别啊。"武燕道。

"想得美，在你这位纯爷们儿面前认输不丢人。"马汉卫耍无赖道。禁毒支队比武操练已有数届，女子特警队出身的武燕蝉联三届冠军却是第一人，招数阴损到已经没有男警敢跟她对垒。

以前听到这话武燕是得意的表情，不过今天似乎有变化了。她有点怅然若失，而且意外地没发飙。马汉卫瞅了瞅，小声安慰道："燕子，其实你露凶相的时候，还是挺漂亮的。这终身大事吧，不能太当回事，你看我不也单着吗？"

"别贫，我不是想这事。"武燕道。

"那你想啥事？"马汉卫问。

武燕回头看了眼隔离网后的毒强，压低了声音问道："我怎么觉得咱们干的尽是无用功啊？每天查查查，莫名其妙地乱查一气。今天可好了，又把这些个涉案涉毒的嫌疑人来回换押，有意义吗？"

马汉卫眉毛一挑，小声问："你真不明白？"

"明白什么？"武燕问。

"你一直在支队，对基层不清楚。我问你，半年多来，各大队、中队人员互相调拨有多少次？"马汉卫问。

"哟……"武燕脸色一凛，不过旋即舒展，随意道，"调动次数多是因为支队怀疑可能有内鬼，后来不证实对方有黑客了吗？"

"但是精准地把毒品卖到吸食人员手里，甚至使用的人员就是涉毒嫌疑人，这个谜题还没解开啊。"马汉卫道。

"啊？"武燕回头看了眼那高墙林立的戒毒所。她不信地道："不可能啊，这里面管教人员有一半民警，在这地儿鼓捣小动作，那不找死吗？"

"所以打草惊蛇，把这条毒蛇也得惊出来，假如有的话。"马汉卫道。

武燕不信地问：“你觉得有吗？”

“不知道。”马汉卫摇头。

“切……”武燕鄙夷一声，侧头了。

“支队长也不知道，否则早布置抓捕了，还用费这工夫来回换押？”马汉卫道。

“为什么还不抓呀？我都快憋疯了，你说这些家伙还真沉得住气，咱们都快掘地三尺，他们愣是不动。”武燕捏得双手骨节咯咯作响。

“再忍忍，等动手的时候，一定挑几个最生猛的让你发泄发泄啊。”马汉卫紧张道。惹得其余两位小警也跟着笑。

他们一天都在忙这个，把几个戒毒所的涉毒人员来回换地羁押。换不过来了，还征用了大队的留置室。那些本身涉毒的人员进了大队不是要赖装毒瘾发作，就是和审讯人员兜圈子，把大队也闹得鸡飞狗跳不得安生……

“嗖！”弹弓发射，易拉罐子飞了起来。

孬九高兴地嚷着：“卧槽，中了中了。”

“不错，继续。短拉后手定位要准，颧骨部位你记清楚。把你的动作练成全机械的，拿起来就在同一位置，那水平提高就快了。”邢猛志站在他身后教。

连着两天勤学苦练，孬九已经学得有模有样了，已经到了十中五六的水平了。这水平葛二屁是看不上的，早钻在屋子里跟人斗地主去了。这一屋子人包括波姐、他和孬九全部被禁足了，哪儿也不准去。这架势让邢猛志想起了队里的行动，在行动之前，也是这样把人圈起来，只等着时机一到，雷霆一击。

恰恰这个把邢猛志给难住了。他瞄了眼屋里，能听到那群人渣的大呼小叫，有活动自由的只有波姐，顶多是指挥人给送点饭食饮料。而连天平更看不透了，天天窝在房间里要么喝喝小酒，要么喝喝茶，竟然看不出一点着急的样子。

“啊！”有人尖叫了一声，跟着孬九嚷了声“哎，妈呀”。

“你咋不死呢？”女人大骂的声音从拐角传了出来，是波姐。孬九一弹弓钢珠估计打到波姐身上了。转眼一胖大身影挪进来了，搬着个大箱子，骂骂咧咧的。孬九赶紧赔着笑脸道：“这不是新手吗，波姐多担待点啊。”

“多大个人，天天耍弹弓，瞧你那点出息……接着。”波姐把箱子扔地上，气呼呼地走了，边走边嚷着，“平子，东西回来了。”

孬九仰脖子喊着：“平哥，搬你屋啊？”

“啊……”连天平应声间，从楼上下来了，看那箱子不小，指指道，“就放下面吧。”

“我来……”邢猛志搭着手。

“不重。”孬九直接抱起，往屋里放去了。下来的连天平饶有兴趣地瞄着邢猛志手里的弹弓，呵呵笑了。邢猛志关切地问：“平哥，你伤不碍事吧？”

“没事，现在医学多发达，看，早能动了。”连天平亮着打着绷带的左手，几根指头已经能伸缩了。他右手伸着，邢猛志怔了下，把弹弓交到了他手里。连天平饶有兴趣地看看，狐疑地看着邢猛志。邢猛志无奈道：“是不是吵到你了？实在是无聊，那我们不玩了。”

“不是不是，我是听说，你一只手都能放弓？屋里有个货就是你一只手伤的。”连天平好奇地问。

“噢……那是这样玩的。”邢猛志接过弹弓，右手持弓，上弹。牙一咬弹弓包，一拉皮子。身正头斜，噌地一放，叭一声正中十米开外的目标。连天平看得倒吸凉气，直竖大拇指。

“玩多了就会了，没啥稀罕的，等你手腕的伤好了，我教你。”邢猛志笑道。

“拿两根皮筋绷雷子去？我可干不来！哈哈，等急了吧？”连天平笑着，揽着邢猛志的肩道，“陪我走走，有些日子没出去透个气了。这地臭得真他妈不是人待的地方。”

“咱们换个地方等吧，还没准要等到什么时候呢。”邢猛志道。小心翼翼地搀了连天平一把，生怕他踩到污水里似的。

连天平下意识地仰头，看看天空，眉头皱了片刻，自言自语了一句：“应该差不多了，不用换了。”

“什么时候差不多啊？”邢猛志好奇地问。

“呵呵，万事俱备，只欠东风啊。别多想了，这些天雷子像疯狗一样乱刨乱挖，轻易动一动，那得正好落到他们的手里。得等他们顾头顾不住腚，我们才能动手啊。”连天平道。

邢猛志想再问，不过话到嘴边又咽下去了。他陪着连天平出了菜市场遛了一圈，连大门口都没到，连天平的电话就响了。一接电话，连天平无奈地往回返，这光景把邢猛志给吓了一跳。那意味着，连平哥的处境也和他一样，处在监视之下，门都没出就会有人知道。

黑客，还是那个令人头疼的黑客，估计能监视到连天平的手机。

把连天平送回房间，邢猛志缩回了那烟雾腾腾、臭味四溢的房间里，蜷在床角无聊地想用睡觉打发时光。可惜未能如愿，这些天睡得太多了，想睡着都难了。

平哥说差不多，不用换了，那应该很快了。

他知道很快，却又不知道准确的时间。

这是怎么回事？

万事俱备，只欠东风……难道，他们有内幕消息？

想及此处，邢猛志浑身汗毛倒竖。如果警察里有内鬼的话，那可就麻烦了。

可也不像啊，即便有内鬼也接触不到支队内部。那儿的封队可比看守所还严，没有人能从那里得到消息。即便有也送不出来，何况支队还指着他这儿的消息呢。

否决了以上几个猜测，邢猛志继续想着连天平无意识透露的信息。什么情况下会让警察“顾头顾不住腚”呢？欠的东风会是什么？这里已经伺机而动，那“机”会是一个什么样的时机呢？

“谁又抽了？抽不死你，开开窗透透气。”

“二屁，你把鞋穿上，我说牌这么臭。”

“麻棍，开开窗。”

“九哥，这边离醋厂不远，有霾的时候那味酸爽着呢，比咱屋里的味可大了。”

“就是，现在吸霾比吸粉危害还大。我抽几年粉没事，我有个兄弟不抽粉，吸霾吸成肺癌你们信不？”

“扯什么淡呢？出牌。”

屋里臭味伴着脏话此起彼伏，这无意间的一句话，让邢猛志的耳朵动了动。他对着墙的表情舒展了，笑了。然后像瞬间充满电一样不再萎靡，起了床，找着易拉罐，开始在院子里玩着连珠打罐的动作，一个人玩得不亦乐乎……

嘀……嘀……嘀……

贺炯和谭嗣亮的警务通手机同时响起来了，这是有重要信息接入。贺炯一按通话问着信息中心：“嗯，什么情况？”

“A号哨位要求直接通话。”

“接进来。”

两人的心提起来了，谭政委道了句：“猛子被看得很紧，都四十多小时联系不上了。”

“看来有消息了……”贺炯喃喃道，视频亮了，一位观测点的外勤通话了，“支队长，有个特殊情况……您看。”

一段视频，是邢猛志在玩弹弓，一个后羿射日，正射，把易拉罐打起来了；又一个犀牛望月，背射，把在空中的易拉罐打中了；跟着又来一个长拉射，那落下来的罐身又被击中了。视频一闪而过，观测点外勤汇报道：“我们约定是，如果观测到双连射，那是要求接触；如果三连射，就是紧急情况了。可射完他就回去了，我们一直没等到有什么情况，所以就在墙外找了找，把这个被三连射打中的罐子找回来了。在罐身里我们找到了一块皮子，上面写了两个字母，不知道什么含义。”

放着近距离视频拍摄，两个字母：P、M。

“好的，马上送回来，肯定有特殊含义。”

“是。”

视频切断，画面从打印机里喷吐出来。谭政委起身拿着，是邢猛志常用的弹弓扁皮，应该是匆匆写就的。可就两个字母，会是什么紧急情况？

纸张被递到了贺炯的手里，他皱着眉头想了想：“P……代表平哥？M代表谁？”

“不会是人吧？应该是个什么情况？现在重要的是出货时间……PM，代表下午？”谭政委不确定地道。

贺炯一愣，道：“不可能啊，这都快傍晚了，还什么下午？出也来不及了。”

“是啊。”谭政委疑惑地坐下。再看监视记录，那儿一切正常，根本没什么动静。

“这个咱们脑子不够用，得找够用的。”贺炯拨着手机，直通丁灿。一接通，丁灿说道：“支队长，您怎么亲自打电话？”

“问候一下，这几天你们辛苦了啊，还能憋得住吗？”贺炯问。

“还行，这里比咱们信息中心条件又不差。”丁灿道。

“小邱也在吧？”贺炯问。

“在，在我身边。”丁灿道。

问候几句，贺炯把情况一讲，让两人找答案。一听是猛子发来的消息，那边两人重视了，而且反应极快，邱小妹迅速给了备选答案。

“PM意思有十几种，PAY ME付费给我，奔腾M架构，POST MESSAGE发短信息，漂亮妹妹也可能缩写为PM，还有英文排版软件也叫PM，项目经理也缩写为PM……”

丁灿插话：“别整那难度大的，他英语及格都难，应该是最简单的那个。”

这头谭政委好奇地问：“哪一个最简单？”

“PM颗粒物嘛，天气污染指数现在不都用PM衡量？”丁灿抢答着。

“嘭！”贺炯灵光一现，拍案而起，直接扣了电话，急急地拿着手机在查。谭政委凑上，发现贺炯在查的是一周天气预报。当那个页面显示出来时，谭政委也瞬间恍然大悟，脱口道：“他们在等雾霾天气，PM含量会在明天下午达到峰值，重度污染预警即将发出。”

“没错，他们等的应该就是这个时机。交通大面积瘫痪，能见度降低，天网功效大打折扣，那是作案的最佳时机。”贺炯兴奋道。

“对呀。”谭政委喃喃道，“咱们晋阳一怕风沙二怕霾。一到起风起霾的时候，咱们的警力就严重不足了。光交通就要忙得焦头烂额，这个时机……错不了，如果这个判断正确的话，那蓝精灵一案相关的人员，就快开始有动静了。”

“好家伙，作案连气候因素也考虑进去了，这想法对路……哎，对了，这个判断如果正确，那更证明操纵蓝精灵的人对我们警务有一定的熟悉，知道这个时候是我们防范和行动能力最弱的时候。”贺炯道。

“那该有点动静啊？”谭政委狐疑道。

贺炯摇摇头道：“没那么快，估计到天黑以后了……看来我们可以准备动员了。”

“再等等，目前还看不到端倪啊。”谭政委小心翼翼地道，生怕这个判断太过武断。

“是啊，该有点端倪了，准备工作应该开始了啊！”贺炯被政委说得又开始怀疑了。

两人正相视疑惑着，手里的手机蓦地响起来了，一看是徐局长的号码。贺炯一怔，道：“不会是都凑到一起来了吧？怎么徐局也正好在这个时候来电了……喂，我是贺炯，徐局您好……嗯？重大情况？什么，刘蓓蓓回来了……嗯，嗯……好……”

贺炯的表情越说越舒展，等听完放下电话，谭政委急不可待地问道：“和秦寿生接头，‘9·29’行动后出国的那个刘蓓蓓？”

“对，她回国了，乘坐的航班已经到晋阳机场了。”贺炯笑道。

“这是什么意思啊？不对啊，徐局怎么可能知道这消息？”谭政委迷糊了。

“呵呵，因为刘蓓蓓在境外直接向省厅扫黑除恶领导小组举报重大犯罪线索，在得到证人保护的允诺后才乘机回国，这是省厅转来的信息，现在领导小组正派专车接她回厅里安排的住地。”贺炯笑道。谭政委听完也笑了。

两人相视而笑，谭政委笑道：“那这就是端倪了，他们肯定要混淆侦查视线，瞒天过海，我想刘蓓蓓回来举报的，一定是晋昊然。”

“而且一定会否认她试图招募秦寿生给她干活，相比那个没有证据的事，她的举报分量肯定足以让领导小组重视。”贺炯道。

“万一我们把重心放到她身上，那正好中计……时间卡得很准啊，看来大动静就在今夜或者明天了。”谭政委道。

“哈哈……那我们看来得……”贺炯长笑着，铿锵道，然后谭政委和他一样斩钉截铁、喜出望外地异口同声来了句：“干票大的！”

云开又见雾

刘蓓蓓是下午四点下飞机直接被省厅的人接走的，便衣，去向不明。即便以徐中元局长的身份，也花费了数小时才和省厅直属的扫黑除恶领导小组协调好，又等了数小时才得到具体地点的通知：省干休所一处高干疗养院。

贺支队长陪同徐局长到场，轮到他们询问，已经快晚上九点了。两人从休息室被领出来，那位办案人员的级别和贺支相当，一路叮嘱，注意措辞，注意方式方法。这位举报人给的线索非常重要，连徐局长想询问一句具体的情况，也被驳回了。

得请示领导小组才能决定。

两人面面相觑，进了独幢的院子，两层，从这个独立的休养地方可见刘蓓蓓受到多大的优待了。两人在客厅等候片刻，听到了楼上高跟鞋的声音，在一位女警的陪同下，归国的刘蓓蓓出现了。长发，曲蜷着满头波浪，皮肤白皙，面容姣好，双眉有点愁容，在女警陪同下怯生生地坐下了。

陪同的人员提醒道："刘女士，您面前这位是禁毒局徐中元局长，另一位是禁毒支队贺支队长，他们正在查的案子也和你举报的人相关，有几个小问题问你几句。可以吗？"

刘蓓蓓点点头，徐中元局长出声道："对于你主动举报犯罪行为我们表示欢迎，接下来，贺支队长问你几个相关的问题，希望你为我们提供线索。"

刘蓓蓓轻"嗯"了一声，贺炯注意到，她的手颤了颤，不自然地在拿捏。

"你走的时间是九月三十日早上对吧？"贺炯单刀直入。

"对。"

"能告诉我们原因吗？"

“我害怕。”

女人一句万金油的话，可以应付所有的质问，贺炯却是紧追不舍：“害怕什么？”

“前一天……前一天……”刘蓓蓓喃喃道，“警察冲进了晋昊娱乐，我想应该是犯事了，所以就……

“就跑了……”刘蓓蓓喃喃说着，不自然地看着贺炯。

贺炯笑了笑问：“那为什么又回来呢？也没什么事嘛。”

“迟早要有事，我知道的情况都交待给你们了。其实我就负责娱乐场所的酒水饮料，记记流水账，是郭律师拿我的身份证去注册公司的。我一直觉得心里不踏实，注销公司的时候是我办的，是晋总晋昊然安排我办的。我是法人代表，我本人和证件得到场，开完税证明我才发现，公司的账上走了接近一个亿……我想……”

“这个你不用重复了。”

话被领路的人打断了，他提醒道：“贺支，您直接问相关的问题，这个举报案情，我请示后你们可以阅知。”

“好，你走前一晚，和谁在一块儿？”贺炯问。

“我没回家，没和谁在一块儿，一个人。”

“我问的是，警察冲进去的时候，晋昊娱乐排查。”

“和秦寿生，还有一个好像姓孔，我忘名了。”

“和他们在一块儿，干什么？”

“是徐经理约了他们两人，让我留了个包间等他，结果徐经理还没来，警察就冲进来了。”

“谈话的内容呢？”

“唉……”

刘蓓蓓轻叹一声，低下了头。

徐局长适时道：“刘女士，你能走出这一步，我们非常欢迎，而且非常敬佩。不管有过什么事情，你已经向好的方向迈出了一大步，千万不要犹豫，这一撮坏人，我们肯定要查清他们的犯罪事实。”

刘蓓蓓思忖片刻，抬头道：“好像是秦寿生和那个姓孔的路子很广，销货很多，徐经理想把他们挖过来替他办事。”

“什么货？”贺炯问。

“不知道。”刘蓓蓓摇头。

“撒谎，夜场的要不知道，那就真说不通了。”贺炯道。

“我确实不知道，也没撒谎，我知道您所指的是什么，但不可能让我这种身份的知道具体是什么，夜场里乱七八糟的东西很多，K粉、摇头丸、冰毒、烫片片……我们寄人篱下打工的，就偶尔看见，也只能装自己是瞎子啊。”刘蓓蓓诚恳道。

徐中元默默点头，贺炯出声道：“对不起，你这样讲就非常可信了，据秦寿生讲，你给他们开出的条件很优厚，是这样的吗？”

“嗯，徐经理交代给他们提成高两成，还安排我给他们找两个陪酒的好好招待，先谈着把客人招待高兴了……反正娱乐场所，也就那么回事，即便让我去陪酒陪什么的，该干也得干。”刘蓓蓓道，她难堪地低下头，尴尬地拨弄着手指。

“徐经理，是指徐虎？”贺炯又问。

“嗯，私下里大家都叫他徐老虎，是晋总的亲信，保安经理。那种场合每天喝酒打架闹事的不少，都是他处理的。”刘蓓蓓道。

“哦。”贺炯悠悠一声，这无懈可击的回答，反而让他讷言了。

又问几句，刘蓓蓓都一一回答。整个过程和审讯秦寿生、孔龙的情况可以印证，是刘蓓蓓邀约的他们两人，之前双方确实不认识，是徐虎牵的线，而且秦寿生、孔龙并不知道徐虎主使此事。当夜看到秦寿生和孔龙被抓时，刘蓓蓓慌乱间连夜出省，次日飞往国外。

这就是整个经过，问完徐中元和贺炯都显得有点失望，客气地向刘蓓蓓辞行，领路人再把两人领到休息室，徐局长打了十几个电话，领导小组才同意知悉大致案情。

那位接洽的显得有点不耐烦，又用十几分钟的时间总结了一页纸的概略递给两人，就在这儿看，看完就得销毁，不得带走，不得把任何信息传递出去。

两人粗粗一览，徐中元局长惊讶道：“啊？晋昊然涉嫌网络赌博、非法洗钱？数额巨大。”

“对，疑似是我们省网赌的幕后庄家，现在此人在澳门未归，领导小组正在研究采取针对方案，所以你们离开后会收到保密处的提醒。”领路人道。

“这个放心，按正常程序办，都是几十年的老公安了，理解。非常感谢，给您添麻烦了。”徐中元客气道。

“一家人，别客气，我们也是出于举报人的安全考虑。”领路人道。

“问您两个小问题，第一个是，以她的身份怎么可能得到晋昊然组织网络赌博的证据？”贺炯直接问，“能透露一下是什么样的证据吗？”

“她负责给下线大大小小的庄家提供安装指导，负责把钱兑换成虚拟游戏币，而且，人长得很漂亮。”领路人道。

“漂亮也是凭证？”贺炯不解。

“你说呢？不是凭证，但让得到证据成为可能总没问题吧？”领路人笑道。

“明白了，和晋昊然有不正当男女关系吧？”贺炯问。

领路人笑笑，没有回答，不过笑容就是最好的回答了，他问道：“您问得够多了，再回答你恐怕我得犯错误了。”

“那就不用回答，我猜一下，从举报到回来，不到二十四小时吧？举报的内容一定有网络数据，而且一定是特别的方式吧？”贺炯好奇地问。

那位领路人眼睛一睁，脱口道：“咦，你怎么知道？她是直接联系到了祁副厅长，也是领导小组组长，数据是直接传到领导小组邮箱的，具体我不清楚，不过肯定足够震撼了……怎么了？难道有问题？”

“没问题，绝对百分百保真，绝对能把晋昊然送进去。”贺炯说着这话却已经扭头走了，徐中元急急跟着。可把接洽的领路人给蒙得一头雾水了，有点莫名其妙。

出去的徐中元追着上车，车驶出干休所不远就停下来。贺炯习惯性地摸着烟盒，不经意发现自己和徐局在一起时，又缩了回去，徐中元却是催着：“抽吧，不抽会把你憋死。”

“呵呵，那倒不至于，我真抽了啊。”贺炯点上一支，悠悠一口惬意一吸。徐中元好奇道：“你一露出这德行，就差不多了。期限明天就到了，我可再编不出借口来拖了。你就说吧，咋回事？”

“如果刘蓓蓓是老板睡过的女人，你说徐虎一打手应该指挥她呀，还是听她的？”贺炯问。

“这个没证据能证明啊，况且她反映的秦寿生、孔龙的情况，基本可以印证，等徐虎落网一比对，那不就清楚了？”徐中元道。

“错，等抓到人，一切就都晚了。”贺炯道。

“我还是没明白。”徐中元道。

“简单地说，假如我市存在一个毒源，已经有秦寿生一条线十余人落网，连天平、徐虎都进入到我们的视线里，而且我们连续进行地毯式排查，在这种情况下，不管是撤走制毒工厂，还是把余货清仓，最佳的时机应该选择什么？前提条件是，我们已经盯到严防死守的程度。”贺炯问。

“转移视线，抛出诱饵，扰乱侦查？”徐局脱口道。

“对喽。”贺炯点头道。

“你是说，刘蓓蓓是受人指使跳出来举报的？”徐中元吓了一跳。

“举报直达厅里，不是一般人能办到的吧？就脸蛋好看点，哪怕是晋昊然的入幕之宾，总不能在被潜规则之前就已经想到要留存证据了吧？网赌案是八月的案子，怎么到现在才举报？而且网赌组织需要很高的代码水平，一般人都看不懂那些APP代码，哪怕她负责兑换游戏币，也不可能掌握电子证据，假如她到那个层次，估计早赚得盆满钵盈了，来举报不是找死吗？”贺炯挑了一大堆问题。

徐局长想想反驳着：“也许是被晋老板始乱终弃，出于报复心理，女人可比嫌疑人难猜多了。”

“对，我们对手正想把我们带到难猜的境地，像囚徒困境一样无从选择。动手抓吧，徐虎肯定是个小角色，抓人等于报信；不抓吧，他已经实打实地涉案了。关键是案中还有案，可能网赌涉及的金额比贩毒还大，这种情况下，您说我们怎么选择啊？”贺炯道。

“对呀，晋昊然不在本地，肯定不敢采取行动。如果不想打草惊蛇，那就要投鼠忌器了。”徐中元局长马上判断出了领导小组可能采取的方案。

“那就没错了，她举报的内容是晋昊然涉赌、涉嫌洗钱、涉毒，如果没有那条内线的话，我还真的相信晋昊然就是蓝精灵毒源的主谋了。”贺炯道。

“看来你有谱了。”徐局长道，好奇地问，“内线传来了什么消息？”

“出货的时间。”贺炯道。

徐局长眼睛一瞪，狂喜，然后又一愣，脱口道：“不可能，他不过是一个马仔的位置，准确的时间不可能知道。”

“我不知道他是怎么知道的，不过我觉得这个时间点是毒贩唯一的机会。”贺炯道，他摸索地掏出手机。徐局还未开口，手机已经亮到了他的面前，是天气预报，未来二十四小时，晋阳市PM值已经达到重度污染，红色警报已经亮了起来。他下意识地摇下车窗看看，瞬间明白了。

“对呀，雾霾最严重的时候，市里的能见度不过十几米，根本无法保证正常的警务，交通都要出现混乱，没有比这个更好的时机了，你能确定吗？”徐局长问。

“本来不太确定，但恰恰在这个节骨眼儿上，刘蓓蓓回来了，那我就更确定了。”贺炯道。

“是啊，这个时间点回来得太巧合了，如果真是对方想金蝉脱壳的话，那就麻烦了。我们如果没有准确的情报，很可能错失机会……而且，我们掌握的顶多是中底层人员，这些人随时可能成为弃子，真正的毒枭在这种条件下，瞒天过海很容易……对了，他们还有个黑客，那个大害还没处理掉……”徐局长喃喃说着，越说越惶恐，半晌他才发现贺炯在悠悠地抽烟，那样子竟然一点都不着急，他蓦地笑了，挖苦了句，“本来压担子我还有些于心不忍，现在看来，我压得有点轻了。德行，瞒着我有成就感？”

“当然有，如果成了，这将是我职业生涯最高的成就。当然，成绩主要是徐局您领导有方。”贺炯笑道。

“别扯，到底怎么回事？”徐中元急急问。

“跟我走，从现在开始，行动的指挥权要交到您手上。”贺炯道，发动着车。

徐中元吓了一跳：“行动什么时候开始？怎么也没提前汇报？那个黑客，是要拔掉的第一个钉子，有谱吗？”

“呵呵，早就盯上他了，我们要拔掉的是所有的钉子。”

贺炯驾着车，摁上了车窗，车不疾不徐地行驶着。

车里一路无话，行动发起得突然却不仓促，徐中元局长没想到天天推诿扯皮的贺炯，把他也瞒过去了。他目瞪口呆地看着前方回传的画面：各大队的院子、中队的院子、协同作战的武警训练基地……各个地点都是踧踧踖踖的人影，整队列队，迅速从武器运送车辆前走过，武器车里发放的是微冲、手枪、拦截车辆的钉架。支队所属的十个大队中队，包括协同作战的武警特战队，已经开始全部动员了。

恢恢天网，在雾霾渐重的暗夜，已经无声无息地张开了它的触角……

第五章

一夜亡命逃生路

一夜亡命路

“……我不知道你是谁，不管是黑夜里匆匆赶路的过客，还是茫茫人海擦肩而过的陌路。这个夜阑人静的时候相遇就是缘分，愿我们的声音，愿我们的故事，给你一份真诚理性的关怀、一个心灵倾诉的空间，也希望这里能够成为城市星空下所有未眠人的心灵家园……各位听众晚上好，我是午夜电台主持人小雨。在今天的节目开始之前，首先播报一条气象指南，10月29日，我市气象部门刚刚发布了今年入冬前第一次重度雾霾预警，预计持续时间为24至48小时，市区能见度小于三百米，请各位仍然在路上的司机朋友注意行车安全……”

旧车里嗞嗞的电流声音，城市电台午夜节目主持人磁性的播音似乎受了天气的干扰，杂音不时闯入。连天平在听到这则清晰的广播时，却直接关掉了，回头说了声：“孬九，发手机。”

“哎，好嘞。”后座的孬九掏着口袋，递给旁侧的葛二屁一部，塞给开车的邢猛志一部，最后一部递给连天平。连天平却是放在车前的手机支架上，且走且道：“老规矩啊，从现在开始，谁也别落单，谁也别打电话，自己的手机该关就关了……猛子，你是头回，理解下啊。”

“呵呵，您就让我打电话，我都不知道给谁打。”邢猛志无所谓地道了句，心情颇好，看架势是要开始了。只不过开始得他云里雾里，大半夜把大伙拉出来遛弯儿呢？

对，就是遛弯儿了，一箱油都跑了三分之一了，居然不知道目的地何在。

不过没人问，这是规矩。孬九小声道：“平哥，啥时候开始啊？都快捂出毛来了。”

“呵呵，不是已经开始了吗？”连天平笑道，他不经意地看了邢猛志一眼，奇怪的是邢猛志面色如常，这似乎让他很意外，笑问道，“猛子，你天生是个做大事的料啊，一点都不紧张啊？”

“还早着呢！越是这种夜深人静的时候，还越就不是办事的时候。”邢猛志道。

“那为啥呢？”葛二屁问。

“你傻呀？这么多监控，这么少的车，查你太容易了，怎么也得车流量大的时候混吧？要不咱这一辆蹿出去太容易被堵了。”邢猛志道。

葛二屁想想，不信道：“不能吧？月黑风高的时候不办事，大白天去办啊？”

“要我，我就白天办。”邢猛志道。

连天平哈哈一笑，插了进来，指责道：“二屁，这个你没有发言权啊。”

“给钱就成，我要发言权干吗？”葛二屁道，把心里的话好奇地问出来了，“平哥，这趟咱们挣多少啊？”

“怎么也得够你浪几年吧，呵呵……往前走，东风路头看看。”连天平顺口安排着，和后面两人扯上了。

邢猛志依言驱车，又走了两个几乎没有行车的出城路口，他突然明白了，这是探路来了。不仅有人探，还有车前手机的摄像头在探，恐怕对于幕后的指使人，根本足不出户，就能了解到实时的路线和路况。

明白了，忧虑跟着来了，运货随时可能发生，他却无从知道，家里是不是能随时跟上……

“大哥，肯定撤了啊。”袁玉山道。

“都撤几天了，我下午还去转悠了一圈，滨南出口、小店出口堵得跟屎样，顾得上查个屁？”郑魁道。

袁玉山和郑魁都是围着浴巾的打扮，露出黝黑的皮肤和身上的文身，居中坐着的曹戈目不转睛地看着台子上的平板电脑。数个标志的路口毫无动静，严查了十几天的出入车辆，警察终于消停了，他甚至都没注意到手下满口喷粪的用词。

袁玉山和郑魁相视一眼，都未敢吭声。

“大意不得啊，这次赌的可是吃饭的家伙啊。”曹戈抬头了，咂吧着嘴，不知道是“江湖越老，胆子越小”的犹豫，还是“孤注一掷，富贵险求”的紧张。看得出他仍在迟疑。

“大哥，不能再犹豫了，药厂那边有雷子去过了，查得再细点，就包不住了，都出货大半年了，早该挪挪窝了。”袁玉山道。郑魁附和了一句：“对，该换地儿了。”

“我不是担心换地儿啊，我纠结的是，得折不少兄弟啊。”曹戈叹气道。

袁玉山和郑魁不吭声了。大哥给的是个舍车保帅的做法，在他们看来肯定是万无一失的，反正死道友不死贫道，却没料到曹大哥还这么义气，纠结在这地方。

郑魁脚在底下轻轻踢袁玉山，使了个眼色。袁玉山劝道：“无毒不丈夫，想干大活儿，怎么着也得踩着别人尸体蹚过来啊，这条道不缺人。”

“只能这样了，看他们谁命大吧。谁都能出事，唯独你们不能啊，我的身家性命全押在你们身上了。”曹戈道，两眼如炬，表情如怒。

“放心吧，大哥，走不了老子把车全炸喽，死都要拉上几个垫背的。”袁玉山表情扭曲道。

“别他妈死死死的，不吉利，我还等着你们出去看花花世界呢。”曹戈瞪着眼反而笑了。

两人也嘿嘿笑了，曹戈掏着预备好的包扔到桌上道了句：“去吧，老猫会给你发路线，一路小心。”

郑魁拿起包，掀开一看，黑黝黝的两支手枪、两颗手雷，几摞钱，他和袁玉山点点头，一言不发离开了。

又过了很久，会所已经打烊，曹戈那辆奔驰G就泊在会所的停车场里，不知道是离开了，还是休息了……

“他走了，换装走的。”

一位技侦员熟练地操作着体貌识别软件，凌晨一时三十五分，自会所后面小区踱出来一名男子，体貌和进入会所的曹戈吻合。此人上了一辆泊在路边的国产轿车，从容离开，不过被观测点拍下了。

“出了城可就不好追踪了啊。”徐局长站在信息中心大厅，陪同的谭政委笑道：“不用追，他又不会和货在一起。”

“这个老鬼袁玉山、麻子郑魁是怎么进去的？怎么光见出来，没见进去啊？”徐局长问。

贺炯解释道：“他们根本就住在里面，偶尔出来也是穿个保安服装，而且会趁人多眼杂的时候出来。”

“哦，反侦查手段干得不赖啊，这种所谓保护隐私的地方，主要目的是为了隔绝我们的侦查啊。呵呵，这个会所回头好好查查。”徐中元道。

“会所登记在晋昊然名下，也是他的产业。”谭政委道。

徐局长愣了，笑了，随口道了句：“这不叫黑吃黑，应该是黑坑黑，真要不清楚里头这猫腻，晋昊然这个大老板的毒枭身份得坐实喽。”

“他也不干净啊，估计毒贩正盯上了这一点，企图以此掩盖他们的行径。不得不说，这是头回遇到组织这么复杂的犯罪构成，洗钱、网络赌博、伤害、制贩毒品，扎在一堆里啊。”贺炯道。

“这不正常吗？黄赌毒从来不分家……咦？对了，那两位小同志呢？就那位大辫子小姑娘，我从网安支队给你们挖来的。”徐局长扫视众人，突来一问。

问及此处，贺炯和谭嗣亮相视一笑，笑得有点鬼祟，都笑而不言。

徐局长也笑了，手指点点两人道：“你们就憋着吧，嫌疑人跑了等我收拾你们。”

“您是总指挥，专案组组建的时候就说了，有责任您扛啊。”贺炯开玩笑说了句。

谭嗣亮也凑趣道：“这个责任我们扛不起，当然，万一有功劳，也扛不动。”

“去去，别净说好听的，接下来呢？”徐局看两人如此轻松，心跟着放松了。

谭政委示意道：“贺支，你来吧。”

“好，徐局您看，我们是以多点布控的方式，以缉毒、武警为主力，以刑侦、派出所警力为有效补充。我们测算过，潜伏警力奔赴任何一个出城路口的时间都不超过三分钟。考虑到气候的影响，我们会在行动前把距离往前挪移，不管他们从哪个方向走，我们都能建立有效的追捕和拦截。他们不动则已，一动，必在网中。”贺炯道。

屏幕的警务图上，各派出所，刑警大队、支队依次灯亮，潜伏点的黄灯星罗棋布，这些代表着警力配置的光点交叉连接，把整个晋阳市变成了一张大网，光线在光点间穿梭，都是极短的距离。徐中元一看即明，只要命令一下，马上就是全城警动，扑向任何一个地点都是迅雷不及掩耳。

“好，我们的警力也到极限了，你怎么保证他们一定会在这个时候出货呢？”徐中元反问贺炯，“假如他们再憋几天，不，哪怕一天，我们的布防就全成摆设了。警察也是人，高度戒备的时间撑不过二十四小时。”

“我给出三个理由，第一，我们连续两周对全市的仓储、城乡接合部、厂矿、小企业等所有可能藏匿的地方进行了不间断的排查，准确地讲，是只排不查，但要详细登记、全部覆盖。我们的目的就在打草惊蛇，查毒源在我市已经成了一个公开的秘密，连基层派出所的民警辅警都知道这个情况，他们还待得下去吗？即便还待着，恐怕也到极限了。”

贺炯侃侃而谈，看着徐中元局长没有异议，他继续说着：“第二，前一阶段我们声势浩大的临检、查车、排查可以讲都是围城，兵法讲围城必阙，围得太死肯定要狗急跳墙，万一毁掉毒品那我们也前功尽弃了。必须有个阙，也就是一个疏导的缺口，让他们逃出生天，当然，是自以为能够逃出生天的路子，我们撤了几次口子，他们都没有上当，主要嫌疑人都没有动。我甚至一度怀疑判断失误，可当内线传出PM信息的时候，我一下子明白，他们找到了最佳的缺口，要利用天时和地利的时机运走……现在，主要嫌疑人已经开始动了。”贺炯笑道。

徐中元缓缓点头，此时再看，曹戈驾着车已经过了高速口畅通无阻地上路了。贺炯收回了眼光继续道：“第三……呵呵，就是一直深藏着的那位黑客老猫，也开始动了。”

“咝！”这个信息听得徐局长一吸凉气，眼睛瞪大了一圈，痴痴地看着贺支队长，寻思了半晌道：“有第三条，前两条都是废话。”

自然是废话，这个黑客一动，当然就是要干活儿了。贺炯哈哈一笑默认了，谭政委道："藏得确实够深，比大海捞针还难，现代的犯罪真是刷新了我们的认知，还有以代码形式存在的犯罪，放在以前根本不敢想象啊。"

"那看来，这位网警要拔头筹了啊。"徐中元局长道。

这话并没有得到两位部下的肯定，贺炯和谭政委不约而同地笑笑，一起摇摇头。

徐局长明白又给整蒙了，他思忖道："这还不算撒手锏？"

"不算，人是一个难点，我们可以盯住；黑客是个难点，大数据可以盯住。但还有一个关键的难点是……毒品，很难盯住，这么多嫌疑人，谁是真身，谁是替身？毒源在哪儿？有多少？制毒的机械在哪儿？会以什么方式运走？这一点，大数据给不出我们答案。"贺炯正色道。

"哟嗬……那你……有答案了？"徐中元局长紧张地问。

"还没有。"贺炯摇头，徐中元表情一黯，谭政委赶紧补充道："马上就有了，他们不动，我们也没办法有啊。"

"那我们在这儿干什么？"徐中元不悦了。

"那请到我办公室休息？给您备好了茶……别生气，领导，还有一个具体的方案，您一定会感兴趣的。现在是热身，都在互相试探，估计动手也到天亮了，不布置好所有疑兵，真身不会出来的。"贺炯做着请的手势。

徐局长想了想，粲然一笑，当先离开指挥岗位了。

还真如贺炯所料，连天平出来一路溜达，跟着徐虎手下的保安出来两辆车溜达，连宝利华小区的孙仁、石国中也分头出来溜达，几拨人转悠了几圈，又原路回去了……

嘀——嘀——嘀——

车上的手机几声长音告警，泊在农贸市场大院的车熄火很长时间了，里面的几位正打着呼噜，一直没有合眼的连天平拿起手机，看了眼短信，拍着前台示意着："醒醒，准备干活儿了。"

"嗯，二屁……"

"啊？！天还没亮呢。"

"下来吧，不得准备准备？"

"猛子，去我屋把床底箱子搬下来。"

"好嘞。"

几人鱼贯而出，邢猛志奔上楼拿箱子，孬九和葛二屁已经踢开了楼下那群赌鬼睡觉的屋子的门，亮了灯，听得两人骂骂咧咧让人起身。邢猛志掏出手机看看，时间已经指向凌晨四时三十五分，再过两个小时天就亮了，而现在，他都是一头雾水，不知道接下来会发生什么。

箱子是合着的，就一个普通的纸箱，邢猛志不敢打开偷窥，搬起来就走，出门时正和连天平碰了个照面。连天平神秘地笑了笑，邢猛志憨厚地回笑，连天平突然道："打开。"

邢猛志一手托着，一手掀开，眼睛一直，倒吸凉气，两支手枪，连天平伸手拔了一支插到了腰里，随口问着："猛子，怎么看你有点心虚啊？"

"能不心虚吗？这活儿要么跑喽，要么栽了，不会有第三条路。真被堵上，就弄杆机枪也没用啊。"邢猛志实话实说道。这些土贼横得紧，一把枪就要对抗警察，让人不得不佩服一把。

"呵呵，说得对，不过你想得不对。武器能壮壮胆，子弹呢，是留给自己的，真出了事，你们就把事都推我身上。"连天平无所谓地道。

"那怎么行？显得我们多不仗义。"邢猛志心一跳，现在是真有点佩服了。

"呵呵，这把赌的是命，真要上路了，那得各安天命，别恨我就成。"连天平道。

"唉……"邢猛志狐疑地看了眼，端着箱子下去了。

门口等着的孬九把另一支枪插进了腰间，翻着箱子，几根钢制的钩子、一盒子弹、一摞钱，还有一个大纸包。他拿着纸包进了屋子，那些起床打哈欠的正迷糊着，孬九把纸包往床上一扔喊着：“快，各来两口，干活儿了。”

平时能抽到的无非是边角料渣子，或者行内所称的“乏货”。纸包一打开是晶莹的白色，一个吸食的惊声喜叫，更多的围上来。每人撮点，赶紧地搓烟盒锡纸、找打火机，跟着烟雾腾腾，一撮又一撮的白粉粉变成了烟雾。

邢猛志惊得眼睛瞪大了一圈，拽着孬九往外走小声道：“你让人家吸货？个个晕了能找着东南西北吗？”

“没事，都是老毒虫了，一克货就填填胃口，不抽两口，他们根本出不了门走不动路啊。”孬九附耳小声说着，“这是冰，吸了有精神着呢，别看一个个蔫瓜歪枣的，两口过来立马成猛男。”

说着，那吸得最快的一个萎靡男肉眼可见地表情肃然了，眼睛睁开了，脸上泛着不太正常的亢奋，他左瞅右瞅，又要抢另一个货，被葛二屁踹了一脚老实了。葛二屁在里头成大爷了，正发号施令着：“听着啊，一会儿干活儿，别抽多了滚臭水沟里。都吃点喝点养养精神，立马开始干活儿。老大说了，今天一人一万，够你们抽几个月了。”

好好好……七八个毒虫赌鬼兴奋得直拍巴掌，邢猛志注意到那个赌博欠债的王云标也在吸食的人里面，不知道什么时候也学会抽了，他气得咬牙切齿，却也无可奈何。

“走走走……”

孬九拉着邢猛志，葛二屁外面锁着门，回头时连天平已经在前面了，他沿着小巷往外走。端着箱子的邢猛志不明所以。一行四人直到冷库储藏门，铁门洞开，没想到开门的是有两人肥的董小花。这姐们儿平时除了连天平谁都敢摸，今天意外地很严肃，小心翼翼地关上了门。

“啪！”灯开，满仓库的鱼虾大大小小地堆积在仓里，连天平一摆头示意，孬九接过了箱子，把一把钩子拿着，在一处货堆的空地上找着什么……似乎有留的地钩，咔咔一合，叫着葛二屁往钩圈里套着强拉。拇指粗的纤维绳，这头拉绳子，那头轰轰的机械声音响起了，邢猛志又是惊得合不拢嘴，董小花波姐正娴熟地开着小装载车往这里走。

不对……这是要拉地皮……不对，拉水泥地面，莫非，这就是藏毒地点？

邢猛志暗叫聪明，谁可能想到这么个每天熙熙攘攘的农贸市场，会是藏毒地点呢？

来不及思索已经验证了，装载机套着拉绳，倒车一使劲，埋好的地钩“嘭嘭嘭”被拉起来了，耳听着水泥块碎裂的声音，眼见着刚才平整的空地，成了一个大坑，原来是一个钢制骨架，只是上面覆了一层薄薄的水泥。

“呵呵，守着个金山银山愣是没敢动，这个月憋死老子了，起货。”连天平发号施令着。

“哎呀，妈呀，你不说是过期冻肉怕查吗？原来是值钱货。这坑还是我挖的，平哥我可谁都没告诉啊。”葛二屁邀着功喜滋滋地道。连天平却笑道：“哈哈，这不是怕你知道得太多失眠吗？”

“没事，只要怀里搂着钱，我在哪儿也能睡踏实了……接着。”葛二屁跳下了半人深的坑里，往外递着货，孬九和邢猛志接着。邢猛志往下一看，小心肝又使劲颤了颤，足足几十箱标着冻干海鲜的包装，能拉多半货厢车，按量刑的话，怕是得把在场几个枪毙几个来回都有富余。

“猛子，可以啊。”蹲在坑边的连天平看着邢猛志，笑着道。

“什么？”邢猛志没听明白。

“我说可以啊，屁哥头回干事，回来吓得尿裤子了。”连天平笑道。

葛二屁否认着道：“没有，就吓了一跳。别埋汰我啊。”

孬九戳着谎言道：“少来，都快吓哭了。”

“滚！”葛二屁面红耳赤地骂道。

邢猛志笑了笑，无所谓地道："平哥你不用试我，不放心我就待这儿哪儿都不去，谁操个家伙先把我打昏也成。"

"哟，这裤子都脱了，你现在说这话？"孬九惊声回头。

邢猛志愤愤道："我以为就提个小包包，偷偷摸摸就干了。谁知道这得拉多半车，这是贩地瓜呢？"

孬九愣了下，不屑道："你电视看多了吧？弄上百八十克抓住也一样出不来，有意思啊？咱们这是批发，能和零售一样？"

这话听得连天平和董小花扑哧扑哧地笑了，连天平起身催着快干活儿，拍了拍邢猛志的肩膀道："你不是都想干票大的吗？"

"这也太大了。"邢猛志咧着嘴道，满脸惊恐，这不用装，是真的。

"呵呵，一公斤和一百公斤没什么区别。买家快到了，最后几公里，碰上这天气，想不发财都难。"连天平道。

"那这不止一百公斤啊。"邢猛志脱口问。

"哦，半吨。"连天平点着烟，无所谓道。

呃……邢猛志听得一个趔趄，差点一头栽进坑里。

上货很快，仓中央码齐了一垛箱子，等孬九把那群溜完冰的人叫过来时，连天平拉着邢猛志和董小花已经退居幕后了。这回是孬九一手操办的，任务很简单，一人两箱，往王村高速路入口处送，送到地儿就搁那儿等会儿，车随后就到。

这拨人早被训练得没有多少自主意识了，扛着货，带上手机，或电单，或摩托一骑，快递员的服装一套，头盔一戴，"突突突"上路了……

而且走的不是同一条路，这里距出口不过七八公里，转瞬即到，如果被盯守的外勤摁了，那这里就马上知情了；如果没被摁，那这个蚂蚁搬家的方式会很快把存货都搬离原地。

"平哥，好了。"

葛二屁和孬九拍着手，余货全部搬上了小货厢车，这个时候邢猛志多希望缉毒警从天而降，可他失望了，外面安安静静的，什么也没有发生。

“走……你和二屁跟上我们。”连天平看看时间，一只手输字不方便，干脆在手机上发着语音道：“我们开始走了啊，你给看着点。”

那是和另一头有联络，邢猛志跟着连天平和波姐出了仓库，上了来时的车。车驶出不远，后面的小货厢缓缓地跟上了，车里正思忖应对方法的邢猛志没想到又来变故，副驾上的连天平掏出几个按键手机扔给后面的波姐道：“开始吧，波姐你先。”

“啊……”波姐应了声。没承想接下来的话听得邢猛志蛋疼了，居然是报警，报警的口吻是这样：“喂，110吗？我举报有人贩毒是找你们吗？我是谁？你别问我是谁……我就知道几个贩毒的，正带着货往王村高速口走呢，扮成快递员了，真的，你们赶紧去吧，迟了可来不及了……我不能告诉你我是谁，我怕别人打击报复……就这啊，我要挂了……”

后视镜里，邢猛志看到波姐居然是戴着手套打电话，打完手机随手往路边一扔，然后再把嘴里含的棒棒糖拿出来喘口气。嘴里塞个东西说话那是天然的变音器啊，还没消化这些简单实用的神技，波姐的第二部手机又拨着报警了：“喂，禁毒举报是找你们吧……我举报几个贩毒的，真的，不能报假警，他们自个儿就吸毒的……”

报警？要舍车保帅，然后金蝉脱壳？

不对呀，这不是找死吗？折那么一堆替死鬼倒不心疼，可免不了要牵扯到平哥、波姐身上啊。即便跑了也在通缉令上，那岂不是自己给自己挖坑了？

一时间邢猛志蒙了，这时候，他听到了嗒的一声脆响，那是枪打开保险的声音。他眼睛的余光瞟到了连天平已经拔枪在手，似乎枪口是对准他的，他的心一下子提起来了……

藏锋在行动

“假的！”

贺炯拍案定论，眼睛直勾勾地看着视频里模糊不清的单车。

另一屏，孤零零的一货厢车正杵在凌晨的大街路旁，相隔不远还有一辆轿车，似乎是贩毒分子标准的投石问路作案模式。

“你确定？！”

会议桌旁徐局长显得有点紧张，连珠炮似的问：“连天平是最早发现的，也是和涉毒案关联最紧密的一个，而且身负命案，这种典型的反社会分子，对方不可能不委以重任。”

“找办事的和办事是两码事。那您说为什么只有他一人露头？”贺炯问。

“这……”徐局长一下给噎住了。

“我们都知道多线并进、交叉比对，不要把鸡蛋放到同一个篮子里，他们这可是一个组织、一个团伙啊，怎么就连天平一个冒出来了？而且，连天平可是在我们档案里挂上号的，他手下的毒强、黑标还被关着。”贺炯幽幽道。

徐中元局长被点醒了，脱口道：“试探！”

“对，在试探我们。”贺炯道，对着桌上的步话机下着命令，“通知藏锋行动组，保持警戒……110就近出警，有几个逮几个，动作慢点，文明执法，谁不合乎规范处分谁。”

步话机里回传了“是”的得令声音。徐局虽然被说服，但心里的焦灼越来越厉害了，起身走了几步，正要发火时，门嘭地开了，武燕风风火火进来，劈头就问：“贺支队长，为什么把我从藏锋行动一线调回来？我不服。”

“你是谁？了不起了？”贺炯眼睛一瞪，发飙了。

“我……”武燕愤愤不平，不敢犟了。

贺炯一拍桌子嚷着："你当然很了不起，你是支队长嫡系外勤王牌，抓个小鱼小虾能填饱胃口？去，带上政委走，要抓就抓大鱼。"

武燕表情一阵狂喜，兴奋地敬礼，铿锵一句："是！"

跟着头也不回地奔了，出了门就在楼道大喊谭政委。贺炯却像恶作剧一样笑着坐正了。哟，还有个不好对付的，徐局长正不悦地盯着他，可不止一次训斥他这家长式作风得改改了，不过今天顾不上，徐中元局长愤意十足地道："老贺，下次局党委班子会议，保密处我推荐你啊，保密工作做得也太好了吧？到现在我都不知道怎么开始……黑客在哪儿？"

"啧……我也不知道。"贺炯咂巴着嘴。

"啊？什么什么？你再说一遍？"徐中元局长这次真怒了。

"您坐，消消气，我得给您解释一下……是这么回事，网安支队的邱小妹，和我们新招的丁灿已经派出去有些时候了，当发现对方黑客尝试非法登录我们的警务网站时，我就有这个想法。后来布置行动，我要求他们变成和老猫一样的黑客，而且比他藏得更深，比他更神秘，在找到破绽之前，不让他们有任何行动或者技术上的动作。"贺炯道。

于是从那天起，丁灿和邱小妹就从信息中心消失了，不过肯定有信息直联，肯定就在面前了，徐中元气消了一半，随口问道："只向你一个人汇报？"

"不用，反正我也不懂，我要抓的是嫌疑人。"贺炯道。

"那人呢？"徐局拍着桌子问。

"他在什么虚拟世界里，没有确定的电子证据留存怎么抓？那是个关键位置，如果抓他之前给他喘息的机会，不管是销毁电子证据，还是通知藏毒同伙，那就满盘皆输了……相比那个人，连天平屁都算不上。"贺炯道。

徐中元给气得没辙了，他不信地问着："你真不知道？我说你心也太大了吧？这么大的事不核实，万一有差池那不也是前功尽弃？"

“机会只有一次，不可能有容错空间。对付虚拟犯罪我还真是外行，所以在动手前不敢对专业的人指手画脚……马上就知道了……呼叫藏锋3号，你在什么位置？”贺炯对着步话机问。

“我快到了，布置已经完成……”3号回应，听得出是周景万的声音。

“好，联络上他们。你们是第一枪，打不响别回来见我。”贺炯吼道。

步话里回应了一声：“是！”

咔一声挂了，贺炯兴奋地看着徐局长，这次行动被他命名为“藏锋”，藏了这么久，现在该到亮出锋刃的时候了。徐中元泼了瓢冷水：“把你转的，一个小破支队，还搞个‘藏锋’，这个字不吉利，‘藏起来’和‘埋藏’是同一个字。”

“呵呵，我觉得还好啊，正好挖个坑把他们全埋了啊……哟……来了。”

贺炯点着视频通话同意，通信器投射到大屏上，视角在周景万身上，视线里拍到了邱小妹、丁灿一人一台电脑还在忙碌着，桌子上堆了老大一堆方便面纸壳、外卖盒，他们身后的墙上，任明星正密密麻麻贴着线路图、人物图，一眼看过去有诱发密集恐惧症的效果。

这时候徐中元有点放心了，就瞧这架势，他都觉得有谱了……

“哎哟，我说你们几个这几天溜哪儿去了，敢情被支队长藏这儿了。”

全副武装的周景万看看憔悴的邱小妹、胡子茬儿一脸的丁灿，以及累得肿着金鱼眼的任明星，狠狠地竖了一个大拇指，千言万语汇成一句话：“目标能够确认吗？这是晋阳市楼盘最贵的金城兰园小区，发案率极低，监控堪比我们队里的一级戒备。这里头的业主，我估摸着一半比贩毒的收入还高。”

“就是啊，在这里抓捕得注意影响啊。”

“一不小心我们都得上头条，负面的。”

随行的两位补充着，自打开进这个目标地，就把他们给弄蒙了。

邱小妹和丁灿互视一眼，笑容雷同，自信满满地，邱小妹说：“你来？”

“你来吧。”丁灿谦虚道。

“一起来吧，周队长，我用五十秒的时间说服你，这名黑客入侵过人社局网络、教育系统网络、车管系统网络，每一次入侵都会或多或少留下点电子痕迹，都用过跳板。跳板相当于作案工具，而且是偷来的。这些作案工具是电脑，属于不同的主人，但主人并不知道他的‘电脑’被别人用去作案了。”邱小妹道。

丁灿补充着：“所以我们就一台一台查，有用过网吧的、用过卫生系统的，甚至登录过运营商的主服务器，查到了一个电子签名，这个家伙很自信，签名叫CAT……也就是老猫。”

一堆代码显示在电脑屏幕上，邱小妹回头看了眼道：“我们查到了11处跳板，不知道是运气好，还是对方根本没有觉察到危险，让我们捕捉到一个通过移动4G接入的信息，而信号源，就在这一带的移动基站，也就是说，方圆不超过五公里。当然，也有可能是入侵别人的Wi-Fi干的。”

“接下来准确定位是个麻烦，得感谢猛子抢回来的那两部手机，同样是运气太好，或者说对方太过小心，专门又把手机要回去检测过一遍，所以跟着这两部手机的移动信号，我们找到了这里……斜对面这幢楼。”丁灿道，指指窗外，那是一幢29层的楼，有多少住户，一想头皮就发麻。

“再然后又陷入困境了，可能在这里，也可能临时在，就即便在，把虚拟世界里的一个人和现实世界对照吻合，没那么容易……于是我们就把任明星和王铁路队长都请来了。”邱小妹道。

“坑死我了，你们会遭报应的。”任明星有气无力道了句。

丁灿和邱小妹贱笑，周景万急问：“然后呢？”

“因为对方是个大师级的黑客，太擅长电子类的东西了，我们不敢用高科技的玩意儿，所以只能还原最普通的方式：偷偷查这幢楼的每户用电量、查每户的出入垃圾、查每张出入卡的扫描时间甚至我们这幢楼所有在住的居民，29层楼，6个单元，每层12户，一共348户，常住人口879人，非常住且临时来过的2044人全部排查过一遍，为此还调了一台多线程的电脑专门用于分析和体貌识别。”丁灿道。

“最终在24层，3单元，2A02号房间，因为谐音的原因，该楼未设24层，设2A层。该住户的疑点在于：第一，用电峰值集中在晚上到凌晨一段时间，符合IT人士熬夜的毛病；第二，该住户网上订的外卖几乎每天都有，每次都是送到地下车库的入口自己去拿，或者让外卖放在信筒上，网络查找订单，用的还不是一个支付方向；第三，从我们来，他几乎没有出去过，最远只去过小区里的超市，典型的宅男；第四，该幢房屋的户主在国外，房屋是通过中介租出去的，租客身份证使用的是‘雷明’的登记名称，身份证是真的，不过从我们的警务系统里反查，这个雷明是铁道九处下属的桥梁工段技术人员，已经被派遣海外输出劳务数年，根本不在国内，所以他根本不是雷明；第五，最关键在这儿，我们使用技术手段，切入了他使用的宽带光纤数据，基本确定了，就是这条线在接收着匿名邮箱回传的信息，还有通过这条光纤在和涉案的嫌疑人交换信息，信息是碎片化的，不过指向完全正确，但要形成完整的电子证据，还需要得到他使用的电脑。”邱小妹道，看着一脸茫然的周景万，像是询问明白了没有。

周景万愣着问：“说了半天，你还没说是谁呢！”

“这个人……薛铭文，是浙江省一例商业间谍案的主角，因为盗窃他从业的游戏公务商业机密被判缓刑两年。他曾经是电子信息工程师，做过大型网络拓扑解决方案公司的技术总监，在这例新型毒品案里，可以看到一个网络工程师的前瞻思维，手机、定位监控、网络入侵，被他做成了多位一体的反侦查模式。简单地讲，他相当于我们支队长站在信息中心指挥一样，在家里就可以统揽贩毒的全局。”邱小妹道。

“精彩，非常精彩，辛苦了，同志们。”

步话里传来了贺支队长的嘉奖，邱小妹和丁灿相视一笑，并未喜形于色。

周景万几人可是信心十足，开始部署警力，邱小妹提醒着：“不能断电，断电有可能对存储介质造成永久性伤害。”

“也不能给他反应时间，否则有可能设置自毁程序……我们在这幢楼上已经布置了信号屏蔽干扰装置，发起行动时再打开。”丁灿道。

“这么慎重，有什么细节需要注意吗？”周景万问，看丁灿似乎有所隐瞒。丁灿不好意思道：“条件太简陋，设备不足，只能全频段干扰，也就是说，你们的步话机也会失去信号。”

“咝……”周景万牙疼了一下，不过这难不倒他，在步话机里命令着：“各小组注意，启用4号方案，行动发起后使用手语。”

“走，我们一起……”丁灿收着电脑，踢了哼哼唧唧的任明星一脚。周景万好奇地看着被虐得生无可恋的任明星，不明白了：“哟，平时数你嘴长，咋不说话了？不能把你累成这样吧？这不难啊。”

“不难？！哎哟喂，我白干了，你试试去，出来的人不是扣大风帽就大口罩，体貌没法识别，天天让我蹲门口画像，把我冻得跟孙子似的，还让我去刨垃圾桶，这一带捡破烂儿的还以为我抢人家生意呢。”任明星吐槽道。丁灿和邱小妹窃笑不语。

周景万安抚：“那你歇会儿。”

“那怎么成？这事全靠我和王队长干，就他们俩根本不行，我得去。”任明星勒勒裤带，要干了。

“咦，对呀，王大队长呢？他在这儿干什么？”一位外勤问。

“我们给他造了个假身份，他成功应聘到地下车库保安的职位了。”丁灿道。邱小妹接茬儿道：“所以不用偷偷摸摸进，车可以直接开进来，开到地下车库，从车库直上任何一层，王队长会给咱们领路的。”

周景万怔了片刻，没想到难点和细节早被铺平了，他哈哈一阵大笑，踌躇满志地一挥手：“走！”

“呵呵，哈哈……我说老贺啊，你呀，你呀。”

徐中元被现场的视频逗乐了，眼看着几辆车畅通无阻进入小区。通过地库时，值班的正是身穿保安服的王铁路，这倒方便了，四组特警无声无息地长驱直入，只等一切就位，张网捕人了。

“我一直相信，我们队伍的核心是信念。技术是不可或缺的手段，但支撑我们集体的脊梁，只有一句话，众志成城。”贺炯道。

“好，这两个小家伙比你靠谱，错不了了，那就从这个黑客薛铭文身上开刀？”徐中元道。

“我有个大胆的想法，以前是自下而上，顺藤摸瓜。这瓜呢，不止一个，大大小小的不是摸不着，就是摸不全。我想试试，自上而下怎么样？先摸瓜，再捋藤。”贺炯道，眼光盯向了案件板。

徐局顺着他的视线看，汪冰滢的名字画了几重圈，重点标注了。他一想，现在幕后尚在未知，曹戈又被放走，能剩下的“瓜”，可不就只剩这一个了？

略一思索徐局摇头道：“这种人身上不会有证据，也不可能留下任何证据，哪怕她就是幕后的毒枭，也不可能被我们抓到实质性的证据。比如毒品，她不会碰；比如毒资，也不可能会在她这儿。”

越到职业犯罪的层面，越到重罪的层面，那隐秘性自然越高。像这种类型的嫌疑人，除非证据确凿，否则抓她的后果只能是让警察自己碰一鼻子灰。

“已经去抓了，假如我们今天行动大获全胜，即便没有证据也会把她陷进囚徒困境里。但要事后才发现涉案再去找人，那就麻烦了。所以，我们的方案是先对她动手……正常执行公务询问一下总是合法的嘛，配合公安机关办案也是公民应尽的义务嘛。”贺炯道。

徐中元想了想，狐疑地问：“你……你是让谭政委去对付汪冰滢了？”

“她如果在这个时间离开晋阳，那谭政委就会把她拦下；如果她安安生生睡着不出门，我们也不打扰。这总没问题吧？”贺炯笑着道。

“噢，我明白了，你这是想一锅烩了，可别消化不了撑着啊。”徐中元道。

“呵呵，我的胃口可不止这么点……他们这么点小菜还不够塞牙缝呢……嗯，高速口子开始了……”贺炯笑道。

徐中元局长注意到了，一辆110小面包警车嘀呜嘀呜鸣着警报靠近高速出口。清晨雾霾严重影响到了监控的清晰度，模糊地看到警车还没停稳，路口那群骑电单车的、摩托车的，一拧油门就跑。有的往回溜；有的急了冲向高速过道，窜到高速路上去了；甚至还有实在蠢到无可救药的，嘭一声撞在收费站栏杆上了……

这戏假得让徐中元局长也忍俊不禁了，不过也恰在他笑的时候，异变突生。

泊在路上的连天平的两辆车，开动了……

一直监控的汪冰滢的住宅灯亮了……

迟迟未动的孙仁、石国中两人，从宝利华小区出来了……

甚至连徐虎也发现动静了，奇怪地往晋昊娱乐的经营场所走……

“信号，这里的居然是个信号，他们在测试我们的反应能力？怎么一下子都动起来了？”徐中元局长惊声问。

“再等等，别忘了他们也有个指挥中心，等各路人马安心上路，我们再掐他首脑。”贺炯笑着，在阴惨惨的笑里满含着异样的兴奋，像守候已久的猎人，在蓄势给猎物最后的致命一击……

蛇鼠一窝端

渐渐放亮的天是雾茫茫的颜色，红蓝警灯闪烁可见时，先期一步到达高速路口的一干“快递员”瞬间凌乱了。

“小婊啊，你看那是什么警车？”

“你指什么？”

“啧，要是交警的就和咱们没关系，要是其他警察就说不准了。”

“都长一个样我哪知道？”

“你不有文化吗……兄弟们，咋办？”

“傻逼，跑……”

“跑啥，这不是拉个货吗？又不是没送过。”

“用咱们这些人送的能有好货……”

几个人清醒的几句讨论，马上有了定论，骑摩托车的一蹬车，“嗖”地蹿过收费站间隙上高速了，紧随其后的两人，一个跑了，一个蒙头蒙脑撞到了栏杆上。值班的就俩收费员，死死地关着门呼叫：快，有人闯杆……不是车，不不不，是车，摩托车，没牌号。

啊！女收费员在尖叫，那个撞蒙头的一脸血爬起到了收费窗口前，像丧尸来袭一样，吓得收费员直躲。那吸得有点飘的哥们儿吼着：“嚷个毛啊，还没脱呢就叫床，长得不赖啊，咋像我媳妇？”

尖叫更甚，后面的四个有俩弃车往路下窜，另外俩一扭头往回跑。驶来的警车横亘在路上，奔下来的警察就势一扑，扑倒一个，另一个一紧张，自己倒撞到路杆上了。110执勤警员奔上来一压一扑一扭，很轻松地捕了这个，情况不明，警员也是蒙头问着：“干什么的？”

“送货的。”

“扯淡不是，骑个电单车上高速送货？”

“我也觉得挺扯淡，哎，你抓我干啥呢？”

“先说清干啥再告诉你抓你干啥。”

扣了两个，跑了两个，雾大霾大那窜下路的已经看不到人影了。警员奔上来控制住了在收费站调戏收费员的那个，把三人塞进警车才顾得上晃着手机灯光瞅瞅。这几个货眼珠转得比车轱辘还快，还有人无意识地嘴一抽一抽，再问话就前言不搭后语了。

110警员的经验也不是一天两天练就的，这很像传说中的：毒驾。

赶紧地把车上的箱子打开，电光一耀，洗衣粉袋子大小的塑料包装，灰黑色的粉末和结块状，领头的赶紧汇报："报告指挥中心，有七个人，抓到三个，跑了四个，疑似吸毒人员，两个骑着摩托车已经跑上了高速，请求支援。"

指挥中心和高速交警驻地，两辆警车呼啸而出，处理应急事件的值班人员出动了……

一个封闭的空间里，一个坐着的人，正端着一杯热腾腾的咖啡抿着。

他正通过面前的数台电脑看着那个凌乱的现场，视角半人高，好像是电单车上回传的信号，虽然是无声的传输，可也能想象到一群吸食过毒品的人能造成多大的乱子。这种高速口一直畅通着没感觉，可要稍堵一会儿，那就得便秘了。这才不到十分钟，来向和去向的车，已经把出事这一块给挤满了，而且视线被挡住，看不到被大卡挡着的警车了。

又等了片刻，他放下了咖啡杯子，在电脑上输着文字："只去了一辆110出警的车，没事，王村口安全。"

电脑上，网名为"孙二"的在另一端回问着信息："我们从哪儿走？"

"就从王村口走，你们赶到需要二十五分钟左右。可以动身，再晚得被堵路上。"

"OK！"

对方回传，结束。

另一个网名为“二余”的问着话：“老猫，能走不？”

“当然可以，从南寨口上绕城高速，通过G2001，出G5口，马坡服务区停车。注意时间，六点半以前出市区，否则你有可能被堵在市里。”

“好嘞。”

结束。

第三个网名“平子”的发来了语音：“路线。”

他输着信息：“绕S314路，过东黄水镇，东岗村走一段二级路上高速，阳曲二号隧道内停车。”

结束。

三条路线安排得明明白白，似乎他干得非常轻松，输完信息，直接点清空。拉出来一个没有名字、只有一个美人鱼画像的朋友，输入信息：“一切正常，安全上路。”

“盯着点，哪路出事，提醒下老大。”

“OK！”

通信简洁直接，他关了微信网页，又切换到了屏上，几个场景都是静态的。这种远程监视需要独立供电，他计算的电量，应该没有问题，应该足够支持几个小时，几个小时后就一切大功告成，然后就可以择一地逍遥了。

他心痒难耐地又打开了网银，看着显示的一串金额数字，心满意足地抿着咖啡，听着音乐，眯着的眼睛里闪着灯红酒绿，闪着丰乳翘臀，闪着海岸、沙滩以及包括一切叫“享受”的美好事物，在他的脑海里呼啸而来……

“信息流正在急剧加大，他在接收数据，应该是影像资料。”

邱小妹和丁灿窝在地下一层，一个阴暗的空间，脚下就是管线，设备连接了传输光纤，可以测试到目标线路的数据传输，十几分钟，达到了峰值，一条明显的曲线。

丁灿小声问着："可以开始了吧？现在抓个正着。"

"战机只能指挥员把握，你第一天当警察啊？"邱小妹不耐烦地回答。

"理解一下，我还是个临时警察。"丁灿笑道。

邱小妹扑哧一声笑了，回头看了眼疲惫的、脏兮兮的丁灿，又忍不住笑了，她幽幽道："我们可能在创造一例网络侦破大案的典型案例，你知足吧，这么好的机会，正式警察一辈子都未必能碰上。"

"我一点都不知足，要能亲手抓到这个毒枭才叫厉害啊。"丁灿道。

"嘿，盯着点，别叽歪。"头顶上有人提醒了一声，两人不吭声了。

是王铁路，正穿着保安服装，很敬业地在巡视着地下车库，偶尔有早起出行的车辆，"王保安"很殷勤地指示着路线，客气地来一句"一路平安"，把那些业主感动得都不知所谓了，什么时候来了这么负责的？

确实很负责，他脚下踩着的就是过道的管线出入孔，这地儿要停辆车，下面两位自己人恐怕就出不来了。

时间指向六时十分，王铁路在这时直接在手机上传话：老贺，再延迟就快天亮了，围观的居民越多，越容易出乱子。

他的手机瞬间收到了信息，是一个噤声的图片。

连天平在拿手机时，收起了枪，获取信息后，他像放心了，对着后面道："波姐，你先走，老猫给的路线，你领着他们走前头，谢了啊。"

"好嘞。"董小花接过连天平的手机，挪着肥胖的身躯下车，径直上了路边一辆车，先行开走了。

试探？！

邢猛志脑海里闪过刚才的场景，从冷库地下取货，给这些快递装货的时候，是孬九一直在操持，那时候他被连天平拉着躲在货堆后面，这是……依然在防备着他。

“走，穿过中环路，往南杨家寨口走，放快车速，快到高峰期了。”连天平道。

邢猛志机械地发动，一踩油门，跟上了波姐董小花的车。他不时地瞟着后视镜，却没有看到亲切的红蓝警灯的颜色，更没有看到哪怕一辆围追堵截的车，这让他很失望，而且莫名地紧张。

更紧张的是，下一个岔路口，三辆车分开了，董小花带着货厢走了另一条路。

“你很失望吧？”连天平突然问。

“嗯？”邢猛志愣得“嗯”了声，“什么失望？”

“高手寂寞啊，我们这一行都是深藏功与名，当你做了一件又一件大案却无人知晓时，会很寂寞的。连个警察毛都没一根，真让人失望啊。”连天平道，有点独孤求败的味道。

邢猛志嗤笑回道：“只有明星才越出名越赚钱，我们是越无名越安全，名利双收的事不是谁都能碰上啊。”

“呵呵，也是。哎，猛子，想好去哪儿了吗？”连天平问。

“要安全办完了，都不用跑吧？但我倒也想出去看看，还没坐过飞机呢，更别提出国了。”邢猛志道。

“就怕你待不住啊，一方水土一方人。”连天平道，好不落寂的口吻，像是想起来什么似的问着，“对了，猛子，你要走了，你老娘咋安排啊？还在环卫上？”

“可不咋说呢？有点为难啊。”邢猛志道。

“家里还有什么牵挂吗？”连天平问。

“就个老娘，唉……”邢猛志幽幽叹着。

“好吧，干完这一票，凑点钱给你整套小房子，搬新房让老人家多享受享受吧。”连天平道。

“嗯。”邢猛志应了声，不愿意触及这个话题了。

车如离弦之箭行驶在清晨的大街上，雾霾渐重，前方的路越来越模糊……

A2号观测点。

观测的警员突然出声了：“快，徐老虎在干什么？”

有警员凑上来，拉近着距离，晋昊娱乐顶楼，偌大的水箱旁人影幢幢，放大影像后，模糊地能看到他们从水箱下面搬东西。

“好家伙，不会这里就是藏毒点吧？”

“不可能吧，就藏在楼顶？”

“完全有可能。如果焊在有几吨容量的水箱里，根本看不出来……你们看来了辆什么？”

镜头朝下，把警员们看得眼直了，是辆殡葬车，这种车很特殊，几乎是免检的，谁也不愿意沾惹那晦气，而且出行的时间不是晚上天黑，就是早上天未亮。看来徐老虎找到了一个恰到好处的运输方式……

A5号观测点。

鲁江南辖区，远道而来的伍队长领队，盯着孙仁、石国中两人。听到埋伏在地下车库的监视后，伍队长目瞪口呆了，几个人都凑上来看几秒钟的影像：一辆白色的车，不知道为什么停在车库摄像头死角，两人从车里拿出东西贴上车身，然后扛着信号灯往车顶一放，一辆简易的“警车”出炉了。

“我去，这贼胆可包天了，做个假警车走。”

“看，他们连警服也穿上了。”

那辆山寨的“警车”从小区驶出来了，盯梢的人员拍下来的画面里，两个嫌疑人赫然是“警官”打扮，开着警车扬长上路了。

“藏锋5号呼叫，目标乘坐一辆冒牌警车上路，车牌号0205……”

“胆大妄为，不知死活。”

徐局长给气着了。千算万算，谁也没可能算出孙仁这一队，居然在眨眼间能变出一辆警车来上路。

“我觉得应该高兴啊，从来没有一次像今天这样，把几路毒贩都盯死，时间卡得真好啊，清晨，雾霾，在交通高峰期前离开，这个时间除非提前预知，否则根本不可能堵上他们。从出行到上高速，只需要二十多分钟，算计得简直是万无一失啊。”贺炯眉头皱起来了，狐疑着，“好像还差一路啊。”

“再磨叽可堵不住了啊。”徐局长提醒着。

“您别急啊，我职位低，我先来……哟哟哟，看看看……来了来了……”贺炯眼睛亮了，监控里一处联排别墅灯亮了，人似乎出来了，泊在门口的车灯闪了几闪。

“德行，给你。”徐局长递过了指挥器。

“藏锋3组，行动。”贺炯脸色一整，短促命令道。

时间定格在六时二十五分，行动命令下达，躲在保安值班室的任明星一摁开关，发射信号嘀嘀几声响，信号指示灯全亮了。这一时间，丁灿和邱小妹爬上管线井，王铁路刷着卡领着两人往楼上来了。

楼顶四角的干扰器瞬间开启，静默的步话机都开始嗞嗞蜂鸣，已经拉好缆绳的突击队员自顶楼飞跃而下，像一只大鸟扑向了空中。门外已经架好的液压破门器，嘭的一声响，把厚重的防盗门拉开了。

咣咣两声，晃在空中的突破队员借力撞向窗户，整扇窗户塌了一边，人像一枚炮弹似的直飞进来。

“警察，不许动。”

“不许动。”

两窗一门蹿进来黑衣特警，枪口同一时间指向屋里的人。这个嫌疑人一只手拿着鼠标，另一手端着咖啡杯还在唇边，愣着都忘了杯子，对着黑洞洞的枪口一举手，那白色的咖啡杯子哐啷掉在地上，摔成碎片，就像一瞬间从天堂到地狱，梦碎人醒了……

也就在这个时候，一辆警车驶向水域金岸别墅区，车横亘在那辆准备开走的奔驰车前，堵上了路，下来几位正装警员，武燕当先前行站到了驾驶的位置，手摸着腰后的枪支戒备。

车窗缓缓摇下，汪冰滢那张绝美的脸出现在车里，她化着像约会情人一样的妆容，有点诧异地看着武燕和另一位中年警官。

“认识一下，我叫谭嗣亮，晋阳市禁毒支队政委，这些是我的同事。”谭政委亮着证件递给汪冰滢。

汪冰滢没有接，好奇地问：“警察同志，有事吗？”

“有些情况需要找你核实一下，方便进屋谈吗？”谭政委指着汪冰滢的房子。

“不太方便啊，我要赶航班。八点的航班，路上需要一个小时啊。”汪冰滢抱歉地道。

“这个天气航班能不能起飞还是个问题，而且据我们所知，您好像也订了高铁的票，或者您航班、高铁都不坐，会驾车出行吧？”谭政委笑着道。

“那这个违法吗？只要不违法，我骑单车出门也行啊。”汪冰滢笑道。

“呵呵，这儿住的可非富即贵啊，咱们要这样耗着，回头都知道您这样一位有身份的大美女被一群警察堵在门口，名声不好听啊，对不对？配合一下，很快，如果时间紧，我们用警车送你，保证赶到。”谭政委道。

没想到政委还有这么幽默的一面，武燕笑着敲敲车顶提醒：“嘿，这是我们领导在跟你讲客气啊，非要逼我们动粗啊？”

“嗯，好吧，我对你们保留起诉权利。我知道是晋昊然的事，但这和我没有什么关系。”汪冰滢愤愤道，直接下了车，开了门，高跟鞋噔噔噔气愤地踩着节奏进了门。

武燕和谭政委相视一笑，跟着进去了……

也在这同一时间，已经行驶到中环路尽头，灯光下已经看到高速入口的指示牌时，邢猛志不自然地手颤了颤，几次想出手都忍住了，现在都不知道波姐带着孬九和葛二屁走上哪条路，他前进的方向摸不准是先一步走，还是被连天平故意领上了岔路。

“怎么放慢车速了？”连天平问。

“雾霾越来越重，路不好走啊。”邢猛志掩饰道。

“你是担心咱们不好走，还是担心孬九他们不好走？”连天平问。

“都不好走。”邢猛志道，心一抽，下意识戒备。

“那你得走好了。”连天平毫无征兆地拔枪，侧身对准了邢猛志的脑袋命令着，“停车！”

车“嘎”一声刹停，邢猛志怒不可遏地盯着连天平，两只眼睛似乎要喷出火来，和预料中大相径庭的表现，让连天平犹豫了一下……

命悬一线时

“啥意思？想少个分钱的明说。”邢猛志怒道。

连天平嗤笑道：“装得不错啊，继续装。”

“装什么了？”邢猛志懵然问。

“真以为我傻啊？你聪明得有点过头了吧？”连天平隐晦道。

“平哥，你个文盲出身，不要话里有话行不？来，看兄弟不顺眼，朝脑门上来，我要眨巴下眼，我是你养的。”邢猛志杵着脑袋，横横地道。

“去你妈的，头回见吃里爬外的还这么硬气。警察窝里出来的，真以为有人能相信你啊？”连天平怒道，枪顶上了邢猛志的额头，恶狠狠地道。

“哦，怀疑我是内鬼，这么说你们几个都值得怀疑啊！孬九被抓过，葛二屁被抓过，你也被抓过，还不都警察窝里出来的？”邢猛志道。

“狡辩。他们是被警察抓，你是当警察，临时的也算。”连天平道。

“好，我把你们出卖了。”邢猛志道。

“呵呵，终于承认了。”连天平阴笑了。

“我想承认，也承认不了啊，警察呢？你一车货放那儿，那还不一逮一个准？你用枪顶着我，现在要有警察围上来，不照样一逮一个准？老子连手机都没有，拉个屎都不出院子，你跟我说说怎么出卖你们？”邢猛志怒声质问。

一下子把连天平质问蒙了，他用枪口挠挠脑袋，像是挠痒痒，或者是在思考，只可惜思考不出结果来。邢猛志稍一动，他枪又举起来指着邢猛志了，冷森森地道：“老大让我灭了你，对不起啊兄弟，回头我安排人给你家里送笔钱。”

“老大让你吃屎你也去啊？他不是让你灭我，而是让你走投无路，根本不给我们活路，如果说出卖，可能我们都被出卖了。”邢猛志幽幽道。

“什么？你扯什么？”连天平愣了，这话似乎戳中了他的心病。

“我们在老大眼里，和你送去高速路口送死的货没有两样，像我这样和警察有瓜葛的，你怀疑我认了。可像你这样被警察抓过的，也一样。他还能用你吗？即便不怀疑你说了什么，万一你被警察盯着呢？进过局子还不就等于有了污点，找个人撂出来扛罪除了你还有谁啊？”邢猛志道。

啧……嗞……连天平一下子犹豫了、狐疑了，枪口低了低，又抬了抬，抬起来蹭蹭太阳穴的部位，其中的关系太过烧脑，不过凭他的直觉判断，逻辑是对的。

邢猛志突然又爆了句雷：“孬九和二屁车里根本没货吧？”

“啊？你怎么知道？”连天平冷不丁被诈，吓了一跳，枪口又指向邢猛志。

“既然老大都不怎么相信你，怎么可能给你成车的货？咱们这一拨都是被警察盯着的，最适合组个‘炮灰团’。你不是不相信我，而是根本就谁也不相信，准备撇下上头和下头，自己跑。”邢猛志用最阴暗的思维洞悉到了连天平的想法，这里距离高速入口不足一公里了，一路平安，上去就是信马由缰畅通无阻。

“猜得不错，不过货还是有的，你屁股下面坐的就是。现在给你个选择，下车自己跑，钱甭指望了；第二呢，替我开车走，那样的话，可能命就甭指望了。”连天平慢慢地收回了枪，坐正了，没有理会邢猛志的感受，只是在等着他的选择。

“是不是手机得扔了？”邢猛志问。

“对。”连天平道。

邢猛志掏着口袋，把发的手机扔给了连天平，然后一踩油门，平稳地上路了。微微诧异的连天平前面看看，左右看看，什么也没发现后，顺手把两部手机都扔出了车窗外。

车如离弦之箭，驶上了高速路，方向……未知。

丁灿和邱小妹是最后到场的，黑客据点已经结束了战斗。他们和任明星、王铁路一行四人像上级来人一样受到了警队的最高礼遇，刚一进门两旁的特警队员就对着他们立正、敬礼。

“哈哈，你出名了啊，不过名字里得给你打个×，叫薛×文。”任明星笑看着被铐着坐在地上的黑客。

仔细观察薛铭文，发疏，黑眼圈，眼底发红，小肚腩偏大，双下巴，符合一切宅男的气质，任明星又咧咧了：“看看，不要老坐着，也不能老吃外卖、老熬夜。我们盯你这些天，就看你天天晚上耗着，天天吃外卖，那怎么能行？看你这人不人、鬼不鬼的样子……对了，认识这大叔吗？不是你黑客才能化身，这位大叔脸熟不，不止一次见吧？”说的是王铁路。

那黑客羞愧地低头一言不发了。如果警察早盯上他了，那说明自己一切的掩饰都是笑话。

“好家伙，这比你那店只高不低啊。”邱小妹叹了句，凌乱的桌面上放着四五台电脑，书柜里放着成摞的手机、各种接线卡口、写码设备，还有没有标志的裸露电路板。丁灿指指道：“单片机高手，我猜对了吧，只有硬件也通晓才能登峰造极。”

“什么是单片机？”周景万问。

“就是自己设计电路、焊电路元件，自己做一个完整的功能性电器，比如那些群发短信的设备、写银行卡的设备，都是单片机高手做的。”丁灿道。

“别吹了，赶紧的。”邱小妹斥了句，不过毫无责备的意思，语气里满是兴奋。

不光她兴奋，所有的人都兴奋，这里直连的能看到几屏的行车路线，那是车上的视角。丁灿试了试，扑哧一声笑了，有一个视频居然看到了孙仁和石国中的视角，两人穿着警服，打着哈欠，正在路上。

“错不了，就是他，王村高速口的视频还没来得及删。”邱小妹道。

“明星，把他带到卫生间，突审。”周景万冷声道。

“好嘞。”任明星提人。那黑客薛铭文像被蛇咬一样痉挛着，颤声嚷着：“别打，我说我说……”

“呵呵，看看，虚拟世界待久了，太脱离实际了，现在警察谁还打人呢？手段比打人厉害多了。”任明星一惊一乍，把那黑客吓得时不时地哆嗦。王铁路赶紧拉开了任明星，周景万蹲下开始问话。

虚拟世界的王者在现实世界里往往反差很大，那黑客根本经不住三审两问，很快就一五一十地交代了……

水域金岸别墅内，武燕笑着向谭政委点了点头。

坐在政委对面的汪冰滢傲气依旧。当过律师、见过世面的女人就是不一样，不像那些土炮，心虚，见着警察就立马服软。这不，她笑吟吟地看着谭政委，挑衅道：“谭政委，如果没有其他要问的话，我是不是可以走了？”

“不急，这不是刚开始吗？”谭政委笑道。

“你耗着有意思吗？我可能比您熟悉法律，您这样限制人身自由，有悖您的职业道德和操守啊。”汪冰滢提醒道。

“那我就开门见山了啊，先前你说对曹戈一无所知，这就不对了。”谭政委道。

武燕把平板递到汪冰滢的面前，几屏监视截图，汪冰滢眼睛一闭，无语了。那是两人很仓促的一次会面，被人偷拍到了。

“这是个涉毒嫌疑人，身上牵着重大案情，现在下落不明。汪女士，您不会恰巧不知道他的去向吧？”谭政委问。

“我怎么可能知道？”

“那你们这么亲密的关系，如何解释呢？”

“法律上讲，叫不正当男女关系，可以吗？”

“呃……”

完全低估了汪冰滢的脸皮厚度，她侃侃解释了这种关系，倒把谭政委给噎住了，汪冰滢却是两手一摊道：“好吧，无耻、下流、不要脸，不管你们心里怎么评价吧，不要问我在车里干什么，那是不可描述的事。”

“好，不问，换个问题。我们查到你在近六个月有大额的消费，包括出境旅游、购买奢侈品，以及数额较大的流水账，这个和您的收入似乎不符啊。”谭政委又道。

“呵呵，答案已经给过了，既然和一个或者不止一个男人有不正当关系成立，那其他就不用解释了，愿意为美女买单的男人可多的是，这只能以道德水准衡量，不违法吧？”汪冰滢笑道。

武燕听得愕然不已，惊声问着：“啊？你咋这么不要脸呢？”

“恰巧我也要这样问你们，无凭无据上门限制我的人身自由，执法者的颜面还在吗？”汪冰滢很文明地反驳了一句恶心话，把武燕给呛住了。

“好好，这个不用争，我接受你的解释，这样吧……”谭政委作势要起身，汪冰滢心里一喜，以为结束，可不料谭政委又安生坐好了，迸了一句，“对，还有个人你认识，叫薛铭文。”

“谁？”汪冰滢皱眉。

“外号老猫啊。”谭政委道。

“不认识。”汪冰滢眼皮一跳，手一抖，直接否认。

武燕微微笑了，谭政委笑道：“我觉得你还是认识的好，否则他把你交代出来证明你说谎，场面会很尴尬的。认识又不违法不是？”

“我真不认识，我确实不知道你在说什么。”汪冰滢摊手道。

“这个问题也不重要，那再换一个。你说你不认识薛铭文，为什么薛铭文那儿，和你这里有通信联络呢？而且用的是很先进的软件，看完就删，叫什么来着？”谭政委问。

“阅后即焚。”武燕提醒道。

“不可能，我根本不认识，这什么跟什么啊？”汪冰滢否认道。话音刚落，包里的手机响了，是个特定的提示音，清晨的鸟鸣，一听这声音她表情陡然剧变，先惊再愕，然后满脸恐惧地看着谭政委。

武燕替她把手机拿了出来，放到她面前，那上面发了条信息：安全。发信息人是：老C。

“每隔十五分钟汇报一次，准时吧？”谭政委笑着问。

汪冰滢目瞪口呆地看着谭政委，良久无语，她咬紧牙关，一言未发，仇视着谭政委，早已经忘了自己急着要走。

不过恐怕走不了了，警察肯定有些证据。不对，不可能有证据，我是清白的，我和那些事根本无关……心里模拟过无数遍的托词开始发挥作用……

“这盘棋下得足够大啊，我已经迫切地想知道棋手是谁了。”

徐局长叹了句，黑客、托家（中间人）、运输路线，脉络在渐渐清晰，而幕后依然云里雾里。

“不急。”贺炯淡定道。

话音未落步话就传来汇报：藏锋4号汇报，烛光上了高速，似乎与目标嫌疑人发生了争执，烛光似乎被对方挟持。

这可急了，贺炯命令道：现场监控发回来。

现场图像出来了，应该是对面驶过的车辆偷拍的，放大的画面里，能看到副驾上的连天平用枪指着邢猛志。徐局长眼皮跳了跳道：“这个人得先摁了啊，否则我们的人危险。”

“只要对方没有觉察到危险，那他暂时就没有危险。”贺炯传达着命令，“咬紧喽，按约定的计划办，行动命令下达时给他一个橙色信号。”

四号得令，听得出是马汉卫的声音。发布命令的贺炯随即陷入了纠结。他刚下意识地摸烟盒，一支烟递到了他嘴边，他愕然叼着，徐局长笑着给他点火，他不好意思地笑了笑。

“你的胃口是不是大了点？这几路人马都填不饱你？”徐局长问。

“大头没出来啊，黑客盯的没有这一路，那这三路很可能也是被扔出来当炮灰的。被下套的都是曹戈的嫡系，哪怕有一个通知曹戈，那这条大鱼想钉住就没那么容易了。”贺炯忧虑道。

“先是投石问路，测测深浅；然后明修栈道，吸引火力；最后才有可能是暗度陈仓。你的意思是，这几路都是小杂鱼？有可能都是他的眼线？”徐局长道。

“完全有可能，这是提着脑袋的活儿，不论哪一个毒枭都是诡计多端，不可能不层层设防。”贺炯道。

徐局长跟着忧虑了，他抚着下颔问着：“那我们的战线可能要拉长了，现在的路线是几个方向，连天平往南，孙仁往西，徐虎这一拨往北，不管追丢哪一拨都是后患无穷。”

“是啊，可为什么大鱼还没露头啊？该出来了啊。徐局，我们得有耐心，耐心越大，收获越大，更何况终极目标还不知道是谁。”贺炯道。

想到这一层，两人又觉得手到擒来的难度似乎又在无限提升，忧思中，又沉默了。

从会议室到信息中心，这里回传的信息几乎全是监控的图像。清晨的浓雾中，偶尔出现几辆前行的车，乏善可陈的景色在雾霾中变得渐渐模糊，甚至有两条高速因为雾霾已经暂时封闭了。只有在天网示意图上才能看到虚拟化的端倪，原来围城的红点分成了几个箭头，追着目标走，恢恢天网像被撕破了，变成了凌乱的几簇。

此时，清晨六时三十分，雾霾更重了……

丁零零……

几声老式的电话铃声响起，连天平摸着身上，开车的邢猛志问："哟，不是手机扔了吗？"

"呵呵，你知道得还不够多嘛。"连天平笑了笑，掏出手机，放在耳边接听，"喂，哥，我出来了。"

"到哪儿了？"声音听得出是老鬼。

"到榆祁地界了，这么大雾，看样子高速都封路了。"连天平道。

"没情况？"对方问。

"没有，毛都没一根。"连天平道。

"嗯，走远点，下个口子，麻子接你，事办完前面走。"对方道。

"嗯。"连天平应了声扣了电话，是台老式的键盘机，他往置物箱里一放，笑着问邢猛志，"猛子，好奇吗？是不是和这雾霾一样转晕圈了？"

"你知道我的好奇心不大，知道得太多很麻烦。"邢猛志不动声色道。他隐隐地感觉到了一股危险，却不知道来自何方，眼前的路迷茫而漫长，约定的橙色信号也看不到。他想可能是被组织坑了，这还不是最惨的，最惨的是，连贩毒组织也把他坑了。

"半天不说话，你很郁闷对吧？"连天平问，离市区这么远，他很放松了。

邢猛志笑了声道："怎么讲？"

"呵呵，这个世界好人也好混，坏人也好混，不管好坏他们都心安理得。但最难的有一种不好混，就是那种不好不坏、不黑不白的人，比如……你。"连天平笑道。

"这不是没事吗？平哥你啥意思？怎么一直认为我是内鬼呢？"邢猛志骂道。

连天平长笑道："我倒希望你能把消息传出去，可惜你是个失败的内鬼，现在该绝望了吧？说实话啊，如果你在高速口下车，说不定我会心软放你一马，再往前十公里，路可就到头了。”

“是吗？不怕我和你同归于尽，方向盘在我手里。”邢猛志恶狠狠地道。

“你一定没注意到这是辆教练车，副驾的位置也有刹车。当然，你也可以尝试一下，对于我这类人，我就不自我介绍了，威胁有用吗？呵呵……前面那个小弯，往死里撞。”连天平无所谓地道。

这是个亡命徒，邢猛志知道这货的脑子里恐怕没有恐惧那根神经，他叹了口气，没撞。

“看，你还是很理智的，这就对了。要不考虑一下跟我走，说不定咱们真能成警匪一家啊……哦，对了，你在警察里是个什么职位？不会真是临时工吧？抓了我们能升几级啊？……哦，判不了我们刑你也没功劳可说，这个我可真帮不上你，你跟了这么久都看到了，我是一点毒品都没沾过吧？”连天平笑着调戏道。

上当了？露馅儿了？

邢猛志脑子迅速转着，却无从知道破绽何在，他出声问着：“凭什么就非说我是内鬼啊？我他妈连手机都不带，门都没出过，有这么当内鬼的吗？”

“想知道吗？”连天平笑着问，一只手把玩着枪，玩味似的道，“第一个破绽是，你那么重情义，都没回去看过你老娘……呵呵，我去看了，她已经不在环卫上了，自从你和孬九、葛二屁搭上线，她就不在环卫干了，是不是？”

“就凭这个啊，我给不了你解释啊。我这样的逆子都没脸回去。”邢猛志叹了声。

“感情我不懂，解释我也不要，如果这个不算的话，还有个更直接的你想起来了吗？”连天平问。

邢猛志心一跳：“什么？”

“秦寿生老婆，刘森森。”连天平道。

这一下如同雷击，邢猛志心一抽，下意识地松了一下油门，刹那的失态让连天平捕捉到了，他笑着道：“看来你想起来了，可以告诉你，其实我老大原来是经营过网赌的庄家，波姐是下线，秦寿生老婆是波姐的下线。也不算老婆，那妞原来坐过台，和孬九还有过一腿，后来勾搭秦寿生上线赌博，两人还真搞一块儿了……那傻逼成天抱着个烂货当宝贝。”

邢猛志的嘴里发苦，知道自己在劫难逃了。

连天平笑看着邢猛志的表情，看不清，不过他觉得应该是绝望的表情，他吹着枪口笑着道：“本来查谁卖假药坑我们，这妞一描述，怎么他妈觉得像你。嘿，悄悄让她一认，还就是你……我说警察真够损的啊，抓不着贩毒的，就自己去贩假毒品坑害吸毒人员？猛子，说说呗，这一茬你解释得过去吗？”

“过不去，我输了。”邢猛志坦然道。

“嗯，这才像你，有胆色。可以教你一课，越做大案越不喜欢有脑子有想法的人。即便你没有什么问题，也不会用你，顶多会用葛二屁、毒强、黑标那类人……前方榆祁口下高速吧，货已经走了，抓我也没有用了。你猜得不错，我们都是炮灰，我是毒贩的炮灰，你是警察的炮灰，同病相怜，我不为难你……有一天我要真落到警察手里，不知道你会不会为难我。”连天平笑着道。

“不会，恐怕以后我没机会了。”邢猛志嗓子沙哑地道。

连天平笑了，前方，显示的榆祁出口两公里的路牌，这趟卧底之路，走到了尽头……

“快……快……合板子，麻利点。”

昏黄的灯光下，几名彪形大汉把成箱的货往一辆货车上装。体形肥硕的董小花在这里赫然是指挥级别的，她偶尔叼上烟，袁玉山这号人物都赶紧给她点火。

“波姐，这干啥？好歹我跟平哥是兄弟了，怎么净干搬运工的活儿？”

拍着肩膀的葛二屁咧咧着上来。

波姐笑道：“咋了，替姐干点活儿就累？过来过来。”

葛二屁凑上来。波姐掏出成摞的钱往屁哥兜里一塞，顺手揩了把油劝着：“跟上车，卸货就得你这身板呢……今天包你大赚，回头姐挑俩水灵的伺候你。去吧。”

“嗯……谢谢姐啊。”葛二屁喜滋滋地上了车，一上车愣了下，副驾空着，可副驾后的休息位置还有两人，他坐下好奇地问，“往哪儿送呢？”

“别多问，自己数钱玩……老鬼。”波姐拍拍车门示意安静，嚷了声，她是向上喊的，站在货仓顶部的老鬼顺着一根杆溜下来了，波姐问道，“没事吧？”

“有个球，啥也看不见。”老鬼道。

“走吧，差不多了。平子、孙二、徐老虎都出去了，老猫没发现情况……直接走，手机。”波姐说着，伸手要过了老鬼的手机，车上几人把随身的手机都递下来，老鬼袁玉山上车，波姐开着大铁门，大货车轰轰几声，缓缓地开出去了。

那车上的标志居然是：太行药业！

“坏了，这一路是暗线，他掌握不了。”

丁灿突然醒悟道。

“他”……是被枪指着的黑客薛铭文刚刚输完一切正常的信息，他同意配合了，给外面的三路都发出了假信息，可只有三路，似乎都不像大宗毒源。

“薛铭文，和你联系的女人你见过吗？”周景万迂回着问。

薛铭文愣了下，后面持枪的特警枪口一杵喝着：“问你呢？”

“见过一次……没当面见着，是远远看见的。”薛铭文回忆道，是一次接收手机送来的，都是送到楼下的信报箱里通知他，他是偶尔看见过一次。

“是不是她？”周景万问，亮着汪冰滢的照片。

薛铭文看着手机屏幕，机械地摇摇头。

又亮出刘蓓蓓的照片，薛铭文继续摇头。

“你确定？”周景万苦脸了，可能要错了。

“确定，不是，绝对不是她。”薛铭文紧张道。

“明星。”周景万喊了声。任明星赶紧问着：“说说大致体貌特征，什么发型？身高？你描述我画。”

“不不……不……”薛铭文奇怪地喷着。

“敢说不知道，想好后果啊。”周景万怒道。

“不是不是，不用画，就是种特别胖的那种……有两人那么粗。”薛铭文戴着手铐的手比画着。

在场的参案人员俱是一愣，马上想到是谁了，不过都是惊恐和怀疑的眼光。邱小妹喃喃道：“坏了，就怕疏漏，还真出灯下黑了。如果还有一出大宗货源，那前面都是投石问路……快看高久富在什么地方。”

丁灿趴在桌上瞄了瞄，车还在行进，已经在214道走了一大半，可这只是个车上摄像头，看不到车里的人，如果中途下车的话，就无从判断了。他回溯的录像，在二十几分钟之前，确定有过停顿。

“坏了，我们被带偏了。”丁灿看着监控停顿的地点，懊丧地道。

话说是祸不单行，这里显示手机提供的大致区域信号，消失了……

一室皆愣，面面相觑着。周景万急急拿起通信呼叫着：“藏锋3号汇报，我们可能出现疏漏，和老猫直接联系的人是董小花……”

在扑朔迷离的辨识和追踪内容里，武燕也被搞蒙了，她以为自己接到的是最轻松的活儿，可没想到，这里的难度不是一般的大。

随着时间的推移，汪冰滢脸上的表情慢慢地舒缓了，十八时三十分的钟声轻响一下时，她脸上的微笑更甚了几分，就像她听到两次手机短信的声音一样，每一次都让她紧张的神经放松了一点。

“汪女士啊，咱们别兜圈子了，现在全国扫黑除恶的大形势下，像晋昊然、曹戈这类人物，我们肯定会依法查清他们的犯罪事实。您呢，又是高知，又是有身份有面子的人，可不能在这个时候选择错啊……嗯，实话实说，对于晋昊然我们暂时没兴趣。我们呢，掌握了曹戈涉毒的线索，我希望您能够配合我们的调查。”谭政委的语气越来越客气，越来越礼貌。

汪冰滢注意到称呼已经换成了“您”，她微笑着道：“我一直很配合啊，可是警官先生啊，您不会认为他贩毒的事也会告诉我吧？假如他真贩的话。”

“那他人在哪儿，以您和他的关系，总该知道吧？”谭政委道。

汪冰滢摇摇头，很羞涩地道：“除了上床的时候，他一般不会找我。我对他在哪儿，一般也不会有兴趣……你们可以鄙视我，但这就是事实。”

最羞最难堪的事都摆到桌面上，那信任度就提高很多了。

谭政委咂吧着嘴，征询似的看着武燕，武燕莫名其妙地点点头，然后谭政委更难堪了，他为难道：“汪女士，其实我们即将采取一项抓捕行动，别误会，是抓毒贩，万一抓到的毒贩和您有牵连的话，那样就不好了……所以，我觉得，您应该抓住这个机会，给我们提供点线索，万一真有事，这也是个争取宽大的态度嘛。”

汪冰滢叹了口气，欠欠身子，像是被触动了，她直视着谭政委问：“如果没牵连呢？我倒觉得你应该抓住这个机会向我道歉，对于今天非法限制我人身自由的事，我会保留起诉的权利。”

义正词严，把谭政委呛得尴尬了，而谭政委的眼光，却在有意无意地瞟着武燕，武燕又莫名其妙地做了一个OK的手势。

谭政委尴尬的表情慢慢消失了，取而代之的是一种轻蔑的微笑。那微笑传递的信息让汪冰滢的心又跳了跳，不过她故作镇静，很矜持地坐正了，看来准备耗上了……

那个OK手势传回了家里，信息大屏前，警装鲜亮的两位指挥员走到了正中央，所有已经熬得两眼发涩发红的技侦员回头看着。最激动人心的一刻即将来临，所有被疲惫煎熬的日子，所有被黑暗灼痛思维的长夜，终于在这一刻即将画上句号。

贺炯心疼地看看手下的兵，向他们敬了个礼，挥手道："姑娘们小伙子们，辛苦了，启动红色警报，通知所有藏锋行动组成员，立即进入战斗准备。"

没有应声，这些技术警员坐的位置就是战场，一转身就是战斗，噼里啪啦的键盘声音和键盘上手指优美的影子，就是最精彩的战斗姿势。

拿起指挥步话机的贺炯笑着递给了徐中元道："徐局，您来吧！"

徐局长笑着接过了步话机，他的视线停留在开始回传的现场视频上，整齐划一的潜伏警力，正检查着武器，黑暗中看不真切，可看得清熠熠生辉的警徽。像所有危难时刻一样，这些可爱的小伙子会迎着刀尖枪口，会迎着生死搏杀，以雷霆之势扑向罪恶。

按捺着这一刻的心潮澎湃，徐中元局长对着指挥器铿锵命令："我是晋阳市禁毒局局长徐中元，所有参案的藏锋队员注意，现在我命令——立即行动！"

现场的红蓝警灯霎时亮起，像点亮了指挥部的所有信息屏幕，这里被绚烂的颜色淹没了……

饶幸难逃生

“立即行动！”

随着命令的传达，田湘川第一时间拉响了警报，尾随着的这辆殡葬车辆已经出了市区，警笛响起，司机随即加速。

前车的徐虎一路提心吊胆出市，现在已经安生地抽上烟了，被警报声吓得一哆嗦，烟掉裤子上了。司机踩油门的脚一哆嗦，脱口喷了句：“二毛，看啥警车。”

“交警吧，今天不都是交警上路？”副驾上一个愣头青道。

“不是抓咱们的吧？”司机紧张了。

“你别紧张，一紧张不抓也得查查你……嗯？虎哥，咋办？”愣头青也没主意了。

“慢点，匀速，这车是民政车辆，没人查……”徐虎安抚道，闭着眼睛给自己打强心针。

害怕什么，就来什么，刚说完就听到了喊话：

“前面的殡葬车，停车检查……马上停车检查。”

警车开始加速，一辆变成了三辆，这时候车里人醒悟了，是冲他们来的，副驾位置的愣头青表情一狰狞，噌地拔出枪来，恶狠狠地道：“妈的，拼了。”

“拼你妈呢？拼得过吗？找死吗？”司机怒骂。

愣头青说了：“拉这么多货好像还有活路似的。”

他回头看徐虎，徐虎咬牙切齿地迸了两个字：“加速。”

“兄弟们看谁命大了啊，二毛，跳车吧……”

司机踩着油门加速，后面的警车追得不急不缓，正当三人觉得尚有机会时，前面一辆行驶中的货厢车毫无征兆地停下了，把殡葬车别得急急刹停。副驾的愣头青砸着骂着，却不料话没出口就咬了舌头。只见那货厢后门洞开，下饺子似的扑通扑通往下跳黑衣特警，黑压压的一片朝他们扑来，那沉重的脚步声听得令人心悸，三人连滚带爬下车，又是连滚带爬往地里、往城郊村里窜。

“站住，不许动！”

砰砰……枪声。

“站住，不许动。”

嗒嗒嗒……微冲鸣枪示警。

养尊处优的徐虎根本没跑多远，就被后面直接开进菜地里的越野警车堵上了。一位缉毒警适时一开门，顺势一脚把他踹翻，然后整个人凌空扑上去，跟着又有几人扑下去，死死地摁着他的两只手。

砰……砰……被追的一名毒贩向后胡乱开枪了。

一位追捕的特警立时单腿跪下，瞄准……嫌疑人再一次回头时，嗵一声闷响，眼见着那枪飞上了天空，被击中手的毒贩哭爹喊娘地满地打滚乱叫，被追来的特警摁倒了。

第三个被潮涌而来的特警吓晕乎了，没几步就跌了个嘴啃泥，起身就举双手，大叫别开枪，被缉毒警提溜回来了。

嫌疑车辆被迅速检查，二十几箱的货被搬下来取证、拍照、检查，娱乐场所用的品种很全，“桂圆红枣奶茶”“咖啡伴侣”“劲跳”“立顿”，倒有七八个品种，殡葬车的后厢拉得满满的。

“警察叔叔，我就一个开车的，我啥也没干。”嫌疑人狡辩着。

一个缉毒警怒不可遏问着：“拉着这是什么？这叫什么也没干？”

“哦，这不是小食品吗？”司机搪塞。

“哦，你吃两袋，马上放你怎么样？”田湘川开了个玩笑，那嫌疑人悻悻蹲下了，拿着步话机的田湘川汇报着，“藏锋5号汇报，目标已经拿下，正在清点，花样比较多，蓝精灵有一箱……”

“藏锋5号，我命令你带队迅速从东村上绕城高速，以最快速度赶往榆祁东出口。”

“啊？那现场怎么办？”

“你问我，我问谁？马上执行。”

“是！”

田湘川得了个不讲情理的命令，留了一部分警力，带着武装特警风驰电掣疾走上高速……

“立即行动！”

鲁江南部鸣响了警笛，自高速服务区奔出来一队持枪特警。

服务区里已经接上头，正在交易的石国中、孙仁二人一愣，傻眼了。

买家看卖家，卖家看买家。买家怒骂着：“钓鱼？”

“谁告密了？”孙仁骂道。

双方同一时间拔枪，买家更横一点，一枪正中孙仁大腿。石国中眼看不妙，懒驴打滚爬着躲到车后，买家一拉挡杆就跑，却不料出口蓦地驶来了一辆庞然大物，结结实实堵上了。

完了，被包饺子了，跳下车的特警鸣枪示警，以车为依托，先行打爆了买家的前车轮，两个嫌疑人钻在车里胡乱放枪。卖家溜了一个，试图翻过路杆往野地里跑，被眼疾手快的鲁江南一枪敲在屁股上，直愣愣地趴下去了。

粗暴、直接、激烈……这就是缉毒！

那辆假警车里拉了足足四箱，一万两千多粒“蓝精灵”，看得鲁江南眼睛都直了，如果不是抓住，都不敢想象这对货穿着假警服，这么大摇大摆地贩过多少次毒！

他们同样得到了一个奇怪的命令：马上放弃突审，迅速驰往榆祁东出口……

驶在214国道上的高久富，被捕……

返回市区的董小花，在路上被捕……

六大队、四大队联合的警力封锁了晋昊娱乐，参与此事的保安人等，被刑事传唤……

农贸市场，三大队警力查封了冷库……

几乎是同一时间发生的事，抓捕这些人没有悬念，可支队的眉头却皱紧了，他和徐局眼巴巴地盯着藏锋6号的行进位置，贺炯按捺不住地催着："6号，加速，迅速打出示意灯光。"

"是，我已经看到他了。"

视线里，看到了那辆目标车辆，接近了。

"这儿警力怎么配置的？"徐局长不悦地问，这是接应"烛光行动"的布置，可是才一个组，三个人。

贺炯郁闷道："连天平这个人比较警觉，他和高久富分开了，一路走214，一上高速，6号只能咬着见机行动，可一直没有机会。"

"会不会暴露啊？"徐中元问。

"应该不会啊，他们的信息早被切断了。"贺炯道。

眼看着两车就要接触了……

前车里，邢猛志从后视镜里看到了后面的灯光，闪着双闪，光是橙色的。他一颗心松了，叹了一口气。

连天平好奇地问着："怎么了？"

"我在想，假如你落到我的手里，我是不是也会像你这样得意扬扬？其实我心里一直有点不忍，你确实对我们够意思。"邢猛志车速稍慢。

连天平嗤笑了声道："你一定会得意的，不过恐怕没机会了。"

"所以我说假如嘛，其实我有点不信，你真会对我开枪啊？你又没贩毒，我就真是警察，好像也拿你没办法啊。"邢猛志道。

"呵呵，你怕了……呵呵，我说嘛，还真有不怕死的。"连天平轻蔑道。

"是啊，平哥，我都没机会害你，你不至于要我命吧？"邢猛志像在服软，眼瞟着后车跟着他下了匝道，车速慢下来。

连天平玩着枪，对着邢猛志，嘴里发出砰的一声，揶揄地说了两个字：“你猜。”然后他哈哈大笑，笑时手一收，这电光石火间邢猛志猛地一踩刹车，连天平猝不及防整个人往前倾了下，撞到了玻璃上。邢猛志顺手嗒地开车门，嗖地飞身而下，被惯性带得沿路往下滚。一下子反应过来怒不可遏的连天平砰砰开枪，不料一开枪……咣的一声，后面直撞到车后，他一仰身，又被惯性撞回座位上。

子弹偏了，在邢猛志耳边溅起了一团石碴儿，刮得邢猛志耳根直疼。

此时邢猛志斜斜地往坡下滚爬，前方就是高速收费站，被撞的车失控地向收费站窜去。连天平挣扎着往驾驶的位置爬，后面车里伸出手来的警察砰砰开枪，大喊缴枪。那车绕了个回环，把邢猛志挡在了车后。开门跳下车的两位警员追着连天平的车开枪，把刚上驾驶位的连天平吓得又缩了回去。

邢猛志在车身掩护后扯着嗓子喊着：“小心，他身上有炸弹。”

话音未落，嗖地已经扔出来了，眼疾手快的马汉卫捡起来远远朝无人处一扔，轰一声炸响，石沙扑簌簌漫天撒起来，伏倒再抬头的马汉卫看到了瘸着跑向收费站外的连天平，他吼了声“站住”，奋起直追。

砰……枪响了，自收费站外泊停的一辆车里伸出来的枪口冒着轻烟。

“马哥……”跟随他的队员来不及去救，一个侧翻，朝着开枪的那辆车里砰砰连击，子弹穿进了车身，他刚要起身，连天平又回身砰砰开枪。

司机急眼了，喊着：“马哥……马哥……”可眼看着马汉卫一头栽倒，应不上声来了，他咬牙切齿拔着枪，朝着连天平砰砰连击。“哟”一声惨叫中弹的连天平倒下了，向车的方向爬着前行，他边爬边喊着：“麻哥，快点，往后倒……”

车里的枪又响了，发动机引擎吼起来，对方的枪压制了两名警员的射击，那车往后倒着要接应受伤的连天平。两位警员几次想换位射击，都被车里的射手精准地打回原地，两人被死死地压在收费站的水泥掩体后起不了身。

“啊……马哥……马哥……”

邢猛志从车身往下看，躺着的马汉卫在抽搐，身下淌着一摊殷红的血。他手在抖，腿在抖，浑身在抖，一瞬间紧张让他觉得恶心呕吐，两眼发黑，可眼泪却忍不住地簌簌直流。再一次看时，那车呼吼着已经倒回来了，连天平翻身过了水泥台阶，爬着从另一面射击的死角上车。

一瞬间的热血上头让邢猛志咬牙拉开了车门，他在这一刹那目眦欲裂地坐到了接应车上。躺在地上血淋淋的战友，躲在车里射击的凶手。在驶离的一刹那他看到了一张狰狞的脸，是麻子郑魁。他像野兽一样“嗷”地吼了起来，吼得比车引擎的声音还大，他吼着狠狠地踏油门，朝着逃逸的车辆飞驰而去。

“别……别……猛子……”

“猛子……”

两位缉毒警喊着，那车从他们身边呼啸而过，像射出去的子弹，挟着疾恶如仇的恨，带着势不可当的惨烈，加速加速再加速，加速撞向那辆已经跑起来的嫌疑车。

咣……一声巨响，逃逸的车辆被撞得方向失控，翻滚着下了路面，轰一声起火了。

两位缉毒警一位去扶马汉卫，翻过倒伏的马汉卫，捂着他流血的胸口，霎时号啕大哭。另一位奔向现场，几十米外，在路面上冒烟的车辆里，邢猛志软软地瘫在方向盘上，嘴里汩汩地流着血。不远处，那辆险些逃走的车倒扣在地里，车里伸出来两只手，在大声地喊救命……

六时四十八分，藏锋6组接应警员求援，遭遇枪战，嫌疑人一死两伤，两名警员重伤……

凌乱的现场，成队的警员已经抬下去的担架，一位随警医护指挥着从冒烟的车里抬出来一具尸体，被擒的两名嫌疑人是躺着上警车的，三辆车全部撞毁，不过几分钟延迟，这里已经堵了一公里长的车流。

信息中心那些内勤眼睛红红地看着现场，都是便衣，认不清谁是敌谁是友，可想得出刚刚的遭遇是何等惨烈。那位战友可能认识，可能不认识，不过并没妨碍让每个人的心变得沉重起来。

牺牲？！

没人敢想这个沉重的词，一想眼泪就止不住地出来了。这不是第一次，也不是最后一次，而是总会发生在缉毒警身上的事。

“大家振作一下，我们战友已经在抢救中了，现在不是悲痛和伤心的时候，如果再出现疏漏，就会让他们的流血和牺牲失去价值……”徐中元局长想说句鼓舞的话，可一说自己竟然没有忍住，一下子热泪盈眶，他捂着眼睛，避开了大家的视线。

几位女警一捂嘴，捂住了要迸出来的哭声，信息中心的气氛一下子压抑到了极点。

“由于对嫌疑人武器装备情况预估不足，警力配备失误导致藏锋6组三人在和对方的枪战中负伤，我对此事负全责……大家的伤心我理解。”

贺炯开口了，这位亲手把两位数的毒贩送上刑场的支队长心一向很硬，他眼睛不见红，反而露着狠色，让人畏惧的狠色，就听他铿锵道：“我理解并不等于我赞同，他们遭遇的是连天平、郑魁等三个彻头彻尾反社会的悍匪，而且对方准备充分，火力凶猛。我觉得伤心的是他们应该躲避危险，安安全全地回来，可他们没有。在这场不对等的遭遇战里，他们在弱势火力下，能把三个悍匪击毙打残，我一点都不悲伤，我觉得很骄傲、很自豪。流血和牺牲对于普通人是痛苦和绝望，可对于警察，那是誓言，那是荣耀……所有人打起精神来，今天是狭路相逢，你死我活，罪犯这么张牙舞爪，我们的藏锋，也该亮剑了。”

他慷慨几句，目光更坚毅了，身挺得更直了。那些悲伤的警员现在是一股悲愤涌起，一直腰，又投入到自己的职责中。

此时，信息中心所有人的目光落在了天网示意图，那些布置的警力奇怪地沿着晋阳市以南六十公里的地方，呈现一个半包围形状……

“这个分量应该够了吧？”

谭政委和武燕还在和汪冰滢磨洋工，武燕的手机架在汪冰滢面前，把刚刚发生的抓捕给汪冰滢放了十几秒钟。汪冰滢肤色太白，实在看不出是不是脸色煞白，不过不太好，一直阴着脸，那个笑靥如花的美女终于变色了。

“我是晋昊娱乐的总经理助理，负责的仅仅是人事和法务，说起来也负不了什么责，属于丫鬟拿钥匙，当不了家也做不了主那种。谭警官，您要是非认为我也参与贩毒了，那跟你们走吧，我没什么可说的。”汪冰滢软软地道，那郁闷的样子让人可怜。

“没必要，在这里就可以交代或者举报……当然，如果自首我们会更欢迎。”谭政委道。

“我没贩毒，您让我说什么？我年薪二十万，年薪以外还有收入几十万，我需要贩毒吗？”汪冰滢道。

“事实和动机有时候无关，有些富豪还有偷东西的爱好呢。”谭政委笑道。汪冰滢苦笑着驳了句：“可我没有贩毒的爱好啊。”

“那你应该认识爱好贩毒的人吧？”谭政委问。

“徐虎吧，刚才看到了……其他人我还真不认识。”汪冰滢道。

“你看又回到老路上了，我们对你的询问，你的态度可以说是完全不配合啊。”谭政委道。

“配合啊，你可以带我走啊，完全配合。”汪冰滢道，看样子准备开启无赖模式了。

“你可想好啊，万一出现判断错误，自己就陷进去了。”谭政委笑道。

汪冰滢两手一摊道：“我陷什么？你们可以审徐虎啊，我要参与贩毒了，怎么都行。”

“你们不是一个层次，他交代不出你来。”谭政委道。

汪冰滢笑道：“法律都疑罪从无，那您准备凭猜测给我定罪？就因为我认识曹戈？”

“不，你一定认识刚才给你发信息的，叫薛铭文，是个黑客。”谭政委不经意间，在汪冰滢心神稳定的时候，冷不丁爆了个雷。

汪冰滢一怔，愣了，然后马上意识到自己失态，掩饰似的转头看向窗外。

“你就没想想，人都抓了，为什么黑客都没有通知你？你们的信息中枢好像不灵了啊？”谭政委笑道。

武燕从未发现谭政委有这么黑色幽默的一面，那坏坏的笑容很是刺激人。这不，又继续刺激着：“信息传递一出问题，曹戈肯定也成睁眼瞎了，万一他出事，你说会不会交代出你来……你真以为我们不知道，徐虎、孙仁、连天平等这几路人马，都是幌子？你们的制毒工厂在警方的威慑下干不下去了，要趁这个雾霾天气挪窝是吧？”

汪冰滢的手毫无征兆地颤抖了一下。她咽着喉咙，像发干了一样，恰巧这时候一杯水递了上来。是武燕，她笑着将水放在汪冰滢面前。汪冰滢端起来一饮而尽，放下时，却又觉得自己哪儿做错了。对，在紧张、焦虑的时候，喉咙容易出现发干的症状，这一个细微的动作无疑暴露了她的心态。

“不用紧张，囚徒困境听说过吧？你现在就是了……你不知道我们掌握了多少，也不知道曹戈会交代多少，更不知道那位精通计算机的黑客能留下多少关于你们的证据……要想走出困境，只有一条路，全盘交代！”谭政委道。

汪冰滢的嘴唇哆嗦着，有点发青，她不自觉抹嘴时把口红印都抹乱了，但失神的双目还在坚持着。于是，谭政委笑着靠住沙发，淡淡地告诉她："不用急，让我来打掉你最后这点侥幸。燕子，给她放开……对了，我们队伍里也有精通计算机的，他们不叫黑客，叫网警。"

武燕摁着电视机开关。这台网络电视机刚放了几秒广告，就忽然切换到了一个不明信号源的转播上，那场景是林立的警车、闪烁的警灯，没有声音，却给人一种肃杀的气势。

汪冰滢目瞪口呆地看着。她不知道视频里的地方是哪儿，也不知道被包围的会是谁，可恰恰因为不知道，她觉得更恐惧。渐渐地，她额上青筋渐显，豆大的汗珠一颗一颗往外冒……

最后的交锋

天地灰茫茫的一片，无从分辨，即便是打开雾灯，能见度也只有十几米。路上的车行得极其缓慢，哪怕睁大眼睛，也只能看清十米左右的汽车轮廓。

冬晨、水汽、污染组成的雾霾就是这个样子。周景万看看表，六点五十五分了，距离目的地还有十公里，他催着司机道："再快点。"

"周队，视线这么差，不敢再快了……出市郊以后会好点。"司机道。

周景万回头看看车后厢整装待发的特警队伍，愁眉不展。再牛逼的特警也架不住大自然不给力啊！这天气，就像故意的一样。9·29案件遭遇的那场大风，今天又遭遇入冬最重的雾霾，实在是天公不作美得厉害。

"周队，我有个问题。"车上的邱小妹道。

她是从抓捕黑客的现场被直接调走的，目标尚不明确，唯一的任务是就近捕捉移动蜂窝基站的可疑出入通话，但到目前为止，还没有发现。周景万似乎知道她要问什么，摇摇头："对不起，我回答不了。"

“我还没问呢。”邱小妹郁闷了，这些缉毒警也太难说话了。

周景万摇摇头，又道：“想问我们为什么会知道目标？”

“对，目前来看，只有徐虎、孙仁这两路查获了毒品。徐虎是转移藏毒；而孙仁是交易。孙仁交易的除了蓝精灵，Y羟丁酸也属于新型毒品。而高久富拉的大半车是苄基脲嘌呤，也就是毒豆芽的生产原料，这东西虽然是管制化学物，可还归不到毒品里……”邱小妹捋着思路。

周景万没明白过来，问道：“你想说什么？”

“我觉得徐虎、孙仁、高久富这三路都是幌子，都是抛出来吸引我们视线的。黑客也是，他只管收钱，按老板命令办事，办的事要随时汇报老板，而老板自己要办的事，却不会通过他。所以……真正的毒枭可能已经借此金蝉脱壳了。”邱小妹道。哪怕真是如此，此次行动的收获也不是小数。

周景万傻笑半天，没有说话。

邱小妹愤愤道：“作为专案组的一分子，我有权利知道细节。这一定不是通过先进技术做的，否则大数据里能查到痕迹。”

“当然不是，那个黑客落网之前，我们连无线电都保持静默，必须用的时候都通过S级加密了。”周景万道。

邱小妹质问上了：“都这个时候还瞒着，这样的天气没有追踪方式，我们瞎摸啊！”

“我真不知道，你看我像能懂那玩意儿的？”周景万道。

这位粗线条的猛汉当然不像，邱小妹郁闷地一托腮，喃喃道：“那就坏了，如果棋差一着，结果很可能是满盘皆输。其他的事还有亡羊补牢的机会，可这种事，只要出了我们警务辖区，那可就海阔天空了。您一定不知道我省由南到北、由北到南的车流有多少吧？”

“多少？”周景万问。

“每分钟四百辆，峰值。而且我省是个货运大省，仅我市汽车保有量就达二百一十一万辆，其中货运车辆六十六万辆，还不包括未登记的机动车……在这么大的车流量里，别说警力，计算机的运算能力都跟不上啊。”邱小妹提醒道。

“你跟我说干什么？我能懂？”周景万愣了。司机笑一声，被他斥了句。

邱小妹道：“一定还有后手，否则不会平白无故让我们追上来，可能是手机号，可能是追踪信号源。可后手也该出来了，否则赶不上了啊，这天气……不得不说，这毒枭算计得真精明，我都怀疑他们与我们警方内部人员有关系。他们太熟悉警务了，甚至知道这个时候是警务最薄弱的时机。”

正说着，几人看到路上执勤的交警正使劲挥着信号灯警示，指挥着车辆慢行。交警身后，有辆不长眼的三轮戳到大车屁股后了，三轮车司机直挺挺地躺在地上，不知道死活。

小心翼翼地通过之后，周景万都心虚了，几次拿着电话要拨，又不敢。憋了半天，他轻声道：“支队长说要形成铁壁合围，让我一步一步按命令走，谁要贻误战机，就严惩不贷。”

“战机？呵呵。”邱小妹笑了。

“请尊重一下你的前辈，去掉技术光环，我和你在他面前都是小屁孩。禁毒到了极限层次，斗的不是武器，不是悍勇更不是技术手段。”周景万道。

“是什么？”邱小妹不解。

“斗的是这里。”周景万点点自己的脑袋，“斗智。毒贩的性格特征最明显的是狡诈，想抓到这些人，必须在智商上碾压他们。在这一方面，贺支队长是我们的老师。”

邱小妹被说得神往，回忆着那位凶相毕露、初见能吓她一跳的支队长，她摇摇头评价道：“不像啊。要论颜值，支队长和犯罪嫌疑人有的一拼。”

司机和后面的两位听到的特警都按捺不住，扑哧笑了。邱小妹吐吐舌头，有些不好意思。

后面的一位特警道：“警察以服从命令为天职，可没人教过我们服从颜值的。”

“好吧，我道歉，你们不许告诉支队长啊。”邱小妹不好意思道。那些纯爷们儿自然不会跟她计较，司机说了：“支队长也出过化装侦查任务，当过不止一次‘毒贩’，他禁毒的时候，我们还没有出生呢。”

“这是唯资历论，很容易出现失误的。”邱小妹道。

“恰恰相反，贺支队长从不在意这个。如果他唯资历论，就不会挖你和辅警大队那几个活宝。你应该学会相信组织，你们这一代警员太过于特立独行。要知道，什么事都得分两面看，独立的思想也是如此。用对了是一枝独秀，用错了可是一根毒草，会害了集体啊。”周景万道。

“我也在尝试相信组织，可我免不了担心啊。”邱小妹道。

“你刚才说得对，棋差一着，满盘皆输。要论布局和识人善任，贺支队长是所有人的老师，包括那些毒贩。他们跑不了。”周景万信心百倍道。

“可……这……”邱小妹无从辩驳。

忽然，通信器嘀嘀作响，邱小妹膝上的电脑跳出来一个对话框，是经纬坐标，一个明亮的点，看来这就是追踪目标了。这么准确的信息，把邱小妹看得目瞪口呆，她喃喃道，这是怎么回事啊？烛光已经重伤，信号是怎么发出来的？核实过没有？这个坐标可以精确到五米之内……还在移动中，除非是捕捉到了对方的手机信号，或者提前设置了GPS追踪……但又好像都不是……

指挥器里传来了贺炯的声音：藏锋3组，咬上去，保持距离，把他撵进包围圈。

“收到！检查武器。”

周景万应声命令道。紧接着，满车都是咔嚓拉枪机的声音，众人即刻进入了战斗准备状态……

抬头看不见电线杆头，低头看不清路面，左右是落着煤灰的庄稼地，视线所及只有十几米，货厢车走得像云里雾里。

许是蹲监狱久了，作案也多了，葛二屁在这种环境里心里有点发毛。他喃喃道：“鬼哥，我咋觉得心里憋闷得慌？”

“这鬼天气，好像谁心情舒畅一样。再走走视线就好了，也就市周边这片区域的霾严重，都是铁厂、钢厂给污染的。”驾车的袁玉山叼了根烟，点上。

葛二屁还是心慌地道：“不是，我觉得咋像要出事呢？”

“啪！”一耳光直接扇在了葛二屁脑袋上，一个门牙崩了一颗的男子骂道：“乌鸦嘴。”

另一个嗤笑，看着葛二屁发傻的样子逗趣道：“二屁，你是没干过吓的吧？后面车里拉的可是一车货，崩你一百回都富余。”

“笑话谁呢？我在市里骑摩托车大摇大摆送过货，切！”葛二屁不屑道。

崩牙匪笑问道：“那你吓个毛？啥年代不是撑死胆大的，饿死胆小的？货一送，咱们都得成富翁……啥叫富翁知道吗？想吃啥吃啥，想干吗干吗……二屁，想不想？哎，对了，波姐似乎对你有意思啊。”

“去去去……”葛二屁岔话题了，他最不愿意别人把他和波姐扯一块儿。

“别他妈嚼舌根啊，嘴巴管严点……都竖着驴耳朵听好啊，今天中午到地儿，拿上钱各走各的，谁也别联系谁，谁也别认识谁。”袁玉山又强调了一遍纪律，后面两位喏喏称是。葛二屁挠着脑袋问：“鬼哥，我去哪儿呀？”

“呵呵，你这么憨厚，跟着你哥我吧，实诚人到哪儿都不怕没饭吃。”袁玉山道。

这夸奖很受用，葛二屁认真地点头。不过，后面那俩可笑开了。那是说他傻呢！而且这行最核心的地方，要么用穷凶极恶的，要么用脑子进水的，葛二屁明显是后一种，居然还敢留下来继续干。这可是见光死的活儿，大多数长脑子的都干一票就溜了。

“咦哟……我怎么也觉得哪儿不对？”袁玉山的第六感觉终于起效果了，可他看着雾茫茫的前路、天空以及身后，却说不上哪儿不对来。

突然间，葛二屁一拍大腿，脱口道：“没车……这咋一辆车都没有？平时这拉煤道上，连大雪天都不断车啊。”

丰富的生活阅历弥补了脑筋缺陷，反而是最傻的点破了天机。袁玉山一想，脱口道：“兄弟们，抄家伙！要是有一两辆车堵的，操了狗日的。”

“要是再多呢？”崩牙匪拉着枪问。

“再多的话，被操的就是咱们了……不可能啊，都跑这么远了还能有什么事？”袁玉山不信了。如果泄密，这么大的事，早该发地震了。他用怀疑的目光看看后面那俩，两匪急忙自证清白道：“鬼哥，我在追逃榜上，反水也是找死啊。”

“不是我们的事。几个月了，除了今天我们就没出过仓库门。”另一位道。

那剩下的只有葛二屁。葛二屁咬着手指，紧张地道：“我当叛徒也没有人相信啊，都觉得我傻。”

“哈哈，”袁玉山大笑几声，然后整肃面孔，道，“生当醉，死当睡，敢拦路的都是爷的枪下鬼……都上心点。”

话毕，他一踩油门，车开始加速。后面的俩货竖着大拇指赞道：“鬼哥威武！”

砰！一声枪响，驾驶位置的后视镜碎了。袁玉山一哆嗦，从另一个镜子往后看，看到了一辆黑色的车，车顶上似乎有人。砰！第二枪响起，另一个后视镜也碎了。

“抄家伙，弟兄们拼啦……”

袁玉山表情狰狞，“呸”地吐出嘴里的烟，加速前进。车厢里响起了咔嚓上膛的枪机声。崩牙匪伸出枪管，嗵的一枪霰弹，叮叮当当打在了后面的玻璃上。他一回身，紧张道：“妈的，防弹的。”

“再给老子防。”袁玉山抽出腰上的手雷，牙一咬，在手里攥了几秒钟，嗖地一后甩。车一加速，冒着黑烟跑了。那手雷冒着烟飞向后车的前方，还未落地，轰一声炸了。运警车开得一个趔趄，打了个方向继续追了上去。

车里的邱小妹惊叫了一声，被周景万挡在身后。炸响后，他移开身体，看着惊魂未定的邱小妹道：“土雷，仿制的，顶多把防弹玻璃震裂。”

生平头回接触这种场合，邱小妹惊魂方定，又在周景万示意下回头，只见后面整齐划一的队伍一动未动，不但没有紧张情绪，而且个个见猎心喜似的瞄着前方。有人说了：“哟，火力不错，霰弹一支，哈工出的制式枪，仿制雷一颗，还有支九二式啊……”

随着他的点评，砰砰叭叭的枪声响在前方，不过毫无章法，是另一侧的匪徒在胡乱朝后开枪。周景万持着喊话器道：“我们吓吓他们。”

他是笑着说的，不过一喊话却是中气十足、威慑力十足：“袁玉山，你们已经被包围了，马上停车，缴械投降！袁玉山，你已经被包围了……”

砰——回答他的是一声枪响。那子弹打在了车前盖上，跳了起来。

周景万放下喊话器道：“这老小子不听话啊，呵呵。”

“有根八一杠，打他前轮逼停。”一个特警道。

“等等……微冲先上，打车顶钢板，往前撵撵。还不到地呢，真炸了窝不好逮。”周景万笑道。

车顶缓缓掀开了，司机驾着车往左一漂移，嗒嗒嗒一串子弹泻在货厢的车顶位置，吓得几个悍匪缩回来了。不一会儿，抽冷子的枪管伸出来，咦，车不见了……车里葛二屁喊着："这边这边……啊！"

"嗒嗒……"又是一串微冲子弹钉上来，吓得葛二屁缩在座位下。没了后视镜实在不好瞄后面，袁玉山急得满头冒汗。后面的俩货急得问："鬼哥鬼哥，咋办？"

"妈的，甩不掉……二屁，给你，往后扔。"袁玉山表情如恶鬼索命，拿着鹅蛋大的两颗雷塞给葛二屁。葛二屁"唉"了声，一伸脖子出去半个人，嗖地就扔了，然后赶紧缩回来。老鬼气得就是一巴掌："拔引信。"

"唉……"葛二屁拔掉另一颗雷的引信，手伸出来，噌地就扔了。货厢咯噔了一下，碾雷上了，跟着没走多远，"轰"的一声炸了，倒炸得自己的车晃了几晃。葛二屁吓得手都塞嘴里了。袁玉山气得要打，手却落不下去了。葛二屁赶紧道："鬼哥，再给我颗……我再练练。"

"完了。"袁玉山面如死灰，目视前方。

"你不还有吗？"葛二屁道，不经意间视线向前，也如同袁玉山一样，面如死灰，僵硬了。

只见视线已经稍稍开阔的前方，密密匝匝地停着警车，从路面到庄稼地，全是警车，数不清究竟有多少警车和警车上有多少枪口对着他们。就连两侧也来了警车，是从地外滩涂上驶过来的越野警车，把他们结结实实地围在了中间。

已经走出晋阳，几乎也走出雾霾，却再也走不出包围了。就这一愣神儿的工夫，后面也来了无数辆警车，把这里结结实实围成了一块绝地。红蓝警灯闪烁着，像一条河，像一堵墙，像一道天堑，无法跨越的天堑。

"兄弟们，路到头了。"

袁玉山面如死灰地嗫嚅着，手慢慢举起了枪。

此时喊话响起："袁玉山，你们已经被包围了，马上下车，缴械投降……”

砰——一声闷响，给了警方一个意外的回复。

“特警队，上！”

特警从车里视线的死角处，猫着腰推着防护盾迅速移动，车左右、车顶、车下嗖嗖往里钻人。进攻到车前的刹那，特警一拉门，只见有人扔枪，有人投降。而驾驶的位置，袁玉山头仰着，天灵盖被掀了一半，红白的脑汁溅得满车满玻璃都是。车里的另一个，早吓得窝在车里瑟瑟发抖了……

装载的货物卸下，成箱的成品、半成品蓝精灵越摆越多，那些参案的警察没有被畏罪自杀的袁玉山吓住，却被这些毒贩拉着的毒品数量吓住了。看样子不能用克度量，得用吨！

“确认，是氟硝西泮……”

“确认，是氟硝西泮……”

“确认，这是已经中和好的半成品，一上成型机就OK，氟硝西泮……”

“确认……”

现场的缉毒警在依次打标、抽检、拍照，回传的视频里能看到各大队、中队的身影，还有各刑警大队的熟人。第一件事，肯定是要确认这来之不易的战果。不过没有人用“辉煌”来形容。触目惊心的毒品，如果流出去，会造成多大的毒祸，不敢想象啊。

随着一声一声确认的声音，在信息中心紧张观看视频的警员们心里的激动在发酵。夜以继日的奋战，终于在这一刻等到了云开雾散。

雾霾没有散，是心中的霾散了。

“啪啪！”不知道谁鼓了一下掌，“啪啪……”又有人跟上鼓掌了。大家像传染一样，慢慢地都鼓起来了，然后整个信息大厅被掌声淹没了。所有人都兴奋地看着徐局长，看着支队长，看着两人疲惫的脸上终于挂上了久违的微笑。

“宜将剩勇追穷寇，扫清余毒，就在今日……姑娘们、小伙子们，今天加班，没意见吧？”贺炯喊道。

“没有！”这一声不约而同，整齐划一。

长笑着的贺炯踱着步走出了信息大厅，舒臂展胸，然后掏出烟盒，叼了一支点上，使劲地抽了一口。那种晕晕的感觉好爽，像站在峰顶那种眩晕的感觉。

“这就飘了？”泼凉水的人后脚就跟来了。

“徐局，喘口气啊。”贺炯幽幽道。

“驳回，今儿你光荣在岗位上，也得把这个毒枭抓回来。”徐中元笑着道，说罢他又觉得不近人情了，补充道，“这一战的荣耀恐怕我们俩一起都扛不动啊，太精彩了！投石问路，明修栈道、暗度陈仓，最后还有个舍车保帅、金蝉脱壳，可都架不住你洞若观火、绝地合围啊。哈哈……开天辟地头一回啊。”

“徐局，你过誉了吧。”贺炯不好意思了。

“不不不，别理解错了。我是说我吹捧下属是开天辟地头一回，哈哈。”徐中元笑到失态，逗起贺支队长了。老贺气得差点被烟呛到，愤愤地掐了烟道：“别寒碜我，抓毒枭前我得去办件事。”

“咳……开什么国际玩笑，这节骨眼你能走？”徐中元不客气了，直接拽住他。

无奈回头的贺炯此时眼眸伤感，轻声道：“我去接两个人。”

徐中元一愣，然后瞬间明白了，啪一声拍向自己的额头，一挥手道：“走，一起去。这里通信指挥就行了……哎，走啊……对了，老贺，最后这个坐标是哪儿冒出来的？你怎么可能有运货车辆的准确坐标？”

“领导，你别这样，你准备好几颗速效救心丸啊。”贺炯道。

“什么意思？我没心脏病，咒我。”徐中元愣道。

“秘密这么多，我怕你受不了，一会儿还抓毒枭呢。”贺炯不动声色道。

果真吓得不清。徐中元站定，使劲深呼吸了一口气，平复着脸上震惊的表情。贺炯阴阴一笑却先行走了。

“我命令你，必须马上告诉我……你不告诉我得把我急病了……别走，站住……”

徐局长追着贺炯出去了，几乎是拽着人在问……

“结束了，汪女士，你该做出一个选择了。这个设计很完美啊，天时地利都占了，抛出去几路让我们抓，然后真正的毒源趁着雾霾天气、警务薄弱的时机溜走……啧，我们掌握的可能比你想象的多。知道为什么要放出去市区几十公里抓吗？”谭政委在问。

面容枯槁的汪冰滢刚刚看完那个抓捕场景，还有搜出来的大量毒品，正紧咬着牙关。不过咬不住了，她的牙咯嘣嘣在响，紧张和恐惧让她极度痉挛。

“其实这个窝点我们已经掌握了，唯一的担心是万一见货不见人，或者见人不见货，那就麻烦了。所以只能耐心等着这儿装车上路，等着这些跳梁小丑一个个全部粉墨登场……呵呵，你也不简单啊，把贩毒巧妙地嫁接在晋昊娱乐身上，试图引开我们的侦破视线，其实你已经露馅了……从刘蓓蓓回来自首开始，你就已经露出破绽了……”谭政委道。

汪冰滢抬起头来，迷茫地看着谭政委。

谭政委笑着道：“昨天是你在这儿通的话，你一定不清楚大数据面前没有秘密吧？虽然你用了匿名号码，可毕竟得经过蜂窝移动基站，而昨天从附近基站打往东京机场的电话，只有四个。比如刘蓓蓓能认识的人，你说好查吗？估计这个时候，刘蓓蓓应该也开始交代了吧？”

汪冰滢的手毫无征兆地颤了下，面色发苦地看着谭政委，嗫嚅道："我真不知道毒源，也不知道他们是怎么运的。"

谭政委笑了，口一开，基本就聊开了。他一点也不怜悯地追问着："这个我相信，您这种身份，不可能接触毒品，更不可能制毒。那您的角色是否能明示一下？"

"我……我就为他们提供资金转账的方便……"汪冰滢开始倒了。

谭政委笑着摇了摇头："这些都不重要，我感兴趣的是幕后这位终极毒枭。"

"我……不知道。"汪冰滢声如蚊蚋，低下了头。

"你看你，我们一片诚意，给你立功赎罪的机会，你却置若罔闻，真以为我们不知道他一直就在我们身边？"谭政委笑道。

"啊……"汪冰滢如遭电击，抬头凄婉地看了谭政委一眼，然后头一歪，软软地倒在沙发上。

武燕伸手摸摸她的脉搏，回头道："应该是吓昏厥了。"

"呵呵，叫救护车吧，心理防线已经崩了，直接问就行。"

谭政委起身，整整警服，不屑地看了汪冰滢一眼，踱着步出去了。他快步奔向车辆，且走且拨着电话。此时唯一揪心的事是那两位同志，不知道手术情况如何。得到准确消息时，他驱车迅速离开了。

是日，缉毒支队收缴的毒品清点共计一点四吨，武器若干，当天传唤、刑拘、抓捕的涉案嫌疑人迅速膨胀到接近两百人，一个特大的新型毒品制售犯罪团伙被连根拔起。主谋曹戈全国通缉，此人只逃了九个小时，就在浙江省沿海一渔村被抓获。

专案组准确地判断出了他的去向。是支队一位电脑高手通过数据定位到了他最后出现的大致区域，沿路追来的。落网时，他已经到了偷渡出海的码头。

全城警动、大案告破的消息迅速成了全省、全国的热点新闻，配图是浩浩荡荡的警车回城的壮观场面，新闻却是含糊其词，笼统而过。很不过瘾的媒体一遍又一遍从省厅找到禁毒局，甚至通过关系找到了政法委，就为了采访到第一手新闻。

所有的请求都被毫不留情地打回去了。禁毒支队直到入夜还是灯火通明，汽车来去匆匆，还是那副临战状态，一刻也没有懈怠。

因为，追捕还在继续……

第六章

劫后余生的大佬

落幕在穷途

时间指向二十一时四十五分。地点：滨海市某港口。

与北寒之地不同，南国的冬季更多是这种凄风冷雨的天气，阴郁、彻骨的寒意会让人瑟瑟发抖。还有海上吹来的带着腥味的风，刮在脸上是一种生疼生疼的感觉。冷清的码头上少有人迹，偶尔过往也是裹着厚厚的冬衣，在昏暗的灯下拉成一个臃肿的影子。

汽笛响了，那艘客轮即将扬帆起航了。在舷梯即将收起的时候，一名裹着风衣、拿着行李的旅客堪堪赶上了船。他验过了票，在船员的指引下，进到了客舱。他警惕地看着舱里的，有一男一女在自顾自地玩着手机，是完全陌生的面孔。

这似乎让他放心了似的，他长舒了口气坐到床边，半躺着，似乎没有把裹得严严实实的外衣脱掉的意思。或者是他神经太过紧张，脑子里装得满满当当，忘了这事。

哦，还有没忘的。他掏出手机，登录网上银行，试着转了一笔账。

当转账成功的提示出现在手机上时，他又长舒了一口气，那种劫后余生的兴奋袭来，让他脸上浮现出得意的笑容。

“怎么会出事呢？哪儿出了纰漏？”

他闭着眼睛，莫名地开始自省。原以为万无一失的事，却落了个满盘皆输，直到现在他都想不清楚到底什么地方出了问题。

曹戈出问题？不可能。他是主谋，药厂是他一手搞起来的。

那曹戈的手下出了问题？也不对呀。如果是曹戈的手下出问题，不应该波及所有人啊，最起码不应该牵扯出所有的下线。

难道是薛铭文？也不对。薛铭文根本不认识，也不知道曹戈。

这是他苦心孤诣编织的关系网，上下单线，为的就是防止被人一锅端了。可千防万防，还是出现了他最不愿意看到的结果。

他蓦地睁开眼，眼睛里精光外露，又一次拿着手机搜索关键词“晋阳缉毒”。手机一下子搜索到了上千条信息，不过大致意思雷同，都是今天破获了特大制售新型毒品的团伙。最新的消息是主谋曹戈落网。最让他不敢相信的是，涉案人员已经攀升到二百一十二名；最让他不愿意看到的是，缴获的毒品成品、半成品，共计一点四吨！

新闻上有一张照片，是那辆他认识的货车，就在野地里摆了半个篮球场大的地方拍的照。那是熟悉的配方、熟悉的货物。从第一次发现氟硝西泮这个商机，到现在变成一起轰动全国的贩毒大案，他回忆起来只觉得像梦一样，发生得如此之快，破灭得也如此之快。

啧……他嘴唇轻轻咂吧着，修长的手指滑过手机，关闭了网页。手指轻点开了照片库，几张旧照吸引着他。他放大了，痴痴地看着。

每一个美梦破灭之后，梦境的碎片总还会留着最美好的影子。他眼前的就是，一个手指绞着辫子、回眸羞涩而笑的女生，像李清照那首词里“含羞走，倚门回首”的样子。她的身边是一丛丛怒放的花朵，可惜哪怕千姿百态，也在她的笑靥面前黯然失色。

她叫汪冰滢。这是她大学二年级时候的照片，已经有……十三年了。

那时候他记得自己每每看到她曼妙的身姿时，总会紧张，终于鼓起勇气说句话，也会结巴、局促，会惹得她笑到花枝乱颤。她一点都没注意到他，那时候追求她的男生如过江之鲫。不过，最终她也没有选择爱情，而是输给了现实、败给了世俗，嫁给了一个校领导的儿子，留在了市里。

再一次相见是很多年以后，他出国归来，她离异单身，又像那句“君未成名我未嫁，可能俱是不如人”的诗句，相见无语，唯有唏嘘而已。

她说：“这么多年了，你还对我抱有非分之想？我都快想不起你了，你只能算我同学的同学。”

他说：“如果你过得很好，我也会选择忘记你的，可惜你运气不佳，过得并不如意。”

她问：“哦，那你是准备把我从朝九晚五、水深火热的职场里解救出来的王子？哈哈，不像啊，你好像是坐公交来的。”

她还有着一笑倾人城的魅力，笑得世俗了点，不过依旧那么美。那一刻他终于决定，就是她了。于是他说：“恭喜你猜对了，我就是。别误会，我不是想拉你上床，而是想拉你上船，一艘装满财富的船。如果你愿意，今晚我就可以改变你的生活，不再去住狭小的出租屋。”

他的自信让她惊愕了，好奇了，倾听了，然后义无反顾地深陷进来了……

“她在什么地方？不会出事吧？”

他喃喃道。不知道是担心她的安危，还是担心自己的安危。两人算不上鸳鸯，可却是同命的。

他说不清自己此时的感觉。之后有一天，她毫无保留地向他敞开身体。他进入她身体时，第一刻想到的不是多年的夙愿达成，而是思索着她身体曾经满足过多少个男人。有多少留恋就有多少嫌弃，有多么厌恶就有多么沉迷。

她，就像他的毒品，像她身边所有男人的毒品。

痴迷的眼光中，那曾经的清纯在模糊，那深深的思念在迷茫，那曾经的阳光灿烂已经变成晦暗和阴郁不堪，就像所有吸毒者身体被摧残一样。其实制造和输送毒品的人，同样在被摧毁着，不仅身体，还有梦想、爱情、家庭、事业……包括曾经拥有和珍视的一切。

他黯然地放下了手机，蓦地从倚靠姿势中坐起来。舱里两名陌生人不知道什么时候不见了。他警觉地四下看看，却听到了开舱门的脚步声，是高跟鞋的声音。他精神一放松，觉得自己风声鹤唳了，可刚一愣神的工夫，又吓得浑身汗毛倒竖，像见鬼一样哆嗦了一下。

他眼前出现了最不想看到的人：警察，而且是认识的警察。

一身便装、英姿飒爽的武燕笑吟吟地看着他道："帅哥，你真不讲信用，不是说请吃饭吗？这就一个人准备潜逃啊？举起小手来。"

武燕伸手摘下了他的口罩。口罩下赫然是林拓医生，那个文质彬彬、一直追求她的戒毒所医生。

面对着黑洞洞的枪口，林拓面如死灰，慢慢地举起了手。又进来了几名陌生人，麻利地挟住他，打上铐子，搜检舱里。片刻后，他被扣上了黑头套，押着出舱。

船舱外，"突突突"发动着的海警船靠上来了。一位地方警员正在安抚围观群众："回去了，回去了，执行公务，抓捕在逃人员。"

"下船，小心点。"

"架住他。"

"随身的东西拿好，执法记录仪全程录上。"

"哟，李队长，得谢谢您啊，非常非常感谢。"

"客气什么啊，天下警察是一家嘛！车就在岸边，到机场四十分钟差不多，误不了航班，我们局里给你们安排了。"

"再次感谢啊。"

劈波斩浪而去的海警船不一会儿就驶到岸边。支队长贺炯从一辆商务车上下来了，亲自开着车门，把押解人员让进车里，一落座，开车！

车开着，贺炯兴冲冲地打开手机，开始视频呼叫。对方一接收，咦，吓了在座的警员一跳。

对方的场景是会议桌，一圈警服鲜亮的警察正看着，厅党委班子全员都在。徐局长在最前面，此时兴奋得像孩子一样，开口道："老贺，看你这表情，应该不用汇报了。抓这个人没难度吧？"

"咋没难度啊？滨海警方大数据中心追了他一路，最后还是在海上追到的……不过在上级领导的英明指挥下，我们还是成功地抓获了潜逃的嫌疑人林拓，已经验明正身无误，数据一会儿就检测出来了。"贺炯笑道。

"嘿，给我给我……"会议桌中央的一位白发老警要着手机。那是厅长，除了会上板着脸讲话，难得见到这么开心的笑容。贺炯赶紧道："齐厅您好，请指示。"

"是这样，我们正商量着一会儿到机场接你们呢。载誉归来，不整个场面说不过去啊。这么大案，轰动全国呢，部里都来人了。"厅长笑道。

"啊？齐厅，航班落地到半夜了。您和各位领导还是早点休息吧。"贺炯道。

"倒是想休息啊，大伙都兴奋得睡不着，哈哈……你们这一仗可是打出了警威，全国禁毒示范城市得花落咱们这里了。就这么定了，等着你们啊。"厅长道。

"是！"贺炯兴奋道。

"关了啊，一路小心。"徐局长道。

屏幕闪黑，贺炯装起了手机，回头时，只见后排的武燕、丁灿，最后一排的两位押解的警员，表情统一，都是喜色溢于言表。贺炯笑道："你们抓捕时我收到了支队的消息，马汉卫手术很成功，子弹从心膈间穿过，救过来了……咱们的装备得提提啊，外勤组六个人，只能分两件避弹衣……命大命大。"

“猛子呢？”

“猛哥呢？”

武燕和丁灿急急问。

“那小子命更硬，断了四根肋骨，现场就醒了。”贺炯笑着道。

武燕和丁灿一下子笑了，不过笑的时候不知道为什么鼻子一酸，差点流出泪来……

案发后十五个小时，主谋林拓落网。

二十三时二十分，押解人员一行上了飞机。机场公安协调的座位，在机尾的角落里，林拓被一圈警察围在中间位置。起飞后到中途，贺炯起身叫押解警员换座位。他坐到了林拓的身边，笑看着林拓，不过却做了一个奇怪的动作——用一张薄毯子，盖住了林拓戴着手铐的双手。

“谢谢。”林拓道。

“不客气。”贺炯道。

沉吟良久，贺炯直接问：“难道没有什么想说的？这是最后一次无目的谈话，往后就只剩下审讯了。”

“必须有吗？”林拓问。

“应该有吧？悔恨你肯定不用，做这么大案说悔恨那是小看你。服罪你也不用，证据确凿抵赖不了……那就剩下好奇了。对，好奇，你一点都不好奇自己是怎么翻船的？”贺炯问。

果真猜中了。林拓愣了，这可能是他一直游移在心里的一个未解之谜。

“我和很多毒枭毒贩打过交道，诡诈的有，狠辣的有，变态毫无人性的有，但是很少见你这种彬彬有礼，文化层次高，而且手无缚鸡之力的毒枭……噢，对了，你对你组织制售新型毒品，没有异议吧？”贺炯道。

“没有。都这样了，否认还有什么意义？是我干的。”林拓侧头，眼神清明，一点也不慌乱。

贺炯竖了竖大拇指，赞了句："虽然你是嫌疑人，不过还算个值得尊重的对手。"

"在快点死和慢点死之间，明显前者更具吸引力。我是学医的，能看明白这个。"林拓道。

"很好，新型毒品不一般，新型毒枭也不一般。这样就简单多了，我们累，你更累，这样都安生了。"贺炯像长者一样安抚道。奇怪的逻辑，可偏偏能被这种人接受。

林拓表情稳定，像絮叨家常一样问着："能告诉我，我输在哪儿吗？"

"破绽很多。你犯的事给我带来的麻烦不小啊！一类新型毒品能精准地销售到目标吸食群体，我们不得不怀疑内部有鬼。从一开始，缉毒支队大队人员、戒毒、心理咨询等所有能接触到吸食人员信息的，都在嫌疑名单上，但我们打破脑袋也不敢去想，制毒的居然也在里面。而且，一直就在戒毒所，还是主治医生，还是通过司法审核正常招聘进来的医生。"

"其实是个偶然，我原本不是制毒。"林拓道。

"我知道，你招募薛铭文是为了经营网络赌博，而新型毒品是被用作'赌博粉'诱人吸食后参赌。精神不正常的状态下赌，肯定是有输无赢……但你的身份接触不到晋阳市的地下世界，而且还会很危险，于是你拉进了汪冰滢，让她接近晋昊然、曹戈这类江湖人物，把网赌的摊子迅速做大，对吧？"贺炯道。

林拓感慨一声道："对，如果早抽身，差不多能当个富翁，可惜贪欲没人能勘破。"

"制造蓝精灵对你这样的人没难度，当网赌遭遇打击，你们转而寻找更大的商机……所以此次涉案人员，大部分都是原来网赌犯罪的班底……实话实说，你们确实避开了我们常规的侦查，让我们陷入了很长一段时间的被动境地。更何况还有你从中作梗，刻意给了我们一个配料的线索，把我们的侦破思路往岔路上引……林医生啊，有句话叫聪明反被聪明误。恰恰因为你特别积极，让我们对你的审核又多了几次。当我们发现你和汪冰滢来自同一座城市，上大学时学校也挨着，就对汪冰滢进行了外围调查，无意中发现了你和她认识的线索……虽然没有证据，可太多的巧合让我们不得不多留几个心眼。”贺炯道。

“她还好吗？”林拓突然岔开了话题。

贺炯直接回道：“她是指认你的第一人证，目前安全。”

林拓似乎并没有愤怒和恨意，叹息一声，眼神有点空洞。

“你们的故事我听过一遍了。她离异，爱慕虚荣，私生活不检点，收入又拮据，在律师事务所混得一般般，这些恰巧都能为你所用吧？听起来，她对你还是有感情的，你却利用她作为你达到犯罪目的的工具。”贺炯撇着嘴道。

女人是最原始的武器。汪冰滢这个凶器撂倒了晋昊然、曹戈两个江湖大佬，真不知道那两个将来会作何感想。

“感情，呵呵……感情和肉体都是可以用来待价而沽的。她是个货币化的女人，不能用感情衡量。”林拓道。

“嗯，我搞不懂你们这种新型感情，不做评价……你也是警察家庭出身，怎么就走上这条路了，反把学识都放在了反侦查上啊？”贺炯问。

“从我记事起，基本见不着我爸，也没有体会到什么父爱。你们引以为荣的清贫，给我的感觉是穷困潦倒。我上学都不敢谈女朋友，怕被人笑话，毕业找工作也只能勉强糊口。我使劲地考考考，读研，出国，到头来依然发现自己被固化在社会的最底层，买不起车，买不起房，谈不起对象，哪怕学历很高也会被有后门、有关系的挤掉。除了退而求其次，到三四线城市求职，我在大都市几乎没法生存。我没有反社会的性格，人活着总得在某个领域证明一下自己的存在感……我做到了。你们不过是以法之名在限制我，可是法律很神圣吗？对于氟硝西泮，国内并没有相关的立法，而且这种化学物质并不在处方药的名单上……是你们把它定性为‘毒品’。”林拓怨毒地看着贺炯。

无他，原始的动机仍然是欲望，而欲望永远比能力高出一点。林拓呢，可能高出得不止一点。这个低级的动机他当然不会承认。

贺炯心里下了如是评价，回应道：“你是我见过最有思想的……毒枭。不用担心，你已经为推进法治建设而献身了，相关立法很快会有……我很佩服你的心理素质啊，一边制贩毒品，一边还跟我们缉毒各大队、支队打交道。呵呵，不简单啊。”

“那我的破绽在哪儿？”林拓又在自省了。

这种极度自我、自律的人，可能有着常人无法理解的神经，否则也不可能干成这么大的事。

贺炯习以为常，笑着道：“你自己也清楚，其实你早在嫌疑名单上了。能接触到吸食人员信息，了解制作氟硝西泮的工序，而且了解警务程序，肯定在嫌疑名单靠前的位置。我们盯上制毒窝点后，基本就知道是你了，一直放着没动手，无非是想扩大战果……而放你出走，是想人赃俱获。人只有在亡命的时候，才会带上所有身家，省得我们去找……毒资，对吧？”

前座的丁灿听到了，点点头。贺炯确定地说出来了：“毒资！”

现在钱已经不重要了。林拓眼睛深邃地思忖着，蓦地抬头道：“不对，那个窝点汪冰滢根本不知道，出发前一刻我还收到信息，不可能被提前盯上。”

“你的问题是我们支队的S级机密，我不能告诉你。我能告诉你的是：多行不义必自毙，不管你有多少理由，哪怕把社会不公当成借口，你也无权去害其他人。我们较量的那些细节不重要，重要的是，有更多无辜的人、无辜的家庭不再受毒祸之害。我希望你如实交代，认真认罪，争取一个好的结果。”贺炯道。

“有用吗？横竖都是一个死。”林拓喟叹道。

"有用，没有活成个像样的男人，那就死得像个男人。我不相信你是个彻头彻尾的冷血动物，人总是要有点感情和人性的，否则你也不会一直保存着汪冰滢旧时的照片。你一直生活在矛盾、纠结、焦虑、恐惧和罪恶中，现在可以结束了，也可以是一个新的开始……喝杯水，我们快到了。"贺炯从空姐手中接过饮料，放在了林拓面前。

形容枯槁的林拓表情呆滞，眼神空洞，失神的眼睛中，慢慢地流出了两行泪，很少很少，只流到脸颊的中途便断线了。不知道他看着机舱普通人的生活，是在羡慕，还是回忆起了自己的正常生活而在留恋。

可惜一切俱成过往，不再有挽回的余地。他保持着僵硬的姿势，直到这段空中旅途结束。

航班准点降落，十余辆警车等着迎接押解队伍。很多旅客看到了蒙着头套被押下车的嫌疑人，不过没人给予更多的关注，都是匆匆一瞥，然后各奔前路。谁会在乎一个和自己不相干的人？哪怕是个人物。

机场外夜色月朗气清，抬头都能看到繁星满天、雾霾尽去的城市。明天肯定是个好天气啊……

心安亦从容

一周后，省刑事侦查第六处。

这是全警为数不多装修上档次的楼宇，也是全省刑事侦查技术中心。虽然沿用了旧建制的名称，声名不显，可它依旧是刑事警察心里的一块圣地。

当然，外行就不懂了，比如任明星就不懂。车快到时，他愣巴巴地瞅着，都不明白支队长拉他来这儿是什么意思。对了，还有王铁路大队长，老是不怀好意地冲他笑，幸亏他不是美女，否则得怀疑有被拐卖之嫌。

"停吧，别进去了，今天好多事呢。嗯，明星啊，跟你商量个事……”副驾上的贺支队长开口了。任明星眼睛一亮，从后座凑上来问：“奖金的事吧？”

“啧，你瞧你那点出息。”王大队长轻轻给了他后脑一巴掌。

任明星捂着脑袋乐呵道：“除了这事还能有什么事？”

哎哟，司机周景万一副牙疼的表情。贺炯笑着道：“奖金的事得缓缓，没有那么快批下来。”

“我就知道，又是打盲工干瞎活儿了。当警察就这命，甭指望摊上好事，临时警察更是了。”任明星愤愤道。王铁路又来一巴掌，被任明星闪过了。任明星严肃道：“队长，你再打我算袭警啊。”

“哎呀，你个兔崽子，我可说你什么好啊。出去别说我是你队长啊。”王大队长羞愤不已。

“呵呵，我现在是支队长的兵，升级啦。”任明星得意道。

“哟哟，膨胀了，这可咋办？”周景万笑了。任明星一向如此，除了画画，其他都有点天真。

还是贺炯支队长驭人有术，他直接道：“那谈钱吧。”

“哎，好嘞！当时说了啊，群众举报线索、辅警查到线索，重奖五万到十万元。毒枭那就不算了，贩毒这中层管理人员，我们可逮了不少吧？他们正式警员可以发扬风格，我们没必要啊。”任明星道。

“哦，挺有道理啊！是不是，景万？”贺炯侧头问。周景万尴尬地不知道该怎么回答。贺炯回头笑着道：“一般情况下，所有参案人员要平分奖金的。你呢，例外，但你注意啊明星，这是专给群众举报、辅警付出的奖励。你呢，要是还回去当巡逻辅警，或者脱了警服当回群众，这没问题，支队再穷也给你把奖金补上。你们仨分十万，咋样？”

“啊？太过分了吧？我给集体做了这么大贡献，完事就撵我走？”任明星气愤道。

带偏了，看来钱不是最重要的。贺炯回头和他争辩着：“这怎么叫撵你走呢？这是严格按规定办事，你要把自己视为缉毒警的一分子，那就服从命令……我看你不太行，还是回头给你发钱打发吧。”

“别价，我咋不行啦？抓那个黑客全是靠我画出来的，你看我居功自傲了吗？”任明星急了。

“哦，好像是没有啊？”贺炯回忆道。

周景万赶紧附和：“没有，绝对没有。”

周景万明显看出贺支队长别有用意。果真如此，贺炯话题一转道：“你这个事啊，我实在不想用几个小钱来玷污你的高尚情操，所以呢，我给你找了个去处。就前面，第六处，刑事侦查技术中心。里面有一位不为外部所知的人物，叫程良，是罪案描摹师。你的履历和作品，我给他提供过。他对你很有兴趣，不知道你有没有兴趣？”

“神笔程良？就是用一支画笔破了很多大案的那位传奇警察？”任明星愣了。这是王大队长给他讲过的人物，靠目击描绘出犯罪嫌疑人，侦破过数起大案，在全警可是声名赫赫，兄弟单位来求帮助的比上京就医挂专家门诊还难。

“他不是警察专业毕业。警院里没有这个学科，他也是半路出家，而且，最初也是从辅警起步的。”贺炯道，眼光热切地看着任明星。任明星嘶声倒吸凉气，仿佛看到了自己光明的未来那般兴奋。

“别人是见面不如闻名，这位绝对是闻名不如见面。而且啊，是他想见你。”周景万道。

“那我去了，回见啊。”任明星急得一拉车门就走。

贺炯追问着：“你确定？奖金的事还没谈妥呢？”

“政委不说了吗？离开集体，没有人能独自成为英雄……算了，大家都这么拼，我哪好意思多拿？我走了啊，支队长、王队、周哥……下面见我等着预约啊。”任明星告辞，嘚瑟地小跑着走了。贺炯在后面喊着：“进去四楼，403。”

“哎呀，我鼻子下边又不是没长嘴，我不会问啊？何况我也是警察。”任明星拍拍自己的辅警服，向着车的方向得意地一敬礼，又回头撒丫子跑了。

“贺支啊，让您费心了啊。”王铁路大队长不好意思地道。

“这样的苗子多给我几个，我才不怕费心呢……走了景万，别说我呀，网安上已经给我说好几回，就想要咱们的小丁。我不愿意放人，嘿，他们居然鼓动邱小妹来挖墙脚，太……太过分了！这个人情得送啊，要不送的话，下回协调就没法搞了。新型毒品侦破功劳，有他们一份啊。”

贺炯继续说着丁灿的事：“别看他在虚拟世界里很牛，现实里啊就是个小豆芽菜，连个小姑娘都搞不定，你说要一起都挖到禁毒上多好？”

看来放行也是无奈之举，有点心疼的贺炯惹得两位同行笑语一路……

晋阳市五一广场。在这个特殊的日子里，广场遍布警察，不过却没有肃杀的气势，整个一片欢声笑语，禁毒宣传的版画沿着街道摆了一公里。平时难得一见的警花今天组团出来了，三两一桌，给来往的市民发放宣传彩页，或者抱着宣传册子在广场的路口分发。

在“珍爱生命、拒绝毒品”的大横幅下，身着警服的丁灿显得有点瘦弱，不过比以前病恹恹的样子干练了几分。看着他那么投入的样子，悄然而至的邱小妹微微地笑了，那三个浑球儿当初一起参案时的样子，和现在一比简直是天壤之别啊。

她喊了两声。丁灿看到她时，比发现线索和案情还兴奋，撂下单子就奔过来了。不过奔过来接近安全距离时，他又紧张驻足了，有点局促。

IT男都这德行，网上能胡吹海侃什么都懂，一见面说句话可能都结巴。

“为什么你在支队长面前都不惧权威，可在我面前却克服不了恐惧感？”邱小妹直接问。

丁灿不好意思地咬着下嘴唇，期艾道：“人家不是临时工吗？腰不硬呗。”

“想好了，去网安吗？”邱小妹问。

“我跟支队长说了，支队长说今天上午等答复。唉，我去了不还是辅警，意义不大啊。”丁灿道。

邱小妹的黑眼珠滴溜溜地看着他，故意问：“真的？意义不大？”

“不不不，女神息怒，我是单纯从职业的角度来讲。对于我们这种技术宅来说，挣那几千工资实在太low了。我之所以当辅警，一半是猛子拉我，一半是我曾经有过一个当英雄的梦想，现在都实现了，所以意义就不大了……但是加上你就不一样了。”丁灿道。

“这算表白吗？”邱小妹问。

“不算吧，我觉得爱情应该和咱们办的案情一样，得轰轰烈烈啊……哎，对了，我有个条件啊。”丁灿道。

邱小妹道：“我们支队长都说了，可以提条件，市局要有一批签用工合同的辅警，肯定有你的份儿啊。”

“和支队长没关系，我的条件只和你一个人有关系。”丁灿道。邱小妹好奇地看着他。在邱小妹的追问下，丁灿扭捏着道：“你答应当我女朋友，我就义无反顾她去。”

“哎呀，你长得丑，想得还挺美。”邱小妹的粉拳捶了他两下，然后脸红得捂住了。丁灿正得意终于占据主动时，却不料邱小妹放开了手，严肃地告诉他：“好，你满足我的条件，我就答应你的条件。”

“赶紧提啊。”丁灿兴奋了。

“有一个谜我还没解开。”邱小妹道。

“我知道是什么了，S级机密，我也不知道啊。”丁灿笑着道。

那个谜一直压在邱小妹心头。当天控制黑客薛铭文，只盯上了三路运毒，而袁玉山那一路运毒，追踪信号从何而来，成了压在她心里的一个谜，不解决实在觉得此案残缺了。但她每次问丁灿，丁灿都这德行。邱小妹盯着他道："你本身就是黑客，又跟邢猛志学了不少坑蒙拐骗的伎俩，我就不相信你不知道。给你下最后通牒，选择忠诚于组织，还是忠诚于我？"

小妹气鼓鼓的样子让丁灿不忍了，他略一思忖道："感情和事业是不冲突的，没告诉你是因为……这个秘密没法说，一说怕你嫌低级。"

"不是吧，抓获一吨多毒品的技术手段，很低级？"邱小妹吓了一跳。其实黑客控制的都是小杂鱼，真正的大鱼，连黑客都不知道。袁玉山这一路的存在，那是受曹戈直接指挥的。

丁灿警惕地看看，然后附上邱小妹的耳朵悄悄说了几句。邱小妹脸色陡变，脱口道："弹弓？！"

嘘——丁灿拉拉她，示意着来车。支队长的车来了，他带着小妹迎上去，且走且道："保密啊，我们当时就准备了几套防不胜防的设计，这是最简单的啊。"

"哎，那些毒贩要是知道栽在这条阴沟里，估计得郁闷死。"邱小妹笑道。

"大道至简、大象无形啊，你是不是觉得我们帅呆了啊？"丁灿嘚瑟地朝邱小妹挺挺胸作势。

"切，临时工，臭美。"邱小妹损了句。

丁灿一点也不在乎，警示道："你可答应了啊，我以后就以你的男朋友自居了啊。"

"也是临时的，离转正遥遥无期啊。"邱小妹道。

"啊，什么？你咋也会挖坑了？"丁灿愕然道，不乐意了。

"跟你们学的呗。"邱小妹道。

两人说笑着，迎上了支队长……

“弹弓？！”

市三院病房里，武燕接过了邢猛志的武器，愕然看着。那弹弓是根雕的底部，有半个指头肚大的圆孔，里面应该放了追踪器，现在估计已经被技侦取走了。

换下病号服，穿上警服的邢猛志郑重地扣上帽子，打开手机，左右看看，很自恋地拍了张照片。回头看武燕还在犯傻，他道：“连你都不相信，那还能有假？”

“太匪夷所思了啊！我以为支队长用了什么秘密武器，一直说S级机密。”武燕愣道。她还没整明白这是怎么玩的，一把弹弓、一个贩毒大案，完全风马牛不相及嘛。

“烛光计划是两层，可以说我是烛光，也可以说这个信源是烛光。一个犯罪团伙对外来户永远不会完全信任，而我进去，也不可能接触到他们的组织层面。所以，当时我和支队长商量，只要能接触到货源，或者找到多个疑似的毒源地，任务就完成了。而信号源呢……可以是我，可以是弹弓本身，也可以是弹弓射出去的钢珠。钢珠是经过刑事侦查技术中心处理的，本身就是金属，即便检测也说得过去，除非他们把我的弹弓和所有钢珠都砸开。”邢猛志笑着道。

但是不可能砸开的，谁能想到猫腻一直就在连天平的视线中，那才是真正的灯下黑。武燕拉拉弹弓，反问着：“可你没有接触毒源啊？”

“是啊，但是我送了葛二屁和孬九一人一把弹弓。弹弓是周队找做文玩的打磨的，打磨好又经过技侦高手处理，外表根本看不出来……葛二屁脑瓜不太好使，没有人怀疑他有问题，粗活儿脏活儿累活儿都是他干，谁都知道他爱玩弹弓。在行动前，袁玉山拉人去干活儿，去的就是葛二屁……其实从那天开始，我们就已经掌握这个毒源了，位置就在市郊太行制药厂，仓库租给了十几家货主……没有动他们，只是因为支队长想放长线，一网打尽、人赃俱获，才弄了这么多波折。”邢猛志道。

如果那时候动手，肯定抓不到毒枭，甚至可能把曹戈这些人都惊走。而且缉毒的枪战，肯定也不能发生在离市区太近的地方，所以才有了以后的事。他笑笑道："我也没想到他们已经提前发现我有问题了，也把我当成了棋子。郑魁在高速口接应连天平，估计是准备做了我……可惜他们太缺人手，运货时又把葛二屁拉上了，带这个大信号源，支队长还不是想什么时候抓，就什么时候抓？"

武燕愣着，想清楚关窍时，一下子笑得眉眼挤到一块儿。她把弹弓扔到邢猛志怀里笑道："你们这几个祸害啊，我以为多高明的手段呢。"

"小聪明和大势结合起来，未必不能成大智慧。就是葛二屁有点可怜，我心里有点难安。"邢猛志道。

武燕起身拍拍他的肩膀道："别想那么多了，监狱是他最好的归宿。他虽然无心，可害的人也不在少数。我们是为大多数普通人服务的。"

嗯，没音了。邢猛志异样地看着她。武燕惊醒时，才发现她又犯了女汉子的毛病，哥们儿似的揽着邢猛志的肩膀。她头回有点不好意思地缩回了手，尴尬地搓着手，笑容也有点尴尬了。

"冒昧问一句，武姐，有男生追过你吗？"邢猛志笑问。

武燕摇摇头道："好像有……就一个，还是个毒枭，准备向我们刺探点信息。其实他一对我示好，我就觉得有问题，正常男的都把我当兄弟。"

"所以您得避免这种女汉子的行为。不是我说你，你这一瞪眼就浑身杀气的，还真是个问题。"邢猛志劝道。

武燕扭捏着道："好吧，我接受你的建议，以后学着有点女人气……哎，对了，我也冒昧地问你一句，你追过女生吗？"

"有，很多次，追过很多女生。"邢猛志点头道。

"哟，结果呢？"武燕表情一黯。

"就没成功过，话都搭不上，追女生在我看来，比追捕毒贩难多了……我们仨光棍，都是靠任明星画的各式各样的美女聊以自慰的。”邢猛志道。武燕做个鬼脸：“咦……真恶心。”邢猛志却笑着去了隔壁病房，他没有注意到，武燕的表情里莫名地有点窃喜。

两人伸着脖子等了会儿，等到两位制服男女离开后，才蹑手蹑脚进去。一进门，难得地看到马从警那皮小子正安生地坐在病床前削苹果。马汉卫正要起身，武燕赶紧上前扶着，撑着他坐起来。马汉卫自嘲道：“哎呀，十几年了，从来没有休息过这么久，我全身都快锈了。”

“放心吧，过两天又生龙活虎了，格斗场上见啊，以后我得让你至少一只手。”武燕打趣道。马汉卫却道：“一边去，好男不跟女斗……”

武燕要说话，却发现马汉卫奇怪地看着邢猛志，眼神炙热，表情凝重，邢猛志同样在看着他，慢慢笑了起来。马汉卫道：“烛光同志，谢谢你。”

“该说谢谢的是我，你才是我生活里的光。看《毒祸》时我以为你是随便编了个故事，后来才知道是个真实的故事，你是主角……其实我对于忠诚、信仰、誓言一直抱着怀疑态度，直到遇上你，遇上你们这些一直想把我拉下水的人。”邢猛志笑着道。他看看递苹果的马从警，一点也不像个身世悲惨的孩子，大概也是因为遇上这位缉毒缉成亲爹的警察。

“你以后会和我一样，后悔也晚了。本来就想混个职位拿点工资，可接触的罪犯越多，就越挑战你的底线，拷问你的良知，慢慢你就变成了表面上不近人情，骨子里疾恶如仇，血脉里热流冲动的怪物……就是警察。”马汉卫看着邢猛志标挺的身姿，赞了一句，“你现在已经是了。”

“呵呵，临时的，没有你悲惨，你是永久的。这个给你。”邢猛志掏出一个塑料袋装着的叠起来的纸张，上面有个圆圆的弹洞，被血染了。只听邢猛志道：“我醒了你还没醒，我在手术室门口等着，差点要把这玩意儿当成你的遗物了。”

“乌鸦嘴。”马汉卫接着，直拍额头。邢猛志却劝着：“你是面恶心软，没有枪击他们的要害……而他们是穷凶极恶，都是亡命徒啊。”

马汉卫叹了声。武燕问着是什么，要拿来看。马汉卫扔给了她，她一看，却是支队给周景万、马汉卫的处分通报，不过现在都成笑话了。武燕问道：“刚才区法院的人怎么说？”

“还能怎么说？律师郭秦齐涉案，给汪冰滢洗过钱；原告是徐虎的下线，涉毒。一个民事案子，原告刑拘了，被告重伤了，律师也被抓了，还审个屁。”马汉卫说着，把一屋人都说笑了。

说话间，有两位陌生的警察敲门了，向里面的人示意着。武燕让他们稍等下。马汉卫赶紧握着邢猛志的手道：“你理解吧，伤养好接着就是隔离审查了。”

“理解。”邢猛志点头道。

“这是组织程序，我们缉毒上特殊一点，会详细到你化装侦查的每个细节，评估你的心理。这是为咱们着想，以防干咱们这行留下创后应激症……还有，别觉得你心大都能容下啊，万一心理评估说你有暴力倾向，也是个问题……哎，我也觉得这是脱裤子放屁，缉毒警要没点暴力倾向，能对付得了那帮王八蛋吗？一群亡命徒啊，想起来我都后怕，直接朝我们扔手雷……”马汉卫说着说着，自己的心态倒出了问题。

“放心吧，马哥，我没事。您好好养伤，我回头来看您。哎，别起来……”

两人安抚着马汉卫，谦让着退出了病房。稍站会儿的工夫，屋里马汉卫又训开儿子了，嚷着：“你咋又没去上学？不是说别来了吗？”那儿子也不是吃素的，呛着他爹嚷着：“你又娶不上个媳妇儿，我不照顾你谁照顾你啊？”马汉卫在嚷：“你少扯，是想逃学找理由。”儿子说了：“那你快点好啊，你好了我保证不逃学了！爸你别生气，吃苹果……我病了你给我削，现在我也给你削啊。我这么巴结你，不许骂我啊。”

这半路爷儿俩呛着呛着，转眼就浓情蜜意了。邢猛志轻轻关上了门，把难得的温馨时间留给他们，示意大家离开。那两位警察臂章上写着“保密”二字，是个特殊的警种。将要面临的依然是未知，不过邢猛志很坦然地下了楼。支队长贺炯、王铁路大队长已经等在那儿了。邢猛志站定，向两位上级敬礼，亲热地叫了声。

“好小子，恢复得不赖啊。”贺炯双手抱抱他的膀子，意犹未尽地看看。当眼光落在他臂章上时，贺炯笑着道：“这是组织程序第一次用于辅警，我希望你认真对待。”

“是，支队长。”邢猛志敬礼道。

“呵呵，像个警察了。臂章还没有换，人先脱胎换骨了，我们都等着你归队啊。”贺炯道。

“会的，支队长、王队，你们保重。”

“大周、燕子，送送猛子……就开我的车，我和王队走走……”

众人告别。周景万、武燕驾车载着邢猛志，跟着保密处的车辆驶离。邢猛志几次手伸出车窗挥手作别。

一直到看不到车影，王铁路才叹了句：“这么好的苗子，打算怎么办啊？全国辅警立这么大功的不是没有，但在咱们省可真不多啊。”

“这得是省厅领导会议研究的事了，我这个职位没有资格处置……不过，应该是个好的结果，现在全省搞辅警同工同酬，一部分要划归市局人事处管理，以后辅警也是警，也有警籍了……怎么了？王队，你很在乎这一字之差？”贺炯笑着问。

“以前在乎，现在嘛，不怎么在乎了……穿上警服就是罪犯的天敌，罪犯可不管臂章上什么字，对吧？同样穿上警服，预防和打击犯罪就是使命，和你臂章上什么字没有什么关系。我们有同样的信仰和使命，分什么三六九等？”王大队长道。

“认识提高了，哈哈，有没有兴趣来禁毒上班？”贺炯问。

王铁路直接摇头：“不来，你们的加班太不人道。”

“哈哈，还得加强思想认识啊，高度不够啊。”贺炯笑道。

“参加这么一次缉毒大案，我能吹一辈子牛了，知足喽。”王铁路笑道。

两人并肩走向住院部，相同的藏蓝银徽在这个环境里格外耀眼。他们走过的地方，一抬头便是青天白日、朗朗乾坤。

雾霾散尽之后的城市，污浊荡尽，曾经白昼的晴空和夜晚的星空，都回来了……

（第一季完）

《余罪：我的刑侦笔记》全国热卖中！

一个传奇警察和毒贩、悍匪、黑道大佬的交锋实录
带你窥探这个时代的黑暗角落，领略触目惊心的真实景象

本书为您揭开的是一张令人触目惊心的当下社会犯罪网络。从混迹人群中的扒手，到躲在深山老林里的悍匪，从横行街头的流氓，到逡巡在海岸线边缘的毒枭；他们似乎离我们很远，似乎又很近，看似悄无声息，却又如影随形；作者所描写的，正是这个光怪陆离而又真实存在的地下世界。

警校学员余罪，在通过一次意外的选拔之后，被丢进了一间住满凶神恶煞的罪犯的牢房，他迅速发现，要在这个凶险万状的环境中活下来，自己必须比毒贩更奸诈，比窃贼更狡猾，比匪徒更残忍。他不仅要用罪犯的思维去理解犯罪，还要用罪犯的手段去对抗犯罪，更要和罪犯一样突破种种底线。在日复一日命悬一线的斗争中，余罪一步步走到了法律的边缘，他也开始怀疑：自己到底是在制止犯罪，还是也在犯罪……

小说格局开阔，文笔生动，不仅向你打开了一个前所未闻的地下世界，其中近百个性格鲜明的警察和罪犯形象，更是栩栩如生，犹在眼前。

翻开本书，进入我们这个时代的灰色地带。

畅销巨著《藏地密码》系列全套

一部关于西藏的百科全书式小说
了解西藏，就读《藏地密码》

从来没有一本小说，能像《藏地密码》这样，奇迹般地赢得专家、学者、名人、书店、媒体、世界知名的出版机构以及成千上万普通读者的狂热追捧，《藏地密码》是当下中国数千万“西藏迷”了解西藏的入门读本，也是当下畅销的华语小说。

《藏地密码》被广大读者誉为“一部关于西藏的百科全书式小说”。

翻开《藏地密码》，犹如进入一幅从未展开过的西藏千年隐秘历史画卷……从横穿可可西里到深入喜马拉雅雪山深处，从藏獒“紫麒麟传说”到灵獒“海蓝兽传奇”，从宁玛古经秘闻到格萨尔王史诗，从公元838年西藏黑暗时期的“朗达玛禁佛”到1938年和1943年希特勒两次派人进藏之谜……跟随《藏地密码》的脚步，您将穿越西藏深不可测的千年历史迷雾，看尽西藏绵延万里的雪域高原风光，走遍西藏每一个传说中永不可抵达的神奇秘境。

从《藏地密码》中，您还可以了解到不可思议的古格地下倒悬空寺、西藏极乐之地香格里拉，以及西藏历史上突然消失的无尽佛教珍宝去向之谜……雪山、圣湖、墨脱、象雄、布达拉宫、密修苦僧、传唱艺人、帕巴拉神庙、古藏仪式、千年兽战、神秘戈巴族、死亡西风带……一切都如此神秘、神奇、神圣。通过《藏地密码》，您将与西藏这一千年来所有隐秘的故事和传说逐一相遇。

《山海经密码大全集》全国热卖中！

一部带您重返中国一切神话、传说与文明源头的奇妙小说

这是一个历史记载的真实故事：4000年前，一个叫有莘不破的少年，独自游荡在如今已是繁华都市的大荒原上，他本是商王朝的王孙，王位的继承人，此时却是一个逃出王宫的叛逆少年。在他的身后，中国古老的两个王朝正在交替，夏王朝和商王朝之间，爆发了一场有史以来规模宏大的战争。

本书将带您重返那个远古战场，和那些古老的英雄（他们如今已是神话人物）一起，游历《山海经》中的蛮荒世界，您将遇到后羿的子孙、祝融的后代，看到女娲补天缺掉的那块巨石，您将经过怪兽横行的雷泽（今天的江苏太湖）、战火纷飞的巴国（今天的重庆），直至遭遇中华文明蒙昧时代原始、神秘的信仰。

本书依据中国古老的经典《山海经》写成，再现了上古时代的地理及人文风俗。我们今天能看到这些，全拜秦始皇所赐：《山海经》——秦始皇焚书时，看了唯独舍不得烧的书。